Obsidiana

SAGA LUX LIVRO 1

JENNIFER L. ARMENTROUT

OBSIDIANA

SAGA LUX LIVRO 1

valentina
Rio de Janeiro, 2021
5ª edição

Copyright © 2011 *by* Jennifer L. Armentrout
Publicado mediante contrato com Entangled Publishing, LLC, através da Rights Mix.

TÍTULO ORIGINAL
Obsidian

CAPA
Beatriz Cyrillo

FOTO DE CAPA
Liz Pelletier

FOTO DA AUTORA
Vanessa Applegate

DIAGRAMAÇÃO
Imagem Virtual Editoração

Impresso no Brasil
Printed in Brazil
2021

CIP-BRASIL. CATALOGAÇÃO NA FONTE
SINDICATO NACIONAL DOS EDITORES DE LIVROS, RJ

A76o
Armentrout, Jennifer L.
    Obsidiana / Jennifer L. Armentrout; tradução Camila Pohlmann. - 5. ed. - Rio de Janeiro: Valentina, 2021.
    320 p. ; 23 cm. (Lux; 1)

Tradução de: Obsidian
Continua com: Ônix
ISBN 978-85-65859-79-0

1. Romance americano. I. Pohlmann, Camila. II. Título. III. Série.

15-24734

CDD: 813
CDU: 821.111(73)-3

Todos os livros da Editora Valentina estão em conformidade com
o novo Acordo Ortográfico da Língua Portuguesa.

Todos os direitos desta edição reservados à

EDITORA VALENTINA
Rua Santa Clara 50/1107 – Copacabana
Rio de Janeiro – 22041-012
Tel/Fax: (21) 3208-8777
www.editoravalentina.com.br

*Para minha família e meus amigos.
Amo vocês tanto quanto eu amo bolo.*

[1]

Olhei para a pilha de caixas no meu quarto novo e desejei que a internet já tivesse sido instalada. Não poder acessar meu blog literário desde a mudança era como ficar sem um braço ou uma perna. De acordo com a minha mãe, "Katy's Krazy Obsession" era tudo na minha vida. Nem tanto, embora fosse mesmo muito importante. Ela jamais entendera minha paixão pelos livros.

Suspirei. Já estávamos aqui havia dois dias e ainda tinha tanta coisa para desempacotar. Odiava ver aquelas caixas paradas ali. Ainda mais do que odiava estar aqui.

Pelo menos, já conseguia não pular de susto a cada estalo que ouvia nessa casa perdida no meio de West "Deus me livre" Virginia, que parecia ter saído direto de um filme de terror. Tinha até uma torre — uma torre! Pra que isso me serviria?

Ketterman não possui shoppings tampouco órgãos públicos, quer dizer, não era nem mesmo uma cidade *de verdade*. O lugar mais próximo era Petersburg, uma cidadezinha com dois ou três sinais de trânsito, perto de outras igualmente pequenas, que não deviam ter sequer um Starbucks. A gente não recebia cartas na nossa casa. Era preciso dirigir *até* Petersburg para buscar nossa correspondência.

Medieval.

Como um tapa na cara, de repente caiu a ficha. A Flórida era passado — devorada pelos quilômetros que viajamos nessa loucura da mamãe de vir para cá e recomeçar. Não que eu sentisse saudades de Gainesville, do clima, da escola, nem mesmo do nosso apartamento. Encostada na parede, esfreguei a mão na testa.

As saudades eram do papai.

E a Flórida *era* o papai. Foi lá que ele nasceu, conheceu minha mãe e onde tudo foi perfeito... Até desmoronar. Senti meus olhos arderem, mas me recusei a chorar. Chorar não mudava em nada o passado, e papai detestaria saber que, três anos depois, eu ainda estava chorando.

Mas tinha saudades da mamãe, também. Da mãe de antes de o papai morrer, aquela que se enroscava em mim no sofá para ler romances água com açúcar. Sentia como se tivesse sido em outra vida. Certamente acontecera bem longe dali.

Desde que papai morreu, mamãe passou a trabalhar mais e mais. Antes, ela gostava de ficar em casa. Depois, parecia querer estar sempre o mais distante possível. Quando finalmente percebeu a inviabilidade dessa opção, decidiu que precisávamos nos mudar. Pelo menos, desde que chegamos aqui, embora ainda estivesse trabalhando como uma louca, ela parecia determinada a estar mais presente na minha vida.

Decidi ignorar meu TOC e deixar as caixas de lado por hoje, quando senti um cheiro familiar. Mamãe estava cozinhando. Isso não era nada bom.

Desci correndo.

Ela estava de pé em frente ao fogão, vestida com o uniforme de bolinhas. Só ela podia vestir bolinhas dos pés à cabeça e continuar bonita. Mamãe tinha cabelos louros superlisos e olhos brilhantes, cor de avelã. Com meus olhos acinzentados e cabelos castanhos, eu parecia completamente sem graça ao lado dela, mesmo quando ela estava de uniforme.

E, por algum motivo, eu nasci mais... arredondada que ela. Quadris curvilíneos, lábios cheios e olhos enormes, que a mamãe amava, mas que me deixavam mais parecida com uma boneca Kewpie.

Ela se virou e acenou para mim com a colher de pau, enquanto os ovos na frigideira respingavam gordura em todo o fogão.

— Bom dia, doçura.

LUX 1 OBSIDIANA

Olhei aquela bagunça e me perguntei qual seria a melhor maneira de assumir esse fiasco culinário sem magoá-la. Mas ela estava tentando cumprir suas obrigações de mãe. Era um avanço. Progresso.

—Voltou cedo.

—Trabalhei praticamente dobrado de ontem à noite até hoje. E estou escalada para o turno da noite, de onze às nove, de quarta a sábado. Por isso, tenho três dias de folga. Estou pensando em pegar um trabalho de meio período numa dessas clínicas daqui ou talvez em Winchester.

Ela raspou os ovos em cima de dois pratos e botou um deles, quase queimado, na minha frente. Delícia. Tarde demais para tentar salvar a comida, portanto fui até uma caixa em cima no balcão, na qual se lia "talheres e cia".

—Você sabe que não gosto de ficar sem ter o que fazer. Vou conferir essas clínicas logo.

Sim, eu sabia.

A maioria dos pais preferiria cortar um braço a deixar a filha adolescente sozinha em casa o tempo todo, mas não a minha mãe. Na visão dela, eu jamais dera motivos para desconfiar de mim. Não por falta de tentativas. Bom, ok, talvez fosse por isso.

Eu era *mesmo* meio chata.

No meu antigo grupo de amigos, na Flórida, eu não era a mais quieta, mas nunca matava aula, tirava sempre nota boa e era basicamente uma garota boazinha. Não porque tivesse medo de fazer qualquer coisa louca ou perigosa; simplesmente não queria causar ainda mais problemas para a minha mãe. Não naquela época...

Peguei dois copos e enchi-os com o suco de laranja que ela devia ter comprado no caminho para casa.

—Você quer que eu vá comprar comida hoje? A gente tá sem nada.

Ela assentiu e respondeu, com a boca cheia de ovo:

—Você pensa em tudo. Um pulinho no mercado não seria nada mal. — Pegou a bolsa de cima da mesa e tirou de lá um dinheiro. — Isto deve dar.

Guardei as notas no bolso sem ver quanto era; ela sempre me dava mais que o necessário.

— Obrigada — murmurei.

Minha mãe se inclinou na minha direção com um brilho nos olhos.

— Então, hoje de manhã vi uma coisa interessante.

Só Deus sabe o que poderia ser. Sorri.

— O quê?

— Já reparou que na casa ao lado tem dois adolescentes mais ou menos da sua idade?

O cão farejador que vivia dentro de mim levantou as orelhas, em alerta.

— Jura?

—Você ainda não foi lá fora, né? — Mamãe sorriu. — Achei que você fosse logo se embrenhar naquele canteiro medonho...

— Pretendo mesmo fazer isso, mas a mudança não vai se arrumar sozinha — respondi, lançando um olhar debochado na direção dela. Eu amo minha mãe, mas, se deixasse por conta dela, as caixas iam ficar para sempre do jeito que estavam — Mas, então, de volta aos vizinhos?

— Bom, tem uma garota que parece regular com você. E tem um garoto também. — Ela sorriu, enquanto se levantava. — Ele é gostoso.

Um pedacinho de ovo ficou preso na minha garganta. Era nojento demais ouvir a mamãe falar assim de um cara da minha idade.

— Gostoso? Mãe... Pelo amor de Deus!

Ela se afastou da bancada, tirou o prato da mesa e foi na direção da pia.

— Querida, eu posso ser velha, mas os meus olhos ainda funcionam direitinho. E eles estavam muito bem hoje mais cedo.

Estremeci. Nojo em dobro.

—Você vai virar uma dessas coroas que gostam de garotões? Ou é com uma crise de meia-idade que eu preciso me preocupar?

Enxaguando o prato, ela me olhou por cima do ombro.

— Katy, eu espero que você faça um esforço pra conhecer nossos vizinhos. Seria bom fazer amigos antes das aulas começarem. — Deu uma pausa e bocejou. — Eles podiam te mostrar a cidade, não acha?

Eu me recusava a pensar no primeiro dia de aula, sendo a garota nova e tal. Joguei na lixeira o resto de ovo.

— Pode ser. Mas não vou bater na porta deles e implorar pra serem meus amigos.

LUX 1 OBSIDIANA

— Não seria implorar. Se você puser um daqueles vestidos bonitinhos de verão que usava na Flórida, em vez disso aí... — Puxou a bainha da minha camiseta. — Seria paquerar.

Olhei para baixo. A camiseta dizia: "Meu Blog É Melhor Que O Seu Vlog." Não tinha nada de errado com ela.

— Que tal eu ir só de calcinha?

Ela botou a mão no queixo, pensativa.

— Isso realmente causaria uma bela impressão.

— Mãe!!! — Ri. — Você tinha que gritar comigo e dizer que nem pensar!

— Filhota, eu sei que você não faria uma estupidez dessas. Mas sério, faz um esforço.

Não tinha muita certeza de como se "faz um esforço". Ela bocejou de novo.

— Bom, querida, vou botar o sono em dia.

— Beleza, vou pro mercado. — Talvez comprasse adubo para nossas plantas. O canteiro estava mesmo pavoroso.

— Katy? — Mamãe parou na porta, com a testa franzida.

— Oi?

Uma sombra no rosto dela escurecia um pouco seus olhos.

— Eu sei que a mudança tá sendo difícil pra você, logo no último ano da escola, mas foi a melhor coisa que a gente podia fazer. Ficar lá, naquele apartamento, sem ele... Tá na hora da gente viver. O seu pai ia gostar disso.

O aperto na garganta que pensei ter deixado na Flórida voltou com força total.

— Eu sei, mãe. Tá tudo bem.

— Mesmo? — Ela dobrou os dedos e fechou as mãos. A luz do sol que entrava pela janela refletiu na aliança de ouro.

Assenti rapidamente para deixá-la segura.

— Mesmo, juro. E vou lá nos vizinhos. Quem sabe eles não me dizem onde fica o mercado? Como você disse, vou fazer um esforço.

— Ótimo! Se precisar de qualquer coisa, me liga. — Os olhos dela lacrimejaram com mais um longo bocejo. — Te amo, filhota.

Comecei a responder "eu também", mas ela já tinha desaparecido escada acima antes que as palavras pudessem sair da minha boca.

Ao menos minha mãe estava tentando, e eu faria o mesmo. Não ia ficar me escondendo no quarto o dia inteiro com o notebook no colo, como ela temia. Mas me misturar com desconhecidos da minha idade não era muito a minha praia. Preferia mil vezes ler um livro e acompanhar os comentários do blog.

Mordi de leve o lábio. Podia ouvir a voz do meu pai falando a frase favorita dele para me encorajar: "Vamos lá, Kittycat, não seja uma espectadora." Endireitei os ombros. *Papai* nunca tinha deixado de aproveitar a vida.

Afinal, perguntar onde ficava o mercado mais próximo era uma desculpa inocente o bastante para me apresentar. Se a mamãe estivesse certa e eles *fossem* mesmo da minha idade, talvez acabasse nem sendo um mico muito grande. Era meio bobo, mas eu ia lá de qualquer jeito. Atravessei correndo o gramado e a entrada da garagem antes que amarelasse.

Subi os degraus da varanda, afastei a tela e bati à porta. Dei um passo atrás e alisei os vincos da camiseta. *Tô legal. Tô mandando bem*. Não tem nada de esquisito em perguntar o caminho.

Ouvi passos pesados vindo do outro lado e a porta se abriu, me botando de frente a um peito largo, musculoso e bronzeado. Um peito nu. Baixei o olhar e meio que perdi o fôlego. O jeans caía um pouco abaixo da cintura e revelava uma linha fina de pelos em volta do umbigo, que desaparecia dentro da calça.

Abdômen tanquinho. Perfeito. Totalmente apalpável. Não do tipo que eu esperaria encontrar num garoto de 17 anos, que é o quanto imaginava que ele tivesse, mas longe de mim reclamar. Longe de mim falar, também. Fiquei só encarando, mesmo sem querer.

Subindo o olhar de novo, reparei nos cílios espessos e escuros que escondiam os olhos dele. Precisava saber de que cor eram.

— Posso te ajudar? — perguntaram aqueles lábios grossos, totalmente beijáveis, mas com uma expressão de aborrecimento.

A voz dele era grave e firme. Do tipo acostumada a mandar e ser obedecida. Ele levantou os cílios, revelando olhos tão verdes e brilhantes que não podiam ser de verdade. A cor de esmeralda era intensa e contrastava com sua pele bronzeada.

— Oi? Você é muda? — Ele falou mais uma vez, se apoiando com uma das mãos no batente da porta. Respirei fundo e dei um passo para

LUX 1 OBSIDIANA

trás, sentindo o rosto queimar de vergonha. O garoto levantou um braço e afastou uma mecha de cabelos da testa. Olhou por cima do meu ombro e depois para mim novamente. — Dou-lhe uma...

Quando finalmente recuperei a voz, eu queria morrer.

— Ta-tava pensando se você saberia me explicar onde fica o mercado mais perto. Meu nome é Katy. Acabei de me mudar pra casa ao lado. — Apontei para lá, falando que nem uma idiota. — Tipo, há dois dias...

— Tô ligado.

Aaaah, tá.

— Bom, eu tava precisando que alguém me indicasse o caminho mais rápido até o mercado e talvez um lugar que venda plantas.

— Plantas?

Por alguma razão, não soou como se ele estivesse me fazendo uma pergunta, mas eu me apressei em responder de qualquer jeito.

— Pois é, o canteiro em frente da casa...

Ele não disse nada, só levantou uma sobrancelha com desdém.

— Sei.

A vergonha estava aos poucos se dissipando e sendo substituída por um crescente sentimento de raiva.

— Então, eu preciso comprar plantas...

— Pro canteiro. Já entendi. — Encostou o quadril no portal e cruzou os braços. Algo brilhou nos olhos verdes dele. Não era raiva, era ... alguma outra coisa.

Respirei fundo. Se esse cara me desse mais um fora... Minha voz assumiu o mesmo tom que a minha mãe usava quando eu era mais nova e queria brincar com objetos cortantes.

— Eu gostaria de encontrar uma loja onde pudesse comprar comida e plantas.

— Você *sabe* que esta cidade só tem um semáforo, né? — Ele levantou as duas sobrancelhas até quase a linha do cabelo, como se não acreditasse que eu pudesse ser tão burra.

Foi quando me dei conta do que vi cintilando nos seus olhos. Ele estava rindo de mim, cheio de desdém.

Por um instante, tudo o que consegui fazer foi olhar para ele. Era provavelmente o cara mais gato que eu já tinha visto em carne e osso, mas era também um completo babaca. Vai entender.

— Sabe, tudo que eu queria era uma informação. Tá na cara que te peguei em um mau momento.

Ele levantou um canto dos lábios.

— Qualquer hora é uma hora ruim pra vir atender uma pirralha na minha porta.

— Pirralha? — repeti, arregalando os olhos.

Ele arqueou de novo uma das sobrancelhas escuras, debochando de mim. Eu estava começando a odiar essas sobrancelhas.

— Não sou uma pirralha, tenho 17 anos.

— Jura? — Piscou. — Você parece ter 12. Não. Talvez 13. Minha irmã tem uma boneca que me lembra você. Olhos grandes e vazios. Meio retardada.

Eu parecia com uma *boneca*? Uma boneca *retardada*? Senti brotar um calor no peito que foi subindo pela garganta.

— Que coisa. Uau. Desculpa ter incomodado. Não vou voltar aqui nunca mais. Pode acreditar. — Dei as costas e tratei de ir embora, antes que sucumbisse ao crescente desejo de enfiar a mão na cara dele. Ou de chorar.

— Ei! — chamou.

Parei no último degrau da varanda, mas me recusei a virar e deixar que ele notasse minha irritação.

— Que foi?

— Vá reto até o final da rua e então vire à direita, sentido norte, não sul. Vai te levar pra Petersburg. — Bufou, irritado, como se estivesse me fazendo um favor e tanto. — O Foodland fica bem no meio da cidade. Não tem como errar. Quer dizer, talvez *você* consiga. Se eu não me engano, tem uma loja de material de construção ao lado. Eles devem ter equipamentos de jardinagem.

— Valeu — resmunguei e acrescentei, bufando: — Babaca.

Ele riu, um som alto e gutural.

— Isso não é comportamento de mocinha, Kittycat.

Virei num pulo.

— Nunca mais me chame assim!

LUX 1 OBSIDIANA

— Melhor que chamar alguém de babaca, não? — Ele empurrou a porta. — Foi uma visita muito interessante. Vou me lembrar dela por muito tempo.

Ok. Já deu.

— Sabe do que mais? Você tá certo. Não tem nada a ver eu te chamar de babaca. Porque babaca é uma palavra leve demais pra você. — Mostrei o dedo do meio para ele, sem deixar de sorrir docemente. — Você é um escroto.

— Um escroto? A elegância em pessoa. — Ele riu de novo e baixou a cabeça. Várias mechas de cabelo caíram sobre seu rosto, quase escondendo aqueles intensos olhos verdes. — Muito civilizado, gatinha. Tenho certeza de que você tem muitos nomes e gestos interessantes pra mim, pena que não tô nem aí.

Eu tinha mesmo muito mais a dizer e fazer, mas reuni o que me restava de dignidade, dei as costas e marchei de volta para a minha casa, sem dar a ele o prazer de ver como estava zangada. Eu costumava evitar todo tipo de confronto, mas esse cara conseguiu ligar meu interruptor de barraqueira como ninguém. Quando cheguei ao carro, escancarei a porta com raiva.

— A gente se vê por aí, gatinha! — gritou, antes de bater a porta de casa, rindo.

Meus olhos ardiam com lágrimas de raiva e constrangimento. Meti a chave na ignição e engatei a ré. "Faz um esforço", foi o que a mamãe dissera. Isso é o que acontece quando você faz um esforço.

[2]

Levei a viagem inteira até Petersburg para me acalmar. Ainda assim, sentia uma mistura de raiva e humilhação se retorcendo dentro de mim. Que diabos tinha de errado com ele? Pensei que as pessoas eram mais legais nas cidades menores, e não que agissem como filhos do capeta.

Achei a avenida principal com facilidade, até porque parecia ser a *única* por ali. Logo notei a biblioteca Grant County em Mount View e me lembrei de que precisava entrar de sócia. As opções de mercado para fazer compras eram bastante limitadas. O Foodland, que atualmente se chamava FOO LAND, graças a um "D" que faltava no letreiro, era bem no lugar onde o babaca falara que seria.

A vitrine da frente estampava um cartaz de uma garota desaparecida, mais ou menos da minha idade, com cabelos longos e escuros e olhos alegres. A informação logo abaixo dizia que tinha sido vista pela última vez havia mais de um ano. Uma recompensa era oferecida, mas, depois de tanto tempo, duvidava que alguém soubesse de alguma coisa que pudesse fazer valer o dinheiro. Triste com essa percepção, entrei na loja.

Eu era ágil nas compras, não perdia tempo passeando pelos corredores. Comecei a pôr as coisas no carrinho e me dei conta de que estava

LUX 1 OBSIDIANA

comprando mais do que havia imaginado, já que em casa tínhamos só o básico. Logo o carrinho estaria lotado.

— Katy?

Distraída, levei um susto ao ouvir a suave voz feminina me chamando. Deixei cair no chão uma caixa de ovos.

— Droga.

— Ah, desculpa! Eu te assustei. Sempre faço isso. — Vi braços bronzeados se esticarem para catar a caixa do chão e botar de volta na prateleira. Ela pegou outra e me ofereceu. Suas mãos eram delicadas, de dedos compridos. — Estes não estão quebrados.

Levantei os olhos do massacre dos ovos — gemas amarelas brilhantes por toda parte no chão de linóleo — e fiquei paralisada por um instante. Minha primeira impressão sobre a garota foi que era bonita demais para estar ali de pé no supermercado com uma caixa de ovos nas mãos.

Ela se destacava como um girassol em um campo de trigo.

Qualquer outra pessoa seria considerada sem-graça em comparação. Os cabelos dela eram cacheados e mais longos que os meus — batiam quase na cintura. Era alta, magra, e seus traços quase perfeitos tinham uma adorável inocência. Me lembrava alguém, especialmente aqueles incríveis olhos verdes. Rangi os dentes. Será?

Ela sorriu.

— Sou a irmã do Daemon. Meu nome é Dee. — Botou a caixa de ovos intacta no meu carrinho e sorriu. — Ovos novos!

— Daemon?

Dee apontou para a bolsa rosa-choque que estava na parte da frente do carrinho dela. Tinha um celular em cima.

— Você falou com ele há uma meia hora. Foi lá em casa... pedir informação, não foi?

Então o escroto tinha um nome. Daemon — combinava bem, quase demônio. Óbvio que a irmã seria tão atraente quanto ele. Por que não? Bem-vinda a West Virginia, terra dos top models perdidos. Comecei a duvidar que um dia me encaixaria ali.

— Desculpa, eu não esperava que alguém chamasse meu nome. — Fiz uma pausa. — Ele ligou pra você?

— Ã-hã. — Tirou o carrinho do caminho de uma criança que corria desgovernadamente pelo corredor estreito. — Então, eu vi quando a mudança chegou, e já tava louca para conhecer vocês. Daí, quando ele me disse que você tinha ido lá em casa, fiquei tão animada que vim correndo pra cá. Ele me explicou como você era.

Não queria nem imaginar *essa* descrição.

O rosto dela era pura curiosidade, enquanto me encarava intensamente com aqueles olhos verdes.

— Você não tem nada a ver com o que ele descreveu, mas eu te reconheci de cara. Aqui é o tipo de lugar onde todo mundo se conhece.

Observei a criança que tentava subir na prateleira dos pães.

— Acho que seu irmão não foi com a minha cara.

Ela franziu a testa.

— O quê?

— Seu irmão, acho que ele não gostou de mim. — Virei o corpo para o carrinho e arrumei lugar para a carne. — Ele não foi muito... prestativo.

— Ah, não — lamentou ela, rindo. — Desculpa. Meu irmão é de lua.

Não brinca.

— Tenho quase certeza de que o problema não é só a lua.

Ela balançou a cabeça.

— Daemon deve estar tendo um dia ruim. Ele é pior que uma garota de TPM, pode acreditar. Ele não te odeia. Somos gêmeos. Até eu tenho vontade de matar o cara de vez em quando, mas só nos sábados, domingos e dias que terminam em "feira". O Daemon é meio grosso. Ele não se dá bem com... gente.

Eu ri.

— Jura?

— Bom, fico feliz de ter te encontrado aqui! — exclamou, mudando de assunto mais uma vez. — Não tinha certeza se devia bater lá, com vocês arrumando as coisas e tal.

— Não, não teria incomodado nada. — Esforcei-me para acompanhar a conversa. Ela mudava de um tópico para outro, como alguém que precisava muito de uma boa dose de Ritalina.

LUX 1 OBSIDIANA

— Você tinha que ver como eu fiquei quando o Daemon disse que você era da nossa idade. Quase fui até em casa dar um abraço nele. — Ela fez um gesto, animado. — Se eu soubesse que ele tinha sido tão grosso, daria era um soco na cara dele, isso sim.

— Posso imaginar. — Sorri. — Também tive essa vontade.

— Pensa só como é ser a única menina da vizinhança e ter que ficar grudada com um irmão mala o tempo todo. — Deu uma olhada por cima do ombro e franziu de leve as sobrancelhas delicadas.

Acompanhei o olhar dela. O garotinho agora estava com uma caixa de leite em cada mão, o que me lembrou de pegar uma para mim também.

— Peraí. — Corri até a seção de produtos refrigerados.

Finalmente, a mãe da criança deu a volta no corredor, gritando:

— Timothy Roberts, ponha isso de volta onde pegou! O que você está...?

O menino botou a língua para fora. Às vezes, ficar perto de crianças é a melhor maneira de estimular a abstinência sexual. Não que eu estivesse precisando desse tipo de estímulo. Levei meu leite até onde a Dee me esperava, olhando para o chão. Seus dedos se retorciam em volta da alça do carrinho, apertando tanto que os nós das mãos já estavam esbranquiçados.

— Timothy, volta aqui agora mesmo! — A mãe agarrou o braço rechonchudo do moleque. Mechas de cabelo voavam soltas do coque dela. — Já não te falei que não é para chegar perto *deles*?

Deles? Tinha mais alguém ali? Não, éramos só Dee e... eu. Confusa, olhei para a mulher. Fiquei chocada ao notar a repulsa nos olhos escuros dela. Puro asco e, por trás disso, pelo jeito como seus lábios estavam cerrados e tremendo, havia também medo.

Ela estava encarando a Dee.

Em seguida, agarrou o menino que se contorcia todo e saiu apressada, largando o carrinho de compras no meio do corredor.

Me virei para minha vizinha.

— Que diabos foi isso?

Dee sorriu, insegura.

— Cidade pequena. O povo é estranho aqui. Não dê ouvidos a eles. De qualquer jeito, você deve estar acabada de tanto arrumar caixas, depois ainda fazer compras. São duas das piores tarefas do mundo. Quero dizer, o inferno podia ter esses dois castigos, não acha? Imagina só, uma eternidade de caixas de mudança e compras de supermercado?

Não pude deixar de sorrir, enquanto me esforçava para acompanhar o falatório da Dee e terminava de encher o carrinho. Normalmente, uma pessoa assim me cansaria em cinco segundos, mas a animação nos olhos dela e o jeito que se balançava para a frente e para trás em cima dos saltos eram contagiantes.

—Você ainda precisa pegar mais coisas? — perguntou. — Já terminei, praticamente. Vim mesmo pra te encontrar, só que fui sugada pelo corredor dos sorvetes. Eles gritam o meu nome.

Ri e examinei meu carrinho lotado.

— É, espero ter terminado.

— Então vem. A gente pode pagar juntas.

Enquanto esperávamos na fila dos caixas, Dee continuou a falar, e eu me esqueci do incidente no corredor do leite. Ela achava que Petersburg precisava de mais um supermercado, porque este não vendia produtos orgânicos e ela queria comprar frango orgânico para o prato que o Daemon ia cozinhar. Depois de alguns minutos, superei a dificuldade de acompanhar o ritmo dela e comecei a relaxar. Dee não era tagarela, apenas era muito… *viva*. Bem que eu podia "sugar" um pouco disso.

A fila dos caixas ia muito mais rápido do que nas cidades grandes. Quando saímos, ela parou ao lado de um Volkswagen novinho e destrancou a mala.

— Que carro legal — comentei.

Eles tinham grana, era óbvio. Ou a Dee tinha um emprego.

— Sou louca por ele! — Deu uma batidinha no para-choque traseiro. — É o meu bebê.

Enfiei as compras na mala do meu sedã.

— Katy?

— Oi? — Girei as chaves entre os dedos, torcendo para que, irmão babaca à parte, ela quisesse fazer alguma coisa mais tarde. Não havia como saber a que horas a mamãe ia acordar.

LUX 1 OBSIDIANA

— Quero me desculpar pelo meu irmão. Conhecendo a peça, tenho certeza de que ele não foi nada legal.

Meio que tive pena dela, por ser parente de tamanho traste.

— Não é culpa sua.

Ela rodou o chaveiro no dedo e me olhou nos olhos.

— Ele é superprotetor demais e não gosta de estranhos por perto.

Que nem um cachorro? Quase sorri, mas ela tinha os olhos arregalados e parecia realmente com medo de que eu pudesse não perdoá-la. Ter um irmão que nem aquele deve ser uma droga.

— Sem problema. Vai ver ele acordou com o pé esquerdo.

— Pode ser. — Sorriu, mas me pareceu forçado.

— Sério, sem problema mesmo. Tá tudo bem.

— Obrigada! Eu juro que não sou uma dessas malucas que fica perseguindo as pessoas. — Piscou. — Mas ia adorar se a gente pudesse fazer alguma coisa mais tarde. Você já tem planos?

— Na verdade, eu tava pensando em resolver o problema do canteiro da frente de casa, que tá quase fora de controle. Quer me ajudar? — Ter companhia podia ser divertido.

— Puxa, isso parece ótimo. Vou deixar as compras em casa e depois passo lá — falou. — Nunca plantei nada. Deve ser divertido.

Antes que eu pudesse perguntar que tipo de infância não incluía pelo menos um obrigatório feijão no algodão, ela entrou no carro e sumiu do estacionamento. Bati a mala e fui para o lado do motorista. Abri a porta e já ia entrar, quando senti aquela sensação estranha de estar sendo observada.

Meus olhos esquadrinharam o estacionamento, mas havia apenas um homem de terno preto e óculos escuros examinando a foto de uma pessoa desaparecida num quadro de avisos comunitários. Na hora, só consegui pensar em *Homens de Preto*.

Só o que faltava era aquele aparelhinho de apagar memória e um cachorro falante. Eu teria rido, mas nada naquele homem era engraçado... Especialmente agora, quando ele me encarava de um jeito tão óbvio.

✹ ✹ ✹

Naquela tarde, um pouco depois da uma, Dee bateu à porta da frente. Quando saí, encontrei-a de pé perto dos degraus, se balançando no alto da sandália plataforma. Não exatamente o que eu chamo de roupa para jardinagem. O brilho do sol criava uma aura em volta dos seus cabelos escuros, e ela trazia um sorriso travesso no rosto. Naquele momento, Dee me lembrou uma princesa de contos de fada. Ou talvez uma Sininho sob o efeito de anfetaminas, do jeito que ela era acelerada.

— Oi. — Saí para a varanda e fechei a porta com cuidado. — Minha mãe tá dormindo.

— Espero que ela não tenha acordado — falou bem baixinho.

Balancei a cabeça.

— Não, pode passar um furacão que ela não acorda. Mesmo! Já aconteceu, aliás.

Dee sorriu e sentou no balanço. Ela parecia tímida, de braços cruzados, agarrando os próprios cotovelos.

— Assim que cheguei em casa com as compras, o Daemon comeu metade do *meu* saco de batatas fritas, *meus* dois muffins e metade do pote de manteiga de amendoim.

Comecei a rir.

— Uau. E como que ele consegue se manter tão... — *Gostoso.* — Em forma?

— É incrível. Ele come tanto que a gente tem que ir ao mercado umas duas ou três vezes por semana. — Abraçou as pernas em cima do balanço e me lançou um olhar malicioso. — Mas a verdade é que eu também como que nem um leão. Acho que não posso falar nada dele.

Minha inveja quase doía. Não tinha sido abençoada com um metabolismo acelerado. Meus quadris e bumbum eram a prova disso. Não que estivesse acima do peso, mas odiava quando a mamãe se referia a mim como "curvilínea".

— Isso é tão injusto. Eu como um pacotinho de batatas e já engordo dois quilos.

— A gente tem sorte. — O sorriso fácil dela pareceu um pouco mais tenso. — Menina, você precisa me contar *tuuudo* sobre a Flórida. Nunca estive lá.

LUX 1 OBSIDIANA

Apoiei-me no parapeito da varanda.

— Imagina uma infinidade de shoppings e estacionamentos. Ah, e as praias... É, vale a pena pelas praias. — Adorava o calor do sol na minha pele, enterrar os dedos na areia molhada.

— Uau! — exclamou Dee, olhando para a casa ao lado como se esperasse por alguém. — Vai levar um tempo até você se acostumar a morar aqui. É difícil se adaptar quando você está muito fora do seu ambiente.

Dei de ombros.

— Não sei. Não parece tão ruim. Claro que, quando eu soube, fiquei tipo, *tá de brincadeira*! Não sabia nem que este lugar existia.

Dee riu.

— Muita gente não sabe. Foi meio chocante pra gente também.

— Ah, quer dizer que vocês não são daqui?

A risada dela se apagou e o olhar se desviou do meu.

— Não, não somos daqui.

— Seus pais se mudaram pra cá por causa do trabalho? — Não fazia a menor ideia de que tipo de profissional havia por aqui.

— Eles trabalham na cidade. A gente não se vê muito.

Tive a nítida impressão de que tinha mais coisa ali.

— Deve ser difícil. Mas, ao mesmo tempo, é muita liberdade. Minha mãe também quase não fica em casa.

— Então você entende. — Os olhos dela ficaram estranhos, tristes. — A gente meio que toma conta da nossa vida sozinho.

— Considerando a nossa liberdade, a vida deveria ser mais empolgante, né?

Ela pareceu se lembrar de alguma coisa.

— Você já ouviu "cuidado com o que deseja"? Eu costumava acreditar nisso.

Dee impulsionou o balanço com a ponta dos pés, e nós duas ficamos em silêncio por um tempo. Entendi perfeitamente o que ela queria dizer. Não me lembrava quantas noites havia passado em claro, torcendo para que a mamãe finalmente conseguisse seguir em frente e... bom, bem-vinda a West Virginia.

Nuvens negras apareceram do nada, escurecendo o jardim. Dee franziu as sobrancelhas.

— Ah, não! Acho que vem aí um dos nossos famosos temporais de fim de tarde. Normalmente eles duram umas duas horas.

— Que pena. É melhor deixarmos o jardim para amanhã, então. Você pode?

— Claro. — Dee estremeceu com um ventinho frio que bateu de repente.

— Eu queria entender de onde veio essa chuva. Parece que surgiu do nada, né?

Minha vizinha se levantou e esfregou as mãos nas calças.

— É o que parece mesmo. Olha, acho que a sua mãe já acordou, e eu também preciso acordar o Daemon.

— Ele também tá dormindo? Está um pouco tarde.

— Ele é estranho — explicou. — Eu volto amanhã e a gente pode ir até a loja de jardinagem.

Rindo, escorreguei do corrimão.

— Combinado.

— Beleza! — Ela pulou os degraus da varanda e se virou para mim. — Vou dizer ao Daemon que você mandou um oi!

Senti minhas bochechas ficarem vermelhas.

— Hum... acho melhor não.

— Confia em mim! — Ela riu e saiu correndo para a casa ao lado.

Quanta felicidade!

Mamãe estava na cozinha, com uma xícara de café na mão. Quando se virou para mim, derramou boa parte na bancada. O olhar inocente na cara dela já dizia tudo.

Peguei um pano e fui até lá.

— Ela mora na casa ao lado, seu nome é Dee. Eu encontrei com ela quando estava no mercado. — Passei o pano na bancada suja de café. — Ela tem um irmão. O nome dele é Daemon. São gêmeos.

— Gêmeos? Que interessante. — Sorriu. — A Dee é legal, meu amor?

Suspirei.

— É, mãe, ela é muito legal.

— Que bom! Já era hora de você sair do casulo.

Eu nem sabia que vivia num casulo.

LUX 1 OBSIDIANA

Mamãe soprou de leve o que restou do café e deu um golinho, me olhando por cima da xícara.

— Você combinou de fazer alguma coisa com ela amanhã?

— Combinei... você tava escutando nosso papo?

— Claro. — Piscou. — Eu sou sua mãe. E isso é o que as mães fazem.

— Ficam escutando atrás da porta?

— Exato. De que outro jeito eu ia ficar sabendo das coisas? — perguntou, inocentemente.

Revirei os olhos e me virei para voltar para a sala.

— Já ouviu falar de uma coisa chamada privacidade?

— Minha querida — gritou ela da cozinha —, isso de privacidade não existe.

[3]

dia em que instalaram a minha internet foi melhor do que um cara gato olhar para a minha bunda e pedir meu telefone. Aproveitei que era quarta para postar a tag "Waiting on Wednesday" no blog. Escolhi divulgar um romance juvenil sobre um cara gato com um toque de perigo — combinação que sempre dá certo —, pedi desculpas pelo sumiço, respondi alguns comentários e fuxiquei outros blogs de que eu gosto. Foi como voltar para casa.

— Katy? — gritou mamãe lá de baixo. — Sua amiga Dee está aqui.

— Tô indo — berrei de volta e fechei meu notebook.

Desci as escadas pulando e saí com a Dee para irmos até a tal loja de material de construção, que não era nem um pouco perto do FOO LAND, ao contrário do que o Daemon tinha dito. Eles vendiam tudo que era preciso para consertar o canteiro medonho em frente de casa.

De volta, cada uma de nós segurou um lado da sacola para tirá-la do bagageiro. Eram todas ridiculamente pesadas e, quando finalmente conseguimos retirar tudo do carro, já estávamos suando em bicas.

— Quer beber alguma coisa antes de carregarmos as coisas até o canteiro? — Ofereci. Meus braços já estavam doloridos.

Ela esfregou as mãos para tirar a sujeira e assentiu.

LUX 1 OBSIDIANA

— Estou precisando malhar. Carregar peso é um saco.

Entramos em casa e pegamos a jarra de chá gelado.

— Me lembra de procurar uma academia — brinquei, esfregando os braços fracos.

Dee riu e enrolou os cabelos suados para afastá-los do pescoço. Mesmo cansada e toda vermelha, ela continuava linda. Eu provavelmente parecia uma serial killer. Pelo menos agora a gente tinha certeza de que eu era fraca demais para causar qualquer dano permanente.

— Hum, só em Ketterman. Academia aqui é arrastar os latões de lixo para o final da rua ou carregar fardos de feno.

Procurei um elástico de cabelo para ela, fazendo piadas sobre a caipirice da minha nova vida de cidade pequena. Não ficamos dentro de casa por mais de dez minutos, mas, quando saímos de novo, todos os sacos de terra e adubo estavam encostados perto da varanda.

Olhei com surpresa para ela.

— Como é que isso veio parar aqui?

Ajoelhando no jardim, ela começou a arrancar o mato do canteiro.

— Deve ter sido o meu irmão.

— Daemon?

Ela fez que sim com a cabeça.

— Ele gosta de bancar o herói.

— Herói — resmunguei. Até parece. Era mais fácil acreditar que as sacolas tinham levitado por conta própria.

Dee e eu atacamos as ervas daninhas com mais energia do que pensávamos ter. Sempre achei que arrancar o mato pela raiz era uma ótima maneira de esfriar a cabeça e, se os movimentos bruscos da Dee eram indicação de alguma coisa, ela parecia ter *muuuito* o que espairecer. Com um irmão daqueles, não era nenhuma surpresa.

Tempos depois, minha vizinha observou as unhas lascadas.

— E lá se foi meu esmalte.

Sorri.

— Eu disse que você devia usar luva.

— Mas você não usa — reparou ela.

Olhei para minhas próprias mãos imundas, e me encolhi. Minhas unhas estavam sempre lascadas.

— É, mas eu tô acostumada.

Dee deu de ombros e foi pegar um ancinho. Ela estava engraçada de saia e sandália plataforma — roupas que insistia serem perfeitas para a jardinagem chique. Entregou para mim o ancinho.

— Isso é bem divertido.

— Melhor que fazer compras?

Ela pareceu ponderar seriamente, franzindo o nariz.

— É, é mais... relaxante.

—Verdade. Quando eu faço esse tipo de coisa, não penso em mais nada.

— É exatamente isso que eu acho bom. — Começou a remover a terra velha do canteiro. — É por isso que você gosta de mexer com as plantas? Pra não pensar em nada?

Sentei e abri outro saco de adubo. Não tinha certeza de como responder à pergunta dela.

— Meu pai... amava tarefas assim. Ele tinha talento para cuidar de plantas. No nosso apartamento antigo, a gente não tinha um quintal, nem nada, mas tinha uma varanda. A gente fez um jardim lá, nós dois.

— O que aconteceu com o seu pai? Ele e sua mãe se separaram?

Apertei os lábios. Falar dele não era algo que fazia com frequência. Ou melhor, nunca. Ele tinha sido um bom homem — um ótimo pai. Não merecia o que aconteceu.

Dee fez uma pausa.

— Desculpa. Não é da minha conta.

— Não, tudo bem.

Levantei e bati na blusa para tirar a poeira. Ao erguer os olhos novamente, ela estava apoiando o ancinho na varanda. O braço esquerdo inteiro parecia estar fora de foco, não sei. Dava para ver o corrimão branco através dele. Pisquei. O braço ficou sólido de novo.

— Katy? Você está bem?

Com o coração batendo acelerado, olhei para o rosto dela, e, em seguida, de novo para o braço. Estava tudo inteiro. Perfeito. Sacudi a cabeça.

— Tô, tô bem. Hum... meu pai, ele ficou doente. Câncer. Era terminal, no cérebro. Ele tinha umas dores de cabeça, via coisas. — Engoli em seco e desviei o olhar. Visões como as que eu acabara de ter? — Mas, apesar disso, ele estava ótimo até receber o diagnóstico. Daí começou a fazer químio e radioterapia, e tudo ficou uma merda tão rápido... Ele morreu uns dois meses depois.

— Ah, meu Deus, Katy, eu sinto muito. — O rosto dela estava pálido, a voz, fraca. — Que horrível.

— Está tudo bem. — Forcei um sorriso. — Foi há uns três anos. Por isso que a minha mãe quis se mudar. Um novo começo e blá-blá-blá...

À luz do sol, os olhos dela eram cintilantes.

— Eu entendo. Perder alguém não melhora com o tempo, né?

— Não. — Pelo jeito, Dee conhecia o sentimento, mas, antes que eu pudesse perguntar, a porta da casa vizinha se abriu. Senti meu estômago dar um nó. — Ah, não...

Ela virou de costas e deu um suspiro.

— Quem é vivo sempre aparece.

Já passava de uma da tarde, mas o Daemon parecia ter acabado de levantar da cama. A calça jeans estava amassada, os cabelos embaraçados e bagunçados. Esfregava uma das mãos no queixo, enquanto falava ao telefone.

E estava sem camisa.

— Ele não tem nenhuma camiseta? — perguntei, pegando uma pá.

— Infelizmente, acho que não. Nem mesmo no inverno. Ele tá sempre andando por aí seminu. — Ela resmungou. — É nojento ter que ficar vendo tanta... pele. Argh.

Argh para ela. Delicioso para mim. Tentando disfarçar, comecei a cavar vários buracos em lugares estratégicos. Senti a garganta seca. Rosto bonito, corpo perfeito e péssima atitude. A santíssima trindade do boy magia.

Daemon ficou ao telefone por uma meia hora, mas a simples presença dele tinha um efeito devastador. Não havia como ignorá-lo, nem mesmo virando as costas — dava para sentir o olhar dele em mim. Os músculos nos meus ombros ficaram tensos sob o peso desse olhar. Quando finalmente me virei de volta, ele tinha ido embora, apenas para voltar alguns segundos depois, desta vez com uma camisa. Droga. Eu meio que sentia falta da vista.

Estava assentando os montinhos de terra nova quando ele parou do nosso lado, apoiando o braço musculoso no ombro da irmã. Ela tentou se soltar, mas ele a segurou.

— Oi, mana.

Dee revirou os olhos, mas sorriu. Um brilho de admiração iluminou seu rosto ao fitá-lo.

— Obrigada por ter trazido os sacos pra gente.

— Não fui eu.

Ela fez cara de desdém.

— Tá bom, mané.

— Isso não é nada gentil. — Daemon a puxou mais para perto e sorriu, um sorriso de verdade, que o deixava ainda mais gato. Bem que ele podia sorrir com mais frequência. Então olhou para mim e apertou os olhos, como se tivesse acabado de se dar conta da minha presença, no *meu* jardim. O sorriso sumiu completamente. — O que você está fazendo?

Baixei rapidamente os olhos. O que eu fazia era bem óbvio, considerando que estava coberta de terra e havia várias plantas espalhadas ao meu redor.

— Tô arrumando...

— Não perguntei pra você. — Ele se voltou para a irmã, que já estava vermelha de vergonha, e repetiu: — O que *você* está fazendo?

Não ia deixá-lo me tirar do sério de novo, não. Dei de ombros e peguei um vaso plantado. Tirei a planta do recipiente, arrancando algumas raízes no processo.

— Tô ajudando a Katy com o canteiro. Seja bonzinho. — Dee deu um soco no estômago dele, antes de se soltar do abraço. — Olha o que a gente já fez! Acho que tô descobrindo um novo talento.

Daemon ignorou minha obra-prima de paisagismo. Acho que se tivesse que escolher uma carreira agora, seria trabalhar com plantas e jardins, ao ar livre. Embora não tivesse a menor inclinação para viver no meio do mato, era ótima com as mãos enfiadas na terra. Adorava tudo ligado a isso. Não precisar pensar, o cheiro forte de natureza e a noção de como um pouco de água e terra fresca podiam trazer a vida de volta a algo já murcho, quase morto.

E era boa nisso. Assistia a todos os programas de jardinagem na TV. Sabia onde colocar as espécies que precisavam de mais sol e as outras, que se davam melhor à sombra. Havia um efeito de camadas que sempre funcionava: as plantas mais altas e com mais folhas iam no fundo, e as flores, na frente. Depois disso tudo o que precisava fazer era pôr mais terra e *voilà*!

LUX 1 OBSIDIANA

Daemon levantou uma sobrancelha.

Senti um friozinho no estômago.

— Que foi?

Ele deu de ombros.

— Tá legal, eu acho.

— Legal? — Dee parecia tão ofendida quanto eu. — Está muito mais do que legal. A gente arrasou nesse projeto. Bom, a Katy arrasou. Eu só meio que fiquei entregando as coisas pra ela.

— É isso que você faz com o seu tempo livre? — perguntou ele para mim, ignorando a irmã.

— Ué… decidiu que vai falar *comigo* agora? — Sorrindo de leve, peguei um punhado de adubo e joguei no canteiro. Reguei e repeti o processo. — Sim… isso pra mim é um hobby. E qual é o seu? Chutar filhotes?

— Não tenho certeza se posso falar na frente da minha irmã — respondeu, fazendo cara de safado.

— Eca. — Dee fez uma careta.

Só passaram pela minha cabeça imagens proibidas para menores de 18; e pela cara convencida que fez, ele percebeu direitinho. Agarrei mais um punhado de adubo.

— Mas posso garantir que é bem menos deprimente que isso aqui — completou ele.

Congelei. Pedacinhos de cedro caíram por entre meus dedos.

— Por que isso aqui é deprimente?

Ele fez uma cara que parecia perguntar: *tenho mesmo que explicar?* Tudo bem que jardinagem podia não ser o mais *popular* dos hobbies. Sabia disso. Mas não era deprimente. E, só porque eu gostava da Dee, calei minha boca e voltei a espalhar o adubo no canteiro.

Dee empurrou o irmão, mas ele nem se mexeu.

— Não seja um idiota. Por favor.

— Não tô sendo idiota — negou.

Levantei as sobrancelhas.

— O que foi isso agora? — perguntou Daemon para mim. — Você tem alguma coisa pra me dizer, *gatinha*?

— Além de: nunca mais me chama de *gatinha*? Não. — Espalhei mais um pouco o adubo na terra e fiquei de pé, admirando nosso canteiro. Olhei para a Dee e comentei: — Acho que fizemos um belo trabalho.

— Fizemos! — Ela empurrou o irmão de novo, na direção da casa deles. Daemon continuou sem se mexer. — Fizemos um ótimo trabalho, deprimente ou não. Sabe do que mais? Eu até gosto de ser deprimente.

O garoto ficou encarando as flores recém-plantadas, quase como se estivesse dissecando-as para uma aula de ciências.

— E acho que temos que espalhar esse hobby deprimente até o canteiro da nossa casa — continuou Dee, com os olhos brilhando de animação. — A gente pode voltar na loja, comprar as coisas, e você pode...

— Ela não é bem-vinda na nossa casa — interrompeu Daemon, se virando para a irmã. — É sério.

Pega de surpresa pela acidez daquelas palavras, dei um passo para trás.

Dee, no entanto, não fez o mesmo. Suas mãos delicadas se fecharam em punhos cerrados.

— Eu tava pensando que a gente podia mexer no canteiro, que é do lado de fora, e não dentro da casa, até onde eu sei.

— Não importa, não quero ela lá.

— Daemon, não faz isso. — falou Dee baixinho, com os olhos se enchendo de lágrimas. — Por favor. Eu gosto dela.

E aí o impensável aconteceu. A expressão no rosto dele se suavizou.

— Dee...

— Por favor? — pediu ela de novo, pulando que nem uma garotinha querendo comprar um brinquedo, o que era estranho, porque ela era tão alta. Eu quis dar um chute no Daemon por ter transformado a irmã numa pessoa tão carente de amizades.

Ele disse uns palavrões em voz baixa, bufando, e cruzou os braços.

— Dee, você tem amigos.

— Não é a mesma coisa, você sabe disso. — Os gestos dela imitaram os dele. — É diferente.

Daemon olhou para mim, os lábios repuxados de maneira contrariada. Se ainda estivesse com a pá, seria capaz de jogá-la na cabeça dele.

— Eles são seus amigos, Dee. Eles são como você. Não tem necessidade de se aproximar de alguém... Alguém como *ela*.

LUX 1 Obsidiana

Tinha ficado calada até essa hora, porque não fazia ideia do que estava rolando e não queria dizer nada que pudesse chatear a Dee. O imbecil era irmão dela, apesar de tudo, mas isso — isso era demais para mim.

— O que você quer dizer com isso, alguém como eu?

Ele inclinou a cabeça para o lado e respirou fundo, bem devagar.

Os olhos da garota se alternavam entre mim e o irmão, nervosos.

— Ele não quis dizer nada com isso.

— Mentira — grunhiu Daemon.

Agora as minhas mãos já estavam fechadas, prontas para dar um soco.

— Qual é a merda do seu problema?

Ele me encarou com uma expressão estranha no rosto.

—Você.

— Eu sou o problema? — Dei um passo adiante. — Eu nem te conheço. E nem você me conhece.

—Vocês são todas iguais. — Contraiu os maxilares. — Não preciso te conhecer. Não quero.

Joguei as mãos para o alto, frustrada.

— Bom, por mim tudo bem, colega, porque eu também não quero te conhecer.

— Daemon — interveio Dee, apertando o braço dele. — Deixa disso.

Ele franziu os olhos e me encarou.

— Não gosto da sua amizade com a minha irmã.

Respondi a primeira coisa que me veio à mente. Provavelmente não foi a mais inteligente, mas eu não era o tipo de pessoa que costumava brigar. Aquele cara me tirava do sério.

— E eu tô cagando pro que você gosta.

Em um segundo, ele estava ao lado da Dee e, no outro, tinha aparecido bem na minha frente. *Tipo, bem na minha frente.* Ninguém se movia tão rápido. Era impossível. Mas ali estava ele, um gigante me encarando do alto.

— Como... como você se mexeu tão...? — Dei um passo para trás, sem encontrar as palavras.

A intensidade do olhar dele me dava arrepios. *Que merda.*

— Escuta com atenção — falou, chegando mais perto. Dei outro passo para trás, e ele foi me acompanhando, até que as minhas costas bateram em uma das árvores altas dali. Daemon abaixou a cabeça e me encarou com aqueles olhos verdes sobrenaturais. O calor emanava do seu corpo. — Vou te dizer isso uma vez só. Se alguma coisa acontecer com a minha irmã...

Ele parou de falar e respirou fundo, baixando o olhar para a minha boca aberta. Prendi o ar. Notei um brilho nos seus olhos, mas ele piscou e escondeu o que quer que houvesse ali.

As imagens voltaram. Nós dois. Colados e suados. Mordi o lábio e tentei fazer cara de paisagem, mas tinha certeza de que ele sabia o que eu estava pensando, porque a expressão no seu rosto ficou irritantemente convencida. Mais do que irritante.

— Que sujeira, gatinha.

Pisquei. *Negue. Negue. Negue.*

— O que você disse?

— Sujeira — repetiu ele, a voz tão baixa que Dee não poderia escutar. — Você está coberta de terra. Tá suja. O que você achou que fosse?

— Nada — respondi, rezando para que ele se afastasse. Ficar tão perto assim do Daemon não era exatamente confortável. — Tô cuidando do jardim. É normal se sujar fazendo isso.

Ele sorriu de leve.

— Existem formas bem mais divertidas de... se sujar. Não que eu vá mostrar pra *você*.

Tive a sensação de que ele conhecia todas as formas intimamente. Uma onda de calor esquentou minhas bochechas e desceu pela garganta.

— Prefiro rolar no estrume do que em qualquer lugar onde *você* durma.

Daemon arqueou uma das sobrancelhas e se virou em seguida.

— Você tem que ligar pro Matthew — falou para a irmã. — Agora, e não daqui a cinco minutos.

Fiquei encostada na árvore, com os olhos bem abertos e vidrados, até ele desaparecer casa adentro, batendo a porta com força. Engoli em seco e encarei a Dee, que parecia chateada.

— Tá, isso foi intenso — disse eu.

Ela sentou nos degraus e apoiou o rosto entre as mãos.

LUX 1 OBSIDIANA

— Eu amo meu irmão, amo mesmo. Ele é o único... — se interrompeu e levantou a cabeça. — Mas é um imbecil. Eu sei disso. Só que não foi sempre assim.

Olhei para ela, sem saber o que dizer. Meu coração batia acelerado, bombeando o sangue rápido demais. Não tinha certeza se era o medo ou a adrenalina que estavam me deixando tonta, mas consegui me afastar da árvore e me aproximar da Dee. E mesmo que não estivesse com medo, eu meio que me perguntava se não deveria estar.

— É difícil fazer amigos com ele por perto — murmurou, olhando fixamente para as mãos. — Ele afasta todo mundo.

— Nossa, nem percebi.

Na verdade, estava mesmo imaginando o porquê daquilo tudo. A possessividade dele parecia meio exagerada. Minhas mãos ainda tremiam, e, mesmo que ele já tivesse ido embora, ainda conseguia senti-lo... ou o calor que emanava dele. Tinha sido bem excitante. Infelizmente.

— Eu sinto tanto, tanto. — Ela se levantou dos degraus, abrindo e fechando as mãos. — É que ele é superprotetor.

— Isso eu entendi, mas não é como se eu fosse um cara que tivesse tentado abusar de você ou outra coisa assim.

Dee esboçou um sorriso.

— Eu sei, mas ele se preocupa demais. Sei que vai se acalmar depois que te conhecer melhor.

Eu duvidava muito.

— Por favor, não me diz que ele vai conseguir te afastar também. — Ficou de pé na minha frente, com as sobrancelhas franzidas. — Eu sei que você deve achar que ser minha amiga não vale a pena.

— Não, que isso... — Levei uma das mãos à testa. — Ele não vai me afastar de você.

Dee pareceu ficar tão aliviada que achei que pudesse ter um treco.

— Ótimo. Tenho que ir, mas vou consertar isso. Prometo.

Dei de ombros.

— Não há o que consertar. Ele não é problema seu.

Uma expressão estranha tomou conta do rosto dela.

— Na verdade, é sim. Mas a gente se fala depois, tá?

Fiz que sim com a cabeça e fiquei observando enquanto ela voltava para casa. Recolhi as sacolas vazias. Que diabos tinha sido aquilo? Nunca na minha vida alguém tinha me detestado tanto. Balancei a cabeça e joguei os sacos no lixo.

Daemon podia ser um gato, mas era um idiota. Um *brutamontes*. O que eu tinha dito à Dee era mesmo verdade. Aquele garoto não me impediria de ser amiga dela. Ele que se acostumasse. Eu tinha chegado para ficar.

[4]

Não postei no blog na segunda, porque era dia da tag "o que você está lendo?", e eu não andava lendo nada de novo no momento. Em vez disso, decidi que meu pobre carro merecia um banho. Se estivesse acordada, mamãe ia ficar orgulhosa de me ver do lado de fora no verão, em vez de acorrentada ao computador. A não ser pelas ocasionais sessões de jardinagem, eu era mesmo de ficar enfurnada em casa.

O céu estava claro, e o ar tinha um leve cheiro de almíscar e eucalipto. Quando terminei de limpar a parte interna do carro, fiquei abismada com a quantidade de canetas e elásticos de cabelo que tinha encontrado. Senti um arrepio ao ver minha mochila no banco de trás. Dali a duas semanas iam começar as aulas, numa escola nova, e eu tinha certeza de que a Dee ia estar cercada pelas amigas — as que o Daemon aprova, o que não é o meu caso, porque ele deve achar que eu sou traficante de crack ou coisa assim.

Em seguida, peguei o balde e a mangueira e ensaboei a maior parte do carro, mas, quando chegou a hora de lavar o teto, tudo o que consegui fazer foi me encharcar e derrubar a esponja uma dúzia de vezes. Não importa por qual lado eu tentasse chegar lá em cima, sempre dava errado.

Xingando, comecei a tirar os pedacinhos de grama e terra da esponja. Queria arremessá-la bem longe no mato. Frustrada, eu acabei jogando a esponja de volta no balde.

— Tá parecendo que você precisa de ajuda.

Dei um pulo. Daemon estava de pé a menos de um metro de mim, as mãos metidas nos bolsos do jeans desbotado. Os olhos brilhantes cintilavam sob a luz do sol.

Sua aparição repentina me assustou. Não tinha nem ouvido ele chegar. Como era possível alguém se mover tão silenciosamente, ainda mais alguém tão alto quanto ele? E, olha só, estava usando camisa. Não tinha certeza se deveria ficar aliviada ou decepcionada. De boca calada, ele era muito gostoso. Acordei do transe e me preparei para o inevitável combate verbal.

Meu vizinho não estava sorrindo, mas pelo menos não parecia querer me matar desta vez. Se muito, sua expressão era resignada; provavelmente igual à que eu fazia na hora de escrever uma resenha detonando um livro sobre o qual eu tinha boas expectativas.

— Você parecia que ia jogar aquilo longe. — Apontou com o cotovelo para o balde com a esponja, que boiava na espuma. — Achei melhor fazer a minha boa ação do dia e intervir, antes que alguma esponja inocente perca a vida.

Afastei dos olhos algumas mechas de cabelo molhado, sem saber bem o que dizer.

Daemon se abaixou com agilidade, pegou a esponja e espremeu-a para tirar o excesso de água.

— Parece que quem tomou banho foi você. Nunca achei que lavar um carro pudesse ser tão difícil, mas depois de te ver nos últimos quinze minutos, já tô achando que podia até virar esporte olímpico.

— Você estava me olhando? — Meio assustador. Meio sensual. *Não! Sensual, não.*

Ele deu de ombros.

— Por que não leva o carro no lava-rápido? É bem mais simples.

— Lava-rápidos são desperdício de grana.

— Verdade — falou devagar. Daemon se ajoelhou e começou a limpar um pedaço do para-lama que eu tinha deixado passar, antes de chegar no teto. — Você tá precisando trocar os pneus. Estes estão bem carecas, e o inverno aqui é muito rigoroso.

Eu não dava a mínima para os pneus. Não conseguia entender por que ele estava ali, falando comigo, quando da última vez em que nos vimos tinha agido como se eu fosse o anticristo. Daemon tinha praticamente me imprensado contra a árvore e insinuado que havia outras formas de uma pessoa conseguir se sujar. E por que eu não tinha penteado o cabelo de manhã?

— De qualquer jeito, tô contente por você estar aqui fora. — Terminou de ensaboar o teto em tempo recorde e pegou a mangueira. Me deu um meio-sorriso e começou a molhar o carro, enquanto a espuma escorria pelas laterais como em uma xícara transbordante. — Acho que devia te pedir desculpas.

—Você *acha* que deve?

Daemon se virou para mim, com os olhos apertados por causa do sol, e eu mal consegui me esquivar do jato de água que saía da mangueira.

— É, de acordo com a Dee, eu precisava tirar o meu rabo de casa e vir até aqui fazer as pazes. Alguma coisa sobre eu ter destruído as chances de ela ter uma amiga "normal".

— Uma amiga normal? Que tipo de amigas ela tem?

— Não normais — respondeu.

Ele preferia que a irmã tivesse amigas "não normais"?

— Bom, desculpas da boca pra fora não valem.

Emitiu um som afirmativo.

—Verdade.

Olhei fixamente para ele.

— Sério?

— Sim. Mas não é como se eu tivesse escolha. — respondeu arrastado, se concentrando em enxaguar o carro. — Tenho que fazer as pazes.

—Você não parece alguém que faz o que não quer.

— Normalmente, não faço mesmo. — Dirigiu-se para a traseira do carro. — Mas a minha irmã escondeu a chave do meu carro e só vai me devolver quando eu ficar de bem com você. Essas chaves são um saco pra fazer cópia.

Tentei me conter, mas acabei rindo.

— Ela escondeu a sua chave?

Ele fechou a cara e voltou para o meu lado.

— Não é engraçado.

— Tem razão. — Ri. — É hilário!

Daemon me lançou um olhar zangado.

Cruzei os braços.

— Mas eu sinto muito. Não vou aceitar suas desculpas nem um pouco sinceras.

— Nem mesmo agora que eu lavei seu carro?

— Não. — Sorri ao ver que os olhos dele se apertaram. — Por mim, você nunca mais verá essa chave.

— Bom, merda, lá se foi o meu plano. — Um sorriso desapontado surgiu nos cantos da boca dele. — Achei que, mesmo sem estar arrependido, poderia consertar as coisas.

Parte de mim estava irritada, mas outra parte estava gostando; relutante, mas gostando.

—Você é sempre assim, a alegria da festa?

Ele passou por mim para desligar a água.

— Sempre. Você sempre fica encarando os caras quando vem pedir informação?

—Você sempre atende à porta seminu?

— Sempre. E você não respondeu à minha pergunta. Fica sempre encarando?

Senti as bochechas queimarem.

— Eu *não* fiquei te encarando.

— Sério? — O meio-sorriso apareceu de novo, revelando duas covinhas. — De qualquer jeito, você me acordou. Não funciono bem de manhã.

— Não era tão cedo — retruquei.

— Eu durmo até tarde. É verão, sabe? Você não dorme até tarde?

Prendi de volta uma mecha de cabelos que tinha se soltado do rabo de cavalo.

— Não, eu sempre acordo cedo.

Ele grunhiu.

—Você fala igualzinho a minha irmã. Não me admira que ela já te ame tanto.

LUX 1 OBSIDIANA

— Dee tem bom gosto... Ao contrário de algumas pessoas — falei. Os lábios dele tremeram um pouco. — E ela é ótima. Gosto muito dela, então, se você veio aqui bancar o irmão malvado, pode esquecer.

— Não foi por isso que eu vim.

Daemon pegou o balde e vários produtos de limpeza. Eu deveria tê-lo ajudado a arrumar as coisas, mas estava fascinada observando-o fazer a minha tarefa. Embora ele insistisse em me dar esse sorriso pela metade, dava para notar que era uma situação desconfortável para ele. Ótimo.

— Então por que você tá aqui, se não é pra me fazer esse péssimo pedido de desculpas?

Não conseguia parar de olhar para a boca dele. Podia apostar que beijava bem. Beijos perfeitos, nem molhados nem nojentos, do tipo que faz a gente retorcer os dedos dos pés.

Eu tinha que parar de olhar para ele.

Daemon botou todos os apetrechos nos degraus da varanda e se endireitou. Ao esticar os braços acima da cabeça para se alongar, a camisa subiu, revelando um pedacinho tentador daquele abdômen musculoso. O olhar dele se demorou no meu rosto, e logo senti um calor na barriga.

— Talvez eu esteja só curioso pra saber por que ela está tão encantada. Dee não costuma gostar de estranhos. Nenhum de nós gosta, aliás.

— Eu tive um cachorro que também não gostava de estranhos.

Daemon me encarou por um instante, e então, riu. Era uma risada gutural e estrondosa. Boa. Gostosa. Ai, meu Deus, tive que desviar o olhar. Ele era o tipo de garoto que deixava para trás uma longa fila de corações partidos. Era problema na certa. Talvez até um problema divertido de explorar, se não fosse tão babaca. E eu não me relaciono com babacas. Não que me *relacionasse* com alguém.

Limpei a garganta.

— Bom, valeu pelo lance do carro.

De repente, ele estava de pé na minha frente de novo. Tão perto que seus dedos dos pés quase tocavam nos meus. Respirei fundo, querendo me afastar. Ele tinha que parar com isso.

— Como você anda tão rápido?

Ele ignorou a pergunta.

— Minha irmãzinha parece mesmo gostar de você — falou, como se não conseguisse entender o motivo.

Inclinei a cabeça um pouco para trás, mas mantive o olhar fixo num ponto acima do ombro dele.

— Irmãzinha? Mas vocês são gêmeos!

— Nasci longos quatro minutos e meio antes dela — se gabou, trazendo os olhos ao encontro dos meus. — Tecnicamente, ela é minha irmã mais nova.

Senti a garganta seca.

— Ela é a caçula da família?

— Exato. Isso quer dizer que eu sou o que implora por atenção.

— É, acho que isso explica seus modos — retruquei.

— Pode ser, mas a maioria das pessoas me acha encantador.

Fiz menção de responder, mas cometi o erro de olhar dentro dos olhos dele. Fui imediatamente fisgada por aquela cor irreal, que me lembrava das partes mais puras e profundas de Everglades.

— Acho difícil acreditar nisso.

Seus lábios se curvaram um pouco.

— Não quero que você acredite, Kat. — Daemon pegou uma mecha solta do meu cabelo, que não tinha ficado presa no grampo, e enroscou-a em volta do dedo. — Que cor é essa? Não é nem castanho nem louro.

Senti as bochechas esquentarem. Puxei a mecha de volta.

— O nome disso é castanho-claro.

— Hum — grunhiu, balançando a cabeça. — Você e eu temos planos a fazer.

— O quê? — Desvencilhei-me do corpo largo dele e inspirei fundo, tentando botar alguma distância entre nós. Meu coração batia apressado. — Não temos nenhum plano a fazer.

Daemon se sentou nos degraus, esticou as pernas compridas e se recostou, apoiando-se nos cotovelos.

— Confortável? — soltei.

— Muito. — Ele apertou o olhar. — Sobre os planos...

Permaneci de pé a alguns metros dele.

— Do que você está falando?

LUX 1 OBSIDIANA

— Tá lembrada do lance de arrastar meu traseiro até aqui e bancar o bonzinho, não tá? Que também envolve a chave do meu carro? — Cruzou as pernas na altura dos tornozelos e olhou para as árvores. — Então, os planos são para eu conseguir a chave de volta.

— Você precisa me dar uma explicação melhor que essa.

— Claro. — Ele suspirou. — Dee escondeu a chave. Ela é boa nisso. Já revirei a casa e não consegui achar.

— Então convence a Dee a te dizer onde é que tá. — Graças a Deus não tenho irmãos.

— Eu faria isso, se ela estivesse aqui. Mas minha irmã viajou e só volta no domingo.

— O quê? — Ela não tinha falado nada sobre sair da cidade. Ou sobre ter parentes por perto. — Não sabia.

— Foi de última hora. — Daemon descruzou as pernas e começou a bater um dos pés num ritmo desconhecido. — O único jeito dela me dizer onde a chave está é se eu ganhar pontos. Sabe, minha irmã tem essa fixação com pontuação, desde o maternal.

Comecei a sorrir.

— Sei...

— Daí que eu tenho que marcar pontos pra pegar a chave de volta — explicou. — E o único jeito de ganhar pontos é fazer alguma coisa legal pra você.

Caí na gargalhada. A expressão na cara dele era demais.

— Desculpa, mas isso é meio engraçado.

Daemon soltou um suspiro contrariado.

— Claro, muito engraçado.

Parei de rir.

— Mas, então, o que você precisa fazer?

— Tenho que te levar pra nadar amanhã. Se eu fizer isso, ela vai me dizer onde é que a chave está. Mas eu *preciso* ser legal.

Daemon só podia estar brincando, mas, quanto mais eu olhava para ele, mais me dava conta de que era sério. Meu queixo caiu.

— Então a única maneira de você resgatar a chave do seu carro é me levando pra nadar e sendo legal comigo?

— Uau, você entende depressa.

Ri de novo.

— Bom, acho que você pode dar adeus pro seu carro, então.

Ele fez cara de surpresa.

— Por quê?

— Porque eu não vou a lugar algum com você.

— A gente não tem escolha.

— Nada disso. *Você* não tem escolha. Eu tenho. — Dei uma olhada na direção da porta fechada atrás dele, imaginando se a mamãe estaria tentando ouvir a gente. — Não sou eu que estou sem chave.

Daemon me encarou por um instante, e depois sorriu.

— Você não quer passar um tempo comigo?

— Hum, não.

— Por que não?

Revirei os olhos.

— Pra começar, porque você é um babaca.

Ele assentiu.

— Posso ser.

— E não vou passar tempo nenhum com um cara que tá sendo obrigado pela irmã a fazer isso. Não estou tão desesperada.

— Não?

Senti a raiva começar a ferver dentro de mim. Dei um passo à frente.

— Se manda da minha varanda.

Ele pareceu considerar a oferta.

— Não.

— O quê? — explodi. — Como assim, não?

— Não saio até você concordar em ir nadar comigo.

Devia ter fumaça saindo dos meus ouvidos.

— Beleza. Você pode ficar sentado aí, porque eu prefiro comer vidro do que passar um segundo com você.

Ele riu.

— Nossa, que radical.

— Nem um pouco — respondi, subindo os degraus.

Daemon se virou e agarrou meu tornozelo. O toque era suave, mas sua mão estava quente. Olhei para ele, que sorriu para mim, inocente como um anjo.

LUX 1 OBSIDIANA

—Vou ficar aqui sentado noite e dia. Vou acampar na sua varanda. E não vou sair. A gente tem a semana toda, gatinha. Ou terminamos com isso amanhã e você se livra de mim, ou eu vou ficar aqui até você concordar em ir comigo. Você não vai poder nem sair de casa.

Olhei para ele, boquiaberta.

— Você não está falando sério.

— Ah, estou, sim.

— Só fala pra ela que a gente se divertiu muito. — Tentei soltar o pé, mas ele continuou segurando. — Mente.

— Ela vai sacar que eu tô mentindo. Somos gêmeos. Conexão e tal... — Fez uma pausa. — Ou será que você tá com vergonha de ir nadar comigo? A ideia de ficar seminua na minha frente te deixa desconfortável?

Agarrei o corrimão e dei um puxão para soltar meu pé. O *retardado* não estava segurando com força, mas o pé nem se mexeu.

— Eu sou da Flórida, idiota. Passei metade da vida de biquíni.

— Então qual é o problema?

— Não gosto de você. — Parei de puxar e fiquei parada. A mão dele parecia vibrar em volta do meu tornozelo. Era a sensação mais estranha do mundo. — Solta o meu pé.

Bem devagar, ele levantou um dedo de cada vez, me encarando.

— Não vou sair, gatinha. A gente vai nadar.

Minha boca se abriu, assim como a porta atrás da gente. Com o estômago dando cambalhotas, me virei e vi mamãe parada ali, vestida com seu glamoroso pijama de coelhinhos. Ah, pelo amor de Deus.

Seus olhos foram de mim para o Daemon, claramente interpretando tudo errado. O brilho no olhar dela me deu vontade de vomitar em cima da cabeça dele.

—Você é o nosso vizinho?

Daemon se virou e sorriu. Ele tinha dentes brancos perfeitos.

— Meu nome é Daemon Black.

Mamãe sorriu.

— Kellie Swartz. Prazer em te conhecer. — Ela olhou para mim. — Vocês dois podem entrar se quiserem. Não precisam ficar sentados na varanda.

— É muita gentileza sua. — Ele ficou de pé e me deu uma cotovelada nada delicada. — Talvez seja melhor a gente entrar pra terminar de fazer nossos planos.

— Não — respondi, encarando-o. — Não precisa.

— Que planos? — perguntou mamãe, sorrindo. — Eu gosto de planos.

— Eu estou tentando convencer sua filha a ir nadar comigo amanhã, mas acho que ela tá com medo de que você não goste da ideia. — Daemon me deu um cutucão no braço, e eu quase caí sobre o parapeito. — Acho que ela é tímida.

— O quê? — Mamãe balançou a cabeça. — Não vejo problema nenhum em vocês irem nadar juntos. Acho que é uma excelente ideia. Já tinha falado que ela precisa sair mais. Sair com a sua irmã é ótimo, mas...

— *Mãe!* — Encarei-a, apertando bem os olhos. — Não é nada disso...

— Então, era exatamente isso que eu tava falando pra Katy. — Daemon passou o braço por cima dos meus ombros. — Minha irmã tá viajando esta semana. Daí eu imaginei que seria legal passarmos um tempo juntos.

Mamãe sorriu, satisfeita.

— Que legal.

Passei meu braço em volta da cintura dele, cravando bem os dedos na lateral do tronco.

— É muita gentileza sua, Daemon.

Ele inspirou fundo e expirou lentamente.

—Você sabe o que dizem sobre vizinhos...

— Bom, o que eu sei é que a Katy não tem planos pra amanhã. — Ela olhou para mim, e eu pude praticamente ver as imagens que passavam pela sua cabeça: Daemon, eu e nossos futuros filhos. Minha mãe não era normal. — Ela está livre pra ir nadar.

Baixei o braço e fiz um sinal por trás do Daemon.

— Mãe...

— Não tem problema, querida. — Ela se virou para entrar em casa, piscando para o Daemon. — Foi um prazer finalmente conhecê-lo.

— Pra mim também. — Ele sorriu.

Assim que a minha mãe fechou a porta, me virei e empurrei o Daemon, mas ele era como uma parede de tijolos.

— Idiota!

LUX 1 OBSIDIANA

Sorrindo, ele desceu alguns degraus.
— Te vejo amanhã ao meio-dia, gatinha.
— Eu te odeio — sibilei.
— O sentimento é mútuo. — Ele me olhou por cima do ombro. — Aposto vinte dólares como você vai usar um maiô.

Que cara insuportável.

[5]

ssim que os primeiros raios de luz entraram pela janela, me virei de lado, meio adormecida ainda. Gemi.

Eu tinha que sair com o Daemon hoje. Passara a noite me revirando, sonhando com um garoto de incríveis olhos verdes e um biquíni que cismava em se desamarrar. Peguei na mesinha um romance que tinha escolhido para resenhar no blog e passei a manhã lendo na cama, tentando desesperadamente pensar em outra coisa que não na aventura que viria.

Quando o sol já estava bem alto no céu, botei o livro de lado, afastei as cobertas e fui para o chuveiro.

Minutos depois, estava de pé, enrolada numa toalha, analisando os meus biquínis. Me senti tomada pelo horror. Daemon estava certo. A ideia de ficar seminua ao lado dele realmente me dava vontade de vomitar o café da manhã. Ainda que eu não o suportasse — e acredito que ele seja a primeira pessoa que eu realmente odiei —, ele era... ele era um deus! Quem pode imaginar o tipo de garota que ele estava acostumado a ver de biquíni?

Mesmo sabendo que não havia dinheiro no mundo que me fizesse ficar com ele, precisava admitir que gostaria que Daemon *me* desejasse.

LUX 1 OBSIDIANA

Só tinha três opções que podiam ser consideradas aceitáveis: um maiô de natação, simples e sem graça; um top com sunquíni; e um biquíni vermelho.

Eu podia escolher uma barraca de camping que ainda assim não me sentiria confortável.

Joguei o maiô de volta no armário e fiquei segurando os outros dois. Meu reflexo me encarava do espelho, um biquíni de cada lado, e dei uma boa olhada em mim mesma. Cabelos castanho-claros cobriam até a metade das costas — morria de medo de cortá-los. Meus olhos eram cinza, nada magnéticos ou atraentes como os da Dee. Meus lábios eram cheios, mas não tão expressivos quanto os da mamãe.

Dei uma olhada de relance no biquíni vermelho. Sempre fui reservada, mais cautelosa do que a minha mãe jamais seria. O biquíni vermelho era tudo, menos cauteloso. Pelo contrário, era sexy e provocante. Coisa que eu claramente não era, e, bom, isso me incomodava. A Katy reservada e prática era também controlada e chata. Era quem eu era. Por isso minha mãe se sentia segura em me deixar sozinha o tempo todo, porque eu nunca faria nada que a preocupasse.

O tipo de garota que Daemon esperava poder comandar e intimidar. O garoto provavelmente imaginava que eu usaria um maiô e ficaria de short e blusa, porque ele me assustava. O que tinha dito mesmo quando me conhecera? Que eu parecia ter 13 anos?

Senti um calor me esquentando por dentro.

Ele que se dane.

Queria ser excitante e ousada. Talvez quisesse chocar o Daemon, provar que estava errado. Sem pensar nem mais um segundo, atirei o conjunto mais careta no canto e botei o vermelho em cima da mesa.

A decisão estava tomada.

Amarrei as alças em tempo recorde, vesti um short jeans e pus uma camiseta de florzinha em cima do biquíni, para disfarçar minha audácia. Assim que separei o tênis, catei uma toalha e desci.

Minha mãe estava perambulando pela cozinha, com uma xícara de café na mão.

—Você levantou tarde. Dormiu bem? — perguntou, cheia de expectativa.

Às vezes achava que ela era vidente. Dei de ombros e passei por ela para pegar o suco de laranja. Concentrei-me em preparar uma torrada, mas minha mãe continuou a me encarar pelas costas.

— Eu estava lendo.

— Katy? — chamou ela, após um longo momento de silêncio.

Minha mão tremia um pouco enquanto eu passava manteiga no pão.

— Sim?

— Está tudo bem com você aqui? Está gostando?

Fiz que sim com a cabeça.

— É, é legal.

— Que bom. —Ela respirou fundo. — Está animada pra hoje?

Meu estômago deu uma cambalhota e eu virei para encará-la. Parte de mim queria esganá-la por ter me obrigado a concordar com os planos do Daemon, mas ela não fizera por mal. Sabia que mamãe estava com medo de que eu fosse odiá-la por ter me tirado de perto de tudo que eu amava e insistido em se mudar para cá.

— Estou, acho que sim — menti.

—Você vai se divertir — falou. — Só toma cuidado.

Olhei para ela com certo deboche.

— Duvido que vá correr algum perigo nadando.

— Aonde vocês vão?

— Não sei, ele não disse. Algum lugar aqui perto, tenho certeza.

Minha mãe se aproximou da porta.

—Você entendeu o que eu quis dizer. Ele é muito bonito.

Depois me deu aquele olhar de *já tive a sua idade, então não inventa* e saiu. Suspirei aliviada e lavei a xícara dela. Não acho que teria suportado outra vez aquele papo que cegonhas não existem e a forma como são concebidos os bebês. Muito menos agora. O primeiro já tinha sido bem traumático.

Senti um calafrio só em lembrar.

Estava tão absorta, revivendo aquele momento bizarro de mãe e filha, que levei um susto quando alguém bateu à porta. Olhei para o relógio e meu coração deu um pulo.

Faltavam quinze minutos para o meio-dia.

LUX 1 OBSIDIANA

Respirei fundo para me acalmar e fui tropeçando nos meus próprios pés para abrir a porta. Daemon estava atrás dela, com uma toalha displicentemente pendurada no ombro.

— Estou um pouco adiantado.

— Não diga! — falei, sem alterar a voz. — Mudou de ideia? Sempre dá pra tentar mentir.

Ele arqueou uma sobrancelha.

— Eu não sou mentiroso.

Encarei-o.

— Me dá só um segundo pra pegar minhas coisas.

Não esperei pela resposta. Bati a porta na cara dele. Foi infantil, mas senti um gostinho de vitória. Fui até a cozinha, peguei o tênis e o resto, e abri a porta de novo. Daemon continuava exatamente no mesmo lugar.

Enquanto trancava a porta, senti minha barriga se retorcer de nervoso. Desci atrás dele pela entrada da garagem.

— Tá, então, aonde é que você vai me levar?

— Que graça teria se você soubesse? — perguntou. — Ia estragar a surpresa.

— Sou nova na cidade, lembra? Qualquer lugar é surpresa pra mim.

— Então por que tá perguntando? — Ele levantou uma sobrancelha.

Revirei os olhos.

— A gente não vai de carro?

Daemon riu.

— Não. Não dá pra ir de carro até lá. Não é um lugar conhecido. Muita gente que mora aqui nem sabe que existe.

— Nossa, estou me sentindo especial.

— Quer saber o que eu acho, Kat?

Com o canto do olho, flagrei-o me olhando com tanta intensidade que até corei.

— Tenho quase certeza de que é melhor não saber.

— A minha irmã te acha muito especial. E eu tô começando a me perguntar se ela não está aprontando alguma.

Sorri de maneira debochada.

— Hoje em dia, há tantas formas de ser *especial*, né, Daemon?

Ele estremeceu ao ouvir seu nome. Depois de um segundo, a tensão passou, e ele foi me guiando rua abaixo até cruzar a estrada principal. Conseguiu me deixar curiosa quando a gente entrou na mata, do outro lado da rodovia.

—Você tá me levando pro meio do mato com alguma segunda intenção? — perguntei, meio séria.

Ele me olhou por cima do ombro, seus cílios escondendo os olhos.

— E por que eu faria isso, gatinha?

Estremeci.

— As possibilidades são infinitas.

— É mesmo? — Daemon passava com facilidade por cima dos galhos e folhagens emaranhados no chão.

Eu, enquanto isso, me esforçava loucamente para não quebrar o pescoço tropeçando em uma das muitas raízes expostas, ou nas pedras cobertas de limo.

— A gente não pode fingir que foi?

— Pode acreditar que eu também não queria estar fazendo isso. — Pulou por cima de uma árvore caída. — Mas ficar reclamando não vai ajudar em nada.

Ele se virou e ofereceu a mão para me ajudar.

—Você é tão agradável de se conversar. — Considerei por um instante se deveria ignorá-lo, mas segurei sua mão. Senti a eletricidade atravessar de pele para pele. Mordi de leve o lábio, enquanto ele me ajudava a passar pelo tronco derrubado. — Obrigada.

Daemon desviou o olhar e seguiu andando.

— Tá animada pras aulas?

O quê? Como se ele desse a mínima.

— Não é muito animador ser a garota nova. Sabe, todo mundo te olha como se você tivesse uma melancia pendurada no pescoço. Não é legal.

— Sei como é.

— Sabe?

— Ã-hã. Ainda falta um pouco pra chegar.

Tive vontade de perguntar outras coisas, mas não valia a pena. Ele ia me dar mais uma resposta vaga ou fazer uma gracinha.

— Um pouco? Há quanto tempo a gente já está andando?

— Uns vinte minutos, talvez mais. Eu disse que era meio escondido.

Pulei por cima de mais um tronco no chão e vi uma clareira adiante, além das árvores.

— Bem-vinda ao nosso pequeno pedaço de paraíso. — Daemon retorceu os lábios de maneira um tanto sarcástica.

Ignorei-o e fui até a clareira. Fiquei impressionada.

— Caramba, que lugar lindo!

— É mesmo. — Ele parou do meu lado, usando uma das mãos para proteger os olhos do brilho do sol, que refletia na superfície da água.

Pela postura de seus ombros, dava para notar que aquele era um lugar especial para ele. E, só em saber disso, meu estômago meio que deu um nó. Me estiquei um pouco para tocar seu braço, e ele virou o rosto para mim.

— Obrigada por me trazer aqui.

Antes que Daemon pudesse abrir a boca e arruinar o momento, tirei a mão e fiz questão de desviar o olhar.

Pelo meio da clareira passava um riacho, que se alargava, formando um pequeno lago natural. A brisa suave fazia a superfície ondular. No meio, havia pedras chatas e lisas. Em volta do lago, a vegetação era limpa, um círculo perfeito de grama baixa e flores silvestres que desabrochavam ao sol. Parecia mesmo um paraíso.

Fui até a beira da água.

— É fundo?

— Uns três metros na maior parte, e uns seis lá do outro lado das pedras. — Ele estava bem atrás de mim, chegando com aquele jeito assustador de andar sem fazer barulho. — Dee adora esse lugar. Antes de você chegar, ela passava quase todos os dias aqui.

Para o Daemon, minha chegada tinha sido o começo do fim. O apocalipse. Kat-magedom.

— Sabe, eu não vou meter sua irmã em confusão.

— Vamos ver.

— Não sou uma má influência. — Tentei de novo. As coisas seriam mais fáceis se a gente conseguisse se dar bem. — Nunca me meti em nenhuma confusão antes.

Daemon passou por mim, os olhos fixos na água parada.

— Ela não precisa de uma amiga como você.

— Não tem nada de errado comigo — explodi. — Sabe de uma coisa? Esquece.

Ele suspirou.

— Por que você gosta de jardinagem?

Parei, com os punhos cerrados.

— O quê?

— Por que você gosta de jardinagem? — perguntou de novo, sem tirar os olhos do lago. — Dee disse que você faz pra não ter que pensar. No que você não quer pensar?

Era hora de trocar confissões?

— Não é da sua conta.

Daemon deu de ombros.

— Então vamos nadar.

Nadar era a última coisa que eu queria fazer. Afogá-lo, talvez. Mas aí ele tirou o tênis e o jeans. Por baixo, estava de sunga. E depois, tirou a camiseta, com um movimento só. *Caramba*. Eu já tinha visto caras sem camisa antes. Morei na Flórida, onde qualquer um se achava no direito de andar seminu. Droga, eu já tinha visto *esse* cara seminu antes. Não deveria ser um choque.

Ah, como estava enganada.

Ele tinha um corpo lindo, não muito forte, mas com mais músculos do que qualquer garoto da mesma idade. Graciosamente, Daemon se encaminhou para o lago, flexionando e esticando os músculos a cada passo.

Não sei bem por quanto tempo fiquei olhando depois que ele finalmente mergulhou. Minhas bochechas estavam quentes. Expirei, porque me dei conta de que estava prendendo o fôlego. Eu tinha que me controlar. Ou arrumar uma câmera para eternizar o momento, porque aposto que daria para fazer um dinheiro com um vídeo dele. Daria para ganhar uma fortuna. Desde que ele não abrisse nunca a boca.

Daemon subiu à tona a vários metros de distância de onde tinha mergulhado, com as gotas de água brilhando nos seus cabelos e cílios. Os cabelos escuros estavam todos para trás, dando ainda mais destaque aos olhos estranhamente verdes dele.

—Você não vem?

LUX 1 OBSIDIANA

Me lembrei do biquíni vermelho que escolhera usar e tive vontade de sair correndo. A confiança de mais cedo tinha evaporado. Tirei os sapatos com movimentos lentos, fingindo apreciar o ambiente à minha volta, enquanto meu coração martelava contra minhas costelas.

Curioso, ele me observou por alguns instantes.

— Você é mesmo tímida, não é, gatinha?

Parei.

— Por que você me chama assim?

— Porque você fica toda arrepiada, igual a um gatinho. — Daemon estava rindo de mim. Ele se afastou mais um pouco, a água batendo no peito dele. — E então? Você vem?

Deus do céu, ele não ia virar de costas nem nada. E havia desafio em seu olhar, como se estivesse esperando que eu amarelasse. Talvez fosse isso o que queria — esperava. Para mim, não havia a menor dúvida de que ele tinha consciência do efeito que causava nas mulheres.

A Katy prática e chata teria entrado no lago completamente vestida.

Não queria mais ser essa garota. Essa tinha sido a razão por trás da escolha do biquíni vermelho. Queria provar a ele que não me intimidava facilmente. Estava determinada a vencer aquele round.

Daemon parecia entediado.

— Vou te dar um minuto pra entrar aqui.

Resisti à vontade de mostrar o dedo do meio de novo. Respirei fundo. Não era como se fosse ficar nua, não mesmo.

— Ou o quê?

Ele se aproximou da margem do lago.

— Ou vou ter que ir te buscar.

Fiz pouco da ameaça dele.

— Quero ver você tentar.

— Quarenta segundos. — Ficou me olhando de um jeito intenso e penetrante, e foi chegando mais perto.

Esfreguei a mão no rosto e suspirei.

— Trinta segundos — ameaçou, mais perto ainda.

— Jesus! — reclamei, arrancando a camiseta.

Tive vontade de jogá-la na cabeça dele, mas pensei duas vezes. Apressei-me em tirar o short quando ele deu o último aviso.

Parei na beira do lago, com as mãos nos quadris.

— Contente?

Daemon parou de sorrir e ficou só olhando.

— Nunca fico contente quando estou perto de você.

— O que você disse? — Franzi os olhos, tentando decifrar sua expressão. Ele *não* disse o que eu achei que tinha dito.

— Nada. Melhor você entrar logo, antes que vire um pimentão da cabeça aos pés.

Ainda mais vermelha por estar sendo analisada por ele, me virei e caminhei até a parte em que não era fundo para entrar. A água estava ótima e aplacou o calor desconfortável que fazia a pele pinicar.

Tentei encontrar qualquer coisa para dizer.

— É bonito aqui.

Ele me observou por um instante e depois desapareceu embaixo d'água, ainda bem. Quando subiu à tona, gotas pingavam do rosto dele. Precisando refrescar o rosto, submergi também. O choque frio foi revigorante, bom para clarear os pensamentos. De volta à superfície, tirei as mechas de cabelo molhado do rosto.

Daemon estava me olhando a poucos metros dali, submerso até a altura das bochechas, a respiração criando bolhas que estouravam na superfície. Algo em seu olhar me incitou a chegar mais perto.

— Que foi? — perguntei, depois de um tempo em silêncio.

— Por que você não vem até aqui?

Chegar perto dele? Sem chances. Nem mesmo se ele chacoalhasse um cookie. Confiança e Daemon eram conceitos que não combinavam. Girei o corpo e mergulhei, mirando nas pedras que tinha visto no meio do lago.

Alcancei-as com algumas braçadas fortes e saí da água, acomodando-me sobre a pedra morna e firme. Torci o cabelo para tirar o excesso de água. No meio do lago, ele bateu as pernas um pouco.

—Você tá parecendo decepcionado.

Daemon não respondeu. Um misto de curiosidade e confusão cruzou-lhe o rosto.

— O que temos aqui?

Balancei os pés dentro da água e fiz uma careta.

LUX 1 Obsidiana

— Do que você tá falando agora?
— Nada. — Boiou para mais perto de mim.
— Você falou alguma coisa.
— Falei, não foi?
— Você é estranho.
— E você não é como eu imaginava — retrucou ele, baixinho.
— O que isso quer dizer? — perguntei. Ele tentou pegar o meu pé, mas eu afastei a perna do alcance dele. — Não sou boa o bastante pra ser amiga da sua irmã?
— Você não tem nada em comum com ela.
— Como você sabe? — Me afastei de novo, porque ele tentou puxar a outra perna.
— Eu sei.
— A gente tem um monte de coisas em comum. E eu gosto dela. Ela é legal e divertida. — Dei um impulso para trás, ficando totalmente fora do alcance dele. — Você devia era deixar de ser tão babaca e parar de tentar espantar as amigas dela.

Daemon ficou quieto, depois riu.
— Você realmente não é que nem eles.
— Quem?

Um longo momento se passou. A água estava na altura dos ombros dele. Conforme ia se afastando, batia no peitoral e formava ondinhas.

Balancei a cabeça e observei-o desaparecer embaixo d'água mais uma vez. Apoiei-me nos cotovelos e fechei os olhos. O sol que batia no meu rosto e o calor que emanava da pedra e esquentava minha pele me lembravam da praia. A água fria fazia cócegas nos dedos dos meus pés. Poderia ficar ali o dia inteiro, só lagarteando no sol. Tirando Daemon, o dia estava perfeito.

Não tinha ideia do que ele queria dizer com esse lance de não ser como eles, ou da irmã não precisar de uma amiga como eu. Tinha que ser mais do que só um irmão louco superprotetor. Me levantei um pouco, na expectativa de vê-lo boiando de costas, mas ele tinha desaparecido. Não conseguia enxergá-lo em lugar algum. Fiquei de pé, tomando cuidado com as pedras escorregadias, e esquadrinhei o lago, tentando encontrar uma massa de cabelos pretos sob a superfície transparente da água.

Dei mais uma volta na pedra, sentindo uma pontada de insegurança no estômago. Será que ele tinha ido embora para me pregar uma peça? Mas eu teria escutado, não?

Aguardei, imaginando que a qualquer segundo ele subiria à tona, impelido pela necessidade de respirar, mas os segundos se transformaram em um minuto, depois em outro. Continuei a procurar por qualquer sinal do Daemon na superfície calma da água, ficando mais nervosa a cada passada de olhos.

Puxei o cabelo para trás das orelhas e usei a mão em concha para proteger os olhos do sol. Não era possível que ele prendesse o ar por tanto tempo. Nem pensar.

Prendi a respiração e senti quando o ar congelou dentro do meu peito. Aquilo estava errado. Agachei-me na pedra e olhei para baixo, perscrutando a água parada.

Será que ele tinha se machucado?

— Daemon! — gritei.

Não houve resposta.

aemon!
Mil pensamentos passaram pela minha cabeça. Há quanto tempo ele estava submerso? Onde eu o vira pela última vez? Quanto tempo levaria para conseguir ajuda? Eu não gostava do Daemon, e sim, podia até ter rapidamente considerado a ideia de afogá-lo, mas não queria que o cara morresse.

— Ai, meu Deus — murmurei. — Isto não pode estar acontecendo.

Não podia mais me dar ao luxo de pensar. Tinha que fazer alguma coisa. Assim que me preparei para mergulhar, a superfície se agitou e Daemon surgiu do fundo do lago. Surpresa e alívio tomaram conta de mim, seguidos por uma intensa vontade de vomitar. E depois, de bater nele.

Ele usou os braços para impulsionar o corpo a subir na pedra. Seus músculos se tornaram mais definidos com o esforço.

— Aconteceu alguma coisa? Você está com uma cara meio apavorada.

Passado o susto, agarrei os ombros escorregadios dele, tentando assegurar ao meu revoltado estômago que Daemon estava vivo e não com uma lesão no cérebro por falta de oxigênio.

— Você está bem? O que houve? — Bati no braço dele. Com *força*. — Nunca mais faça isso comigo!

Daemon levantou as mãos.

— Peraí, qual foi?

—Você ficou tanto tempo embaixo d'água. Achei que tivesse se afogado! Por que fez isso? Por que quis me dar um susto desses? — Fiquei de pé num pulo e respirei fundo. — Você ficou debaixo da água por uma *eternidade*.

Ele franziu a testa.

— Não fiquei tanto tempo assim. Eu estava nadando.

— Não, Daemon, você passou um tempão sem subir para respirar. Foram no mínimo uns dez minutos. Eu te procurei, te chamei. Eu... achei que você tivesse morrido.

Ele ficou de pé também.

— Não pode ter sido dez minutos. É impossível. Ninguém consegue prender a respiração por tanto tempo.

Engoli em seco.

—Aparentemente, você consegue.

Os olhos do Daemon perscrutaram os meus.

—Você ficou mesmo preocupada, não foi?

— Que parte de *"achei que você tivesse se afogado"* você não entendeu? — Eu estava tremendo.

— Kat, eu subi, sim. Você é que não me viu. E depois mergulhei de novo.

Ele estava mentindo. Tinha certeza absoluta. Será que conseguia mesmo prender o ar por um tempo tão incrivelmente longo? Mas, se era isso, por que ele não dizia logo?

— Isso acontece sempre? — perguntou.

Meu olhar voltou para ele.

— O quê?

—Você, imaginando coisas. — Fez um gesto com a mão. — Ou vai ver não tem a menor noção de tempo.

— Não imaginei nada! E eu tenho uma ótima noção de tempo, idiota.

— Então não sei o que te dizer. — Ele deu um passo à frente, o que na pedra não era muito longe. — Não sou eu quem está imaginando que fiquei embaixo d'água por dez minutos, quando foram no máximo uns dois. Acho que vou comprar um relógio pra você da próxima vez que for ao centro, assim que conseguir reaver a chave do *meu* carro.

LUX 1 OBSIDIANA

Por alguma razão estúpida, que provavelmente eu jamais entenderia, tinha me esquecido do motivo que nos levara até ali. Em algum momento entre vê-lo seminu e imaginar que ele estava morto, devia ter perdido a cabeça.

— Bom, diga pra Dee que passamos uma tarde *maravilhosa* juntos, assim você consegue essa chave imbecil de volta — retruquei, olhando bem para ele. — Daí nunca mais vamos precisar repetir o dia de hoje.

Um sorrisinho presunçoso tomou conta do rosto dele.

— Depende de você, gatinha. Tenho certeza de que ela vai te ligar e perguntar.

— Você vai ter as chaves de volta. Tô pronta... — Meus pés derraparam na pedra molhada. Sem equilíbrio, balancei os braços no ar.

Movimentando-se na velocidade da luz, Daemon agarrou minha mão e me puxou para a frente. Quando me dei conta, estava encostada no peito dele, quente e úmido, e seu braço me envolvia pela cintura.

— Toma cuidado, gatinha. Dee ficaria puta comigo se você abrisse a cabeça e se afogasse.

Compreensível. Ela provavelmente pensaria que o irmão tinha feito de propósito. Comecei a responder, mas então me dei conta da situação. Não havia muito tecido nos separando. Na verdade, praticamente nenhum. Meu sangue começou a bombear mais rápido. Só podia ser por causa de todo o incidente de quase afogamento.

Um estranho nervosismo tomou conta de mim quando nos entreolhamos. Soprava um vento refrescante que arrepiou as partes dos nossos corpos que não estavam encostadas, fazendo as que estavam ficarem ainda mais sensíveis ao toque do outro.

Nenhum de nós disse nada.

Ele arquejou, e o verde-garrafa profundo de seus olhos escureceu ligeiramente. Uma sensação poderosa, quase elétrica, me percorreu. Uma reação a ele?

Bem, isso era estranho, bobo e ilógico. Ele me odiava.

Então, Daemon soltou minha cintura e deu um passo atrás. Limpou a garganta e sua voz saiu grossa.

— Acho que está na hora de voltar.

Concordei com um menear de cabeça, decepcionada, mas sem ter certeza do porquê. Suas mudanças de humor me faziam sentir como se estivesse em um desses carrosséis ruins que não param nunca, mas... alguma coisa nele mexia comigo.

Não falamos nada enquanto nos secávamos e nos vestíamos. Nem durante o percurso de volta para casa. Era como se nenhum dos dois tivesse nada a dizer, o que era bom, na verdade. Eu gostava mais dele quando ficava calado.

Mas, quando nos aproximamos da entrada da casa, Daemon soltou um palavrão em voz baixa. Foi como se um golpe de ar gelado passasse entre a gente. Acompanhei seu olhar preocupado. Havia um carro diferente na porta da casa dele, um Audi top de linha, desses que custam anos do salário da minha mãe. Me perguntei se seriam seus pais, e se isso se transformaria no Kat-magedom episódio dois.

Daemon abriu a boca.

— Kat, eu...

Uma porta se abriu e bateu na lateral da casa. Um homem, de uns vinte e tantos anos, talvez trinta e poucos, saiu para a varanda. Seu cabelo castanho-claro não combinava com as ondas negras do Daemon e da Dee.

Quem quer que fosse, era bonito e estava bem-vestido.

E também parecia furioso.

Ele desceu os degraus de dois em dois. Não olhou para mim. Nem de relance.

— O que está havendo aqui?

— Absolutamente nada. — Daemon cruzou os braços. — E, já que a minha irmã não está em casa, gostaria de saber o que você estava fazendo lá dentro.

Certo. Definitivamente não era alguém da família.

— Eu me convidei para entrar — respondeu o homem. — Não achei que fosse um problema.

— Agora é, Matthew.

Matthew. Reconheci o nome, o mesmo do telefonema que a Dee tivera que fazer. Finalmente, o olhar de aço dele se focou em mim. Ele arregalou um pouco os olhos. Eram azul-claros, brilhantes. Seus lábios se curvaram enquanto me analisava de cima a baixo. Não como se estivesse interessado, mas como se estivesse me avaliando.

— Jamais esperaria isso de você, Daemon.

LUX 1 OBSIDIANA

Ah, mas que inferno, isso de novo. Já estava começando a me perguntar se eu tinha cara de maluca ou algo assim. O ar ficou pesado, tenso, e tudo por minha causa. Não fazia nenhum sentido. Eu nem conhecia o sujeito.

Daemon apertou os olhos.

— Matthew, se você valoriza sua capacidade de locomoção, é melhor não se meter.

Achando tudo o cúmulo do esquisito, dei um passo para o lado.

— Acho melhor eu ir.

— Acho melhor o Matthew ir — disse Daemon, entrando na minha frente. — A não ser que ele tenha outro motivo pra ficar, além de meter o nariz onde não é chamado.

Nem mesmo Daemon era capaz de bloquear a repulsa no olhar do homem.

— Desculpa — falei, com a voz trêmula. — Mas não sei o que está acontecendo. A gente só foi nadar.

O olhar de Matthew fixou-se em Daemon, que endireitou os ombros.

— Não é o que você tá pensando. Me dá algum crédito. Dee escondeu a chave do meu carro e me obrigou a sair com ela pra me devolver.

Senti uma onda de calor. Ele precisava mesmo dizer para um cara qualquer que tinha saído comigo por obrigação?

O homem riu.

— Então essa é a amiguinha da Dee.

— Eu mesma — falei, cruzando os braços.

—Achei que você tivesse controlado essa situação. — Fez um gesto na minha direção, como se eu fosse um palhaço assassino ao lado do Daemon. — Que você tinha feito a sua irmã entender.

— É, bom, por que você não tenta fazer com que ela entenda? — retrucou o garoto. — Por enquanto, eu não tô dando muita sorte.

Matthew cerrou os lábios.

—Vocês dois deviam ter mais juízo.

Tomei um susto ao escutar o estrondo repentino de um trovão, mas os dois continuaram simplesmente se encarando. Um relâmpago rasgou o céu em cima da gente e me cegou por um instante. Quando a luz apagou, havia nuvens negras e pesadas por toda parte. A energia estalava ao meu redor, arrepiando minha pele.

Matthew se virou, lançou mais um olhar severo na minha direção e entrou na casa do Daemon. No exato momento em que a porta bateu atrás dele, as nuvens se dissiparam. Olhei para o meu vizinho, boquiaberta.

— O que... o que acabou de acontecer? — perguntei.

Mas ele já estava entrando em casa também; o barulho da porta batendo soou como um tiro ecoando no vale. Fiquei lá parada, sem ter certeza do que havia acontecido. Levantei os olhos para o céu limpo. Nem sinal da tempestade violenta. Já havia visto algo assim centenas de vezes na Flórida, mas o que tinha acontecido agora parecia mais assustador. E, pensando no lago, também não tinha certeza do que ocorrera lá, mas sabia que o Daemon tinha ficado embaixo d'água por tempo demais. Também sabia que tinha alguma coisa nele que não era normal.

Em todos eles.

[7]

ee ligou naquela noite, e por mais que eu quisesse contar que a tarde com o Daemon não fora um passeio de unicórnio por um arco-íris, eu menti. Disse que tinha sido *ótimo*. Ele *conquistou* o direito às chaves. Caso contrário, ela seria capaz de obrigá-lo a sair comigo de novo.

Ela ficou tão feliz que eu quase me senti mal por ter mentido.

A semana seguinte se arrastou. Tive tempo de sobra para sofrer com o fato de que faltava só uma semana e meia para começarem as aulas. Dee ainda não tinha voltado da visita à família ou o que quer que estivesse fazendo. Sozinha e morrendo de tédio, voltei ao meu relacionamento sério, e íntimo, com a internet.

Era o início da noite de sábado quando Daemon apareceu na minha porta de repente com as mãos enfiadas nos bolsos da calça jeans. Ele estava de costas para mim, a cabeça inclinada para cima, os olhos grudados no céu limpo e azul. Algumas estrelas começavam a aparecer, mas o sol ainda levaria umas duas horas para se pôr completamente.

Surpresa em vê-lo, saí de casa. Ele abaixou a cabeça tão rapidamente que eu pensei que pudesse distender um músculo.

— O que você está fazendo? — perguntei.

Ele franziu as sobrancelhas. Alguns segundos se passaram e, em seguida, seu lábio inclinou-se num dos cantos. Pigarreou para limpar a garganta.

— Gosto de olhar pro céu. Tem alguma coisa interessante nele. — Seu olhar se voltou novamente para o alto. — É infinito, sabe.

Daemon soou quase profundo.

—Vai sair algum louco correndo da sua casa, gritando, só porque você tá falando comigo?

— Agora, não, mas quem sabe mais tarde?

Não soube dizer se ele estava falando sério ou não.

— Então é melhor eu não estar aqui "mais tarde".

— É... Tá ocupada?

— Além de ter que atualizar meu blog, não.

—Você tem um blog? — Daemon virou-se para mim, recostado no corrimão. Seus traços estavam marcados pelo desprezo. Ele tinha dito "blog" como se fosse um vício em crack, sei lá.

— Sim, eu tenho um blog.

— Como é o nome dele?

— Não é da sua conta — respondi com um sorriso doce.

— Nome interessante. — Ele me devolveu o sorriso, com um toque de deboche. — Então, sobre o que você escreve? Tricô? Quebra-cabeças? Solidão?

— Ha, ha, engraçadinho. — Suspirei. — Eu resenho livros.

—Você ganha pra isso?

Soltei uma sonora gargalhada.

— Não. Nem um centavo.

Daemon pareceu confuso.

— Então você escreve resenha de livros, divulga, mas não ganha nada se alguém comprar um deles por sua causa?

— Não faço resenhas pra ganhar dinheiro, nem nada. — Embora isso pudesse ser legal, o que me lembrou que eu precisava fazer meu cadastro na biblioteca. — Faço porque gosto. Adoro ler, e adoro falar de livros.

— Que tipo de livros você lê?

— Todos os tipos. — Recostei-me no corrimão em frente a ele e inclinei o pescoço para trás a fim de fitá-lo nos olhos. — Normalmente, prefiro temas paranormais.

LUX 1 OBSIDIANA

— Como vampiros e lobisomens?

Caramba, quantas perguntas ele ia fazer?

— É.

— Fantasmas e ETs?

— Histórias de fantasma são legais, mas aliens, não sei. Não fazem muito a minha cabeça, nem a dos meus leitores.

Ele arqueou uma sobrancelha.

— O que faz a sua cabeça?

— Criaturas verdes e pegajosas de outro planeta com certeza não — respondi. — De qualquer jeito, também curto quadrinhos, romances históricos...

— Você lê quadrinhos? — O tom era de descrença. — Sério?

Assenti.

— Sério, qual o problema? Meninas não podem ler quadrinhos?

Ele me encarou por um longo momento e depois inclinou o queixo na direção da mata.

— Quer dar uma caminhada?

— Hum, você sabe que eu não sou boa com esse negócio de mato — lembrei a ele.

Um sorriso apareceu, ligeiramente bruto e sexy.

— Não vou te levar pra subir a montanha. É só uma trilhazinha inofensiva. Tenho certeza de que você aguenta.

— Dee não disse onde estava sua chave? — perguntei, desconfiada.

— Disse.

— Então por que você está aqui?

Daemon suspirou.

— Nenhum motivo em especial. Só achei que podia te fazer uma visita, mas, se você vai ficar questionando tudo, pode esquecer.

Mordendo o lábio, observei-o descer os degraus. Era loucura. Tinha passado dias morrendo de tédio. Revirei os olhos e chamei-o de volta.

— Tudo bem, vamos lá.

— Tem certeza?

Concordei, mesmo estando bastante receosa.

— Por que estamos indo por trás da casa? — perguntei, quando ficou evidente a direção na qual ele me guiava. — As Seneca Rocks se encontram daquele lado. Achava que todas as trilhas começassem lá.

Apontei para a frente da casa, de onde dava para ver o topo das monstruosas estruturas de arenito que se erguiam sobre a cidade.

— É, mas tem umas trilhas por aqui que dão a volta e são mais curtas — explicou. — A maioria das pessoas conhece as trilhas principais, que estão sempre lotadas. Passei uns dias bastante tediosos, então fui explorar e acabei encontrando essas trilhas fora do caminho.

Fiz uma careta.

— Como assim, fora do caminho?

Ele riu.

— Nada *muito* longe.

— Então é uma trilha pequenininha? Aposto que vai ser uma chatice pra você.

— Só de sair pra caminhar já é bom. Além disso, não é como se a gente fosse fazer todo o caminho até o desfiladeiro de Smoke Hole. Essa seria uma boa caminhada daqui. Então não se preocupa, tá bom?

— Tudo bem, mostre o caminho.

Paramos na casa dele para pegar duas garrafas de água e partimos. Caminhamos em silêncio por alguns minutos, até que Daemon disse:

— Você confia demais nos outros, gatinha.

— Para de me chamar assim. — Era um tanto difícil acompanhar o ritmo das pernas longas dele, de modo que fiquei um pouco para trás.

Daemon olhou por cima do ombro, sem diminuir o passo.

— Ninguém nunca te chamou assim?

Dei meu jeito para passar por um arbusto cheio de espinhos.

— Sim, algumas pessoas me chamam de gatinha. Mas você faz soar tão...

Levantou as sobrancelhas.

— Tão o quê?

— Não sei, como se fosse um insulto. — Ele diminuiu o passo, e eu voltei a caminhar ao seu lado. — Ou alguma depravação sexual.

Ele virou a cabeça para o outro lado, rindo. O som deixou meus músculos tensos.

LUX 1 OBSIDIANA

— Por que você está sempre rindo de mim?

Daemon balançou a cabeça e sorriu para mim.

— Não sei, você meio que me faz rir.

Chutei uma pedrinha.

— Que seja. Então, qual é a desse tal de Matthew? Ele agiu como se me odiasse ou coisa assim.

— Ele não te odeia. Só não confia em você. — As últimas palavras soaram pouco mais que um murmúrio.

Balancei a cabeça, desconcertada.

— Não confia em mim por quê? Tem medo de eu roubar sua virtude?

O garoto deu uma gargalhada e demorou alguns instantes para responder.

— É. Ele não é fã de garotas bonitas que são a fim de mim.

— O quê? — Tropecei numa raiz exposta. Daemon me segurou com facilidade, me pondo de pé no mesmo instante. O breve contato foi o suficiente para deixar minha pele formigando sob as roupas. As mãos dele ficaram na minha cintura por mais alguns segundos, antes que ele as tirasse.

— Você tá de sacanagem, né?

— Que parte? — perguntou.

— Todas!

— Qual é? Não vai me dizer que você não se acha bonita. — Ele avaliou meu silêncio. — Nenhum cara nunca te disse que você é bonita?

Não era a primeira vez que alguém me elogiava, mas acho que nunca tinha me importado antes. Meus ex-namorados tinham me dito que eu era bonita, mas nunca tinha pensado que essa pudesse ser a razão para alguém não gostar de mim. Desviei o olhar e dei de ombros.

— Claro que já.

— Ou, de repente, é você que não tem consciência disso.

Dei de ombros de novo e me concentrei nos troncos das árvores antigas, pronta para mudar de assunto e negar a outra parte da declaração dele. Eu definitivamente não estava a fim daquele cara arrogante.

— Sabe no que eu sempre acreditei? — perguntou delicadamente.

Ainda estávamos de pé na trilha, cercados apenas pelo som de alguns poucos pássaros. Minha voz flutuou com a brisa suave.

— Não.

— Sempre achei que as pessoas mais bonitas, bonitas de verdade, por dentro e por fora, são aquelas que não têm noção do efeito que causam. — Seus olhos encontraram-se com os meus e, por um momento, ficamos ali, de frente um para o outro. — Aquelas que usam a beleza para conseguir tudo estão apenas desperdiçando o que têm. Essa beleza é passageira. É só uma casca, cobrindo nada além de sombras e vazio.

Eu fiz a coisa mais inapropriada possível. Eu ri.

— Desculpa, mas essa foi a coisa mais profunda que já ouvi você falar. Que nave espacial foi essa que levou o Daemon que eu conheço? Dá pra pedir pra ficarem com ele lá?

Meu vizinho fez uma careta.

— Só estou sendo sincero.

— Eu sei, mas é que foi realmente... Uau.

E ali estava eu, estragando provavelmente a coisa mais legal que ele me dissera até então.

Daemon deu de ombros e retomou a caminhada.

— A gente não vai muito longe — falou, após alguns minutos. — Quer dizer que você gosta de história?

— Sim, e eu sei que isso faz de mim uma nerd. — Silenciosamente, agradeci a mudança de assunto.

Seus lábios tremeram em resposta.

— Você sabia que esta trilha aqui era usada pelos índios Seneca?

Estremeci.

— Por favor, não me diz que a gente tá passando em cima de um cemitério.

— Bom, com certeza *existem* covas por aqui. Por mais que eles estivessem apenas de passagem pela região, não seria demais imaginar que alguém pode ter morrido exatamente nesse local e...

— Daemon, eu não preciso saber dessa parte. — Dei um leve empurrão no braço dele.

Com aquele olhar estranho novamente, ele balançou a cabeça.

— Tá bom, eu te conto a história e deixo de fora os detalhes mais assustadores, porém naturais do ser humano.

LUX ❶ OBSIDIANA

Um galho longo no meio do caminho impedia nossa passagem. Daemon suspendeu-o e, quando passei, meu ombro roçou de leve no peito dele. Sem dizer nada, ele soltou o galho e tomou a dianteira de novo.

— Que história?

— Você vai ver. Agora, presta atenção. Antigamente, esta região era tomada por florestas e montanhas, não muito diferente do que é hoje, a não ser pelas poucas cidadezinhas pequenas. — Foi passando os dedos nos galhos das árvores conforme andávamos, afastando os mais baixos para mim. — Mas imagina um lugar assim, tão pouco povoado que levaria dias, muitas vezes semanas, para chegar até o seu vizinho mais próximo.

Senti um arrepio.

— Parece tão solitário.

— Mas você tem que entender que isso era comum há alguns séculos. Fazendeiros e homens da montanha viviam a alguns quilômetros uns dos outros, e a distância era percorrida toda a pé ou a cavalo. Não era a mais segura das viagens.

— Posso imaginar — respondi baixinho.

— A tribo Seneca viajou por toda a Costa Leste dos Estados Unidos e, em dado momento, atravessou exatamente esta trilha aqui, em direção às Seneca Rocks. — O olhar dele encontrou-se com o meu. — Você sabia que a trilhazinha atrás da sua casa leva direto até a base das pedras?

— Não. Elas sempre me pareceram tão distantes, nunca pensei que pudessem estar tão perto.

— Se você seguir a trilha por alguns quilômetros, vai chegar à base. É um caminho rochoso, que até os montanhistas mais experientes preferem evitar. As Seneca Rocks vão do condado de Grant ao de Pendleton, sendo que o ponto mais alto é o Spruce Knob. Elas também se desdobram em outra formação, perto de Seneca, chamada de Champe Rocks. Agora, são meio difíceis de se chegar, e normalmente só dá pra fazer isso invadindo alguma propriedade particular, mas pode valer a pena se você estiver disposta a escalar mais de trezentos metros de altura — concluiu, melancolicamente.

— Parece divertido. — Só que não.

Como era impossível disfarçar o sarcasmo na minha voz, dei também um sorriso, para não estragar o clima. Era provavelmente a conversa mais longa que já tivera com o Daemon sem que nenhuma declaração dele me fizesse mostrar meu dedo do meio.

— É, sim, se você não tiver medo de escorregar. — Ele riu da minha expressão. — De qualquer jeito, as Seneca Rocks são feitas de quartzito, que é em parte arenito. Por isso que às vezes têm uma coloração meio rosada. O quartzito é considerado um quartzo beta. As pessoas que acreditam em... poderes sobrenaturais ou da natureza, como várias das tribos indígenas daquela época, creem que o quartzo beta permite armazenar, transformar e manipular energia. Ele pode descarregar aparelhos eletrônicos e outros materiais para... esconder coisas.

— Seeei... — Ele me lançou um olhar severo, e eu decidi não interrompê-lo mais.

— É possível que tenha sido o quartzo beta o que atraiu a tribo Seneca para cá. Ninguém sabe, já que eles não eram nativos de West Virginia. Ninguém sabe por quanto tempo montaram acampamento, ou fizeram negócios, ou guerrearam nessa região. — Fez uma pausa por alguns instantes, esquadrinhando o terreno, como se pudesse vê-los, ou as sombras do passado. — Mas eles têm uma lenda muito romântica.

— Romântica? — perguntei, enquanto o seguia ao longo de um riacho. Não podia imaginar nada romântico a trezentos metros de altura.

— Ã-hã. Era uma vez uma linda princesa índia chamada Snowbird. Ela pediu aos sete guerreiros mais fortes da tribo que provassem seu amor por ela, fazendo algo que somente ela fora capaz de fazer até então. Muitos homens a desejavam por causa de sua beleza e status. Mas a princesa queria um igual. Quando chegou o dia de escolher o marido, Snowbird lançou um desafio, ao fim do qual só o mais corajoso e dedicado dos guerreiros receberia sua mão. Ela pediu aos candidatos que subissem junto com ela na pedra mais alta. — Daemon diminuiu o passo, de maneira que passamos a caminhar lado a lado. — Todos começaram, mas, conforme foi ficando mais difícil, três desistiram. O quarto ficou muito cansado, e o quinto quase desabou de exaustão. Só restaram dois, e a bela Snowbird seguiu em frente. Finalmente, quando chegou ao ponto mais alto, ela se virou para ver quem era o guerreiro mais corajoso e mais forte de todos. Somente um ainda estava ali, a alguns metros de distância. Mas, quando a princesa olhou, ele começou a escorregar.

LUX 1 OBSIDIANA

Logo fiquei envolvida na lenda. A ideia de obrigar sete homens a lutar e enfrentar a morte para ganhar sua mão era inimaginável para mim.

— Snowbird parou só por um segundo, pensando que aquele bravo guerreiro era obviamente o mais forte, mas não tanto quanto ela. Poderia salvá-lo ou deixá-lo cair. O homem era corajoso, mas ainda não tinha alcançado o ponto mais alto, como ela.

— Mas vinha bem atrás dela! Como ela podia simplesmente deixá-lo cair? — Decidi que a história seria uma droga se Snowbird não salvasse o coitado.

— O que você faria? — perguntou ele, curioso.

— Eu jamais pediria a um grupo de homens que me provassem seu amor fazendo algo incrivelmente perigoso e estúpido que nem ela, mas, se um dia me encontrasse nessa situação, por mais improvável...

— Kat? — interrompeu ele.

— Eu esticaria a mão e salvaria o cara, lógico. Não ia deixá-lo cair e morrer.

— Mas ele ainda não tinha provado o seu valor.

— Não importa — argumentei. — Ele vinha logo atrás dela. E que tipo de beleza é essa, se você é capaz de deixar um homem despencar ao encontro da morte só porque escorregou? Como você poderia ser capaz de amar ou de ser amada, se deixasse uma coisa dessas acontecer?

Ele assentiu.

— Bom, Snowbird também pensava assim.

Sorri, aliviada. Se ela não pensasse, essa seria uma droga de história de amor.

— Que bom.

— Snowbird decidiu que o guerreiro estava à altura dela, e segurou o homem antes que ele caísse. Depois, o chefe foi se encontrar com os dois e ficou muito satisfeito com a escolha da filha. Concedeu a mão dela em casamento e fez do guerreiro seu sucessor.

— É por isso que as montanhas se chamam Seneca Rocks? Por causa dos índios e da Snowbird?

Ele concordou.

— É o que diz a lenda.

— É uma bela história, mas eu acho que esse negócio de escalar centenas de metros pra provar seu amor é um pouco demais.

Daemon riu.

— Tenho que concordar com você.

— Espero que sim, senão, hoje em dia, você ia acabar apostando corrida numa estrada interestadual pra provar seu amor. — Quis morder a língua no instante em que as palavras saíram da minha boca. Rezei para que ele não achasse que eu estava falando de *mim*.

Ele me olhou seriamente.

— Não vejo isso acontecendo.

— Daqui dá pra chegar no ponto onde os índios subiram? — perguntei, genuinamente curiosa.

Ele fez que não.

— Daria pra chegar no desfiladeiro, mas é uma escalada pesada. Não te aconselho a ir sozinha.

Ri só de imaginar.

— É, acho que você não precisa se preocupar com isso. Mas fico me perguntando por que os índios vieram até aqui. Será que estavam procurando alguma coisa? — Desviei de um pedregulho. — É difícil acreditar que tenham sido atraídos por um monte de pedras.

— Nunca se sabe. — Daemon cerrou os lábios e ficou quieto por um instante, antes de falar novamente: — As pessoas tendem a achar que as crenças antigas eram primitivas e pouco inteligentes, mas a toda hora a gente encontra mais verdade no nosso passado.

Olhei para ele, tentando sacar se falava sério. Meu vizinho soava bem mais maduro do que qualquer garoto da nossa idade.

— O que era mesmo que essas rochas tinham de importante?

Ele baixou os olhos na minha direção.

— O tipo de rocha... — arregalou os olhos de repente. — Gatinha?

— Será que dá pra parar de me chamar...?

— Fica quieta — cochichou, com o olhar fixo em um ponto atrás do meu ombro. Botou a mão no meu braço. — Promete que não vai surtar?

— Por que eu surtaria? — sussurrei de volta.

LUX 1 Obsidiana

Ele me puxou para perto dele, o que me pegou desprevenida. Espalmei as mãos em seu peito para não tropeçar. O peito dele pareceu... vibrar sob as minhas mãos.

—Você já viu um urso de perto?

A calma deu lugar ao pânico.

— O quê? Tem um urso...? — Me soltei dos braços dele e me virei. Ah, sim, tinha um urso bem ali.

A não mais do que cinco metros da gente, um urso enorme, preto e peludo farejava o ar com seu focinho bigodudo. Suas orelhas se moviam ao som da nossa respiração. Por um momento, fiquei meio atordoada. Nunca tinha visto um urso, não na vida real. Havia algo de majestoso na criatura. Na maneira como seus músculos se movimentavam sob o pesado casaco de pele, como seus olhos escuros nos observavam tão atentamente quanto nós a ele.

O animal se aproximou, pisando nos raios de sol que passavam pelos galhos acima de nossas cabeças. Sob a luz, seu pelo era de um preto brilhante.

— Não corre — sussurrou ele.

Como se eu pudesse me mexer, mesmo que quisesse.

O urso soltou um meio latido, meio grunhido, e ficou de pé sobre as patas traseiras. Ele media pelo menos um metro e meio de altura. O som seguinte foi um rugido tão forte que me deu arrepios.

Isso não era nada bom.

Daemon começou a gritar e balançar os braços, mas nada disso assustou o urso. O animal caiu sobre as quatro patas, com os enormes ombros tremendo.

E partiu para cima da gente.

Incapaz de respirar, com uma bola de medo na garganta me sufocando, fechei os olhos com força. Ser comida viva por um urso era muito errado. Ouvi Daemon xingar e, embora meus olhos estivessem fechados, senti uma luz ofuscante através das pálpebras. Um golpe de ar quente soprou meus cabelos para trás. Em seguida, senti um novo clarão, mas logo a escuridão tomou conta e me engoliu completamente.

[8]

uando abri os olhos novamente, senti um estranho gosto metálico na boca. A chuva martelava com força no telhado e, a distância, podia-se ouvir um estrondo de trovão. Um relâmpago caiu por perto, preenchendo o ar com uma leve corrente de eletricidade. Quando tinha começado a chover? O céu estava claro, azul e perfeito, pelo que eu lembrava.

Puxei o ar, confusa.

Meu ombro estava encostado em alguma coisa quente e firme. Virei a cabeça e senti o objeto se levantar de repente, para em seguida relaxar mais uma vez. Levei um segundo para perceber que minha bochecha estava encostada no peito do Daemon. A gente estava no balanço da minha varanda, e o braço dele me mantinha segura ao seu lado, enroscado na minha cintura.

Não ousei me mexer.

Cada centímetro do meu corpo tomou consciência do dele. O modo como nossas coxas estavam encostadas. As respirações profundas e ritmadas que movimentavam seu peito embaixo da minha mão. Como a mão dele se curvava em volta da minha cintura, e seu polegar traçava círculos na bainha da minha camiseta. A cada círculo completado, Daemon levantava o tecido um pouquinho, expondo minha pele, até seu dedo encostar na curva da

LUX 1 OBSIDIANA

minha cintura. Pele contra pele. Eu estava quente e trêmula. Um sentimento com o qual não tinha muita experiência.

A mão dele parou.

Ergui a cabeça e fitei aquele par de olhos verdes brilhantes.

— O que houve?

—Você desmaiou — disse ele, tirando o braço da minha cintura.

— Sério?

Inclinei-me para trás, abrindo uma distância entre nós, enquanto afastava do rosto os cabelos emaranhados. O gosto metálico continuava no céu da boca.

Ele assentiu.

— Acho que o urso te assustou. Tive que te carregar de volta.

— De lá até aqui? — Droga, eu perdi isso? — O quê... o que aconteceu com o urso?

— Se assustou com a tempestade. Com os raios, eu acho. — Daemon franziu a testa ao me encarar. —Você está se sentindo bem?

De repente, um raio de luz branca nos cegou por alguns instantes. Pouco depois, um trovão estrondoso abafou o barulho da chuva. O rosto de Daemon estava encoberto pelas sombras. Fiz que não.

— O urso se assustou com a chuva?

— Acho que sim.

— A gente teve sorte, então — murmurei, baixando os olhos.

Eu estava tão encharcada quanto ele. A chuva caía cada vez mais forte, e era difícil enxergar poucos metros além da varanda, o que dava uma sensação de que estávamos num universo particular.

— Aqui chove que nem na Flórida.

Não sabia mais o que dizer. Meu cérebro parecia frito. Daemon encostou de leve seu joelho no meu.

— Acho que você vai ficar presa aqui comigo por mais alguns minutos.

— Com certeza estou parecendo um pinto molhado.

—Você está ótima. Esse visual molhado combina com você.

Fiz uma careta.

— Mentiroso.

Ele se aproximou de mim e, sem falar nada, levantou meu queixo com os dedos. Seus lábios se esticaram num sorriso torto.

— Não mentiria sobre isso.

Desejei ter alguma coisa inteligente para dizer, quem sabe até algo que soasse como um leve flerte, mas seu olhar intenso estraçalhou todos os meus pensamentos coerentes.

A confusão era visível nos olhos dele quando se inclinou para a frente, com os lábios levemente entreabertos.

— Acho que estou começando a entender.

— Entender o quê? — perguntei baixinho.

— Gosto de ver você corar. — A voz dele soou pouco mais alta que um sussurro. Com o polegar, traçou círculos na minha bochecha.

Daemon baixou a cabeça e encostou a testa na minha. Ficamos sentados assim, os dois conectados por alguma coisa que não existia antes. Acho que parei de respirar. Meu coração pareceu engasgar e depois congelar com toda a ansiedade que brotava dentro de mim e que ameaçava transbordar a qualquer momento.

Eu não *gostava* dele. E nem ele de mim. Isso era loucura, mas estava acontecendo.

Outro relâmpago cruzou o céu, desta vez bem mais perto. O consequente estrondo do trovão não chegou nem a nos assustar. Estávamos no nosso próprio mundo. Mas, então, o sorriso torto dele desapareceu do rosto. Seus olhos pareceram subitamente confusos e desesperados, mas continuaram fixos nos meus.

O tempo pareceu passar mais devagar. Os segundos se alongavam à minha frente, atormentando e torturando cada respiração. Era como se eu estivesse esperando, desejosa de mostrar a ele o que quer que aqueles profundos olhos verdes, agora mais escuros, estivessem procurando. Daemon contorceu o rosto, como se travasse uma batalha interna. Algo em seu olhar me deixou muito insegura.

Eu percebi o segundo em que ele tomou a decisão. Respirou fundo e fechou os lindos olhos. Senti sua respiração na minha bochecha, vagarosamente se aproximando dos meus lábios. Sabia que deveria me afastar. Aquele garoto não era coisa boa. Não mesmo. Mas minha respiração ficou presa na garganta. Os lábios dele estavam tão perto dos meus que senti uma

LUX 1 OBSIDIANA

vontade louca de encontrá-los na metade do caminho e conferir se eram tão macios quanto pareciam.

— Oi, gente! — gritou Dee.

Daemon afastou-se com um único movimento fluido, botando uma distância saudável entre a gente no balanço. Inspirei fundo, sentindo a surpresa e a decepção se revirando no estômago. Meu corpo ainda estava dormente, como se tivesse sido privado de oxigênio. Nós estávamos tão absortos um no outro que nenhum dos dois notou que a chuva tinha parado.

Dee subiu os degraus, o sorriso desaparecendo ao olhar do irmão para mim. Apertou os olhos. Tive certeza de que meu rosto estava vermelho, deixando bem claro que ela havia interrompido alguma coisa. Sua atenção se fixou no irmão, os lábios formando um biquinho perfeito.

Ele abriu um sorrisinho para ela. O mesmo sorrisinho que dava a impressão de que estava rindo secretamente.

— Oi, maninha. Tudo bem?

— Tudo — respondeu ela, apertando mais ainda os olhos. — O que *você* está fazendo?

— Nada — retrucou o garoto, levantando do balanço. Olhou para mim por cima de um dos ombros largos. — Só ganhando uns pontos extras.

Essas palavras ecoaram através do leve torpor em que me encontrava, enquanto ele pulava da varanda e seguia para casa. Olhei para Dee, querendo correr atrás do Daemon e derrubá-lo no chão.

— Quase me beijar era parte do acordo pra ele conseguir a chave de volta ou pra te deixar contente? — Minha voz saiu tensa. Minha pele *doía*.

Dee se sentou ao meu lado no balanço.

— Não. Isso nunca fez parte do acordo. — Ela piscou os olhos devagar. — Ele ia te beijar?

Senti as bochechas ficarem ainda mais quentes.

— Não sei.

— Uau — murmurou ela, com os olhos arregalados. — Isso foi inesperado.

E isso era constrangedor. Não queria nem pensar no que teria acontecido se Dee não tivesse aparecido, muito menos enquanto ela estivesse sentada ao meu lado.

— Então, você foi visitar sua família?

— É, tinha que ir antes de começarem as aulas. Foi mal, nem deu tempo de falar com você. Aconteceu tudo meio de repente. — Dee fez uma pausa. — O que você e o Daemon estavam fazendo antes... antes de quase se beijarem?

— Fomos dar uma caminhada, só isso.

— Que estranho — continuou ela, me observando bem de perto. — Eu tive que esconder a chave dele, mas já devolvi.

Fiz uma careta.

— É, muito obrigada por isso, aliás. Nada melhor para levantar sua autoestima do que um garoto te levar pra sair só porque foi chantageado.

— Não, não! Não foi nada disso! Eu só achei que ele precisava de um pequeno incentivo pra ser mais legal.

— Ele deve dar muito valor ao carro — comentei.

— É, ele dá, sim. Vocês passaram muito tempo juntos enquanto eu fiquei fora?

— Não, na verdade, não. Fomos ao lago um dia e depois, hoje. Só isso.

Uma expressão de curiosidade cruzou seu rosto, e em seguida ela sorriu.

—Vocês se divertiram?

Sem ter certeza de como responder, dei de ombros.

— Sim, ele até que foi bem cavalheiro. Quero dizer, teve lá seus momentos, mas não foi ruim, não. — *Se não levasse em consideração o fato de que tinha sido forçado a sair comigo e quase me beijado em troca de pontos extras.*

— Daemon sabe ser legal quando quer. — Dee deu um impulso no balanço, mantendo um pé no chão para empurrá-lo. — Aonde vocês foram?

— Pegamos uma trilha e fomos conversando, mas aí vimos um urso.

— Um urso? — Ela arregalou os olhos. — Cacete, o que aconteceu?

— Eu meio que desmaiei ou coisa assim.

Dee me encarou, séria.

—Você desmaiou?

Corei.

— Foi. Daemon me carregou de volta e, bom, o resto você já sabe.

LUX 1 OBSIDIANA

Ela me observava atentamente, curiosa. Em seguida, balançou a cabeça. Mudando de assunto, perguntou se tinha perdido mais alguma coisa enquanto esteve fora. Contei tudo para ela, mas minha cabeça estava em outro lugar. Antes de ir, Dee comentou qualquer coisa sobre assistir a um filme mais tarde. Acho que aceitei.

Bastante tempo depois de já ter entrado em casa e vestido um moletom velho, continuava confusa em relação ao Daemon. Durante o passeio, ele se mostrara quase agradável, mas logo depois voltara a ser o Superbabaca. Vermelha de vergonha e frustrada, me joguei na cama e fiquei olhando para o teto.

Havia uma teia de rachaduras minúsculas. Fui seguindo-as com o olhar enquanto reprisava na cabeça os acontecimentos que nos levaram ao "quase-beijo". Meu estômago deu uma cambalhota ao pensar em como os lábios dele tinham chegado perto dos meus. Pior ainda era ter a noção de que eu queria que ele me beijasse. Gostar dele como pessoa e desejá-lo, pelo visto, eram coisas completamente diferentes.

— Me deixa entender isso direito. — Dee franziu a testa, jogada numa poltrona velha, que precisava desesperadamente ser estofada de novo. — Você não tem a menor ideia de onde quer fazer faculdade?

Grunhi.

— Você tá falando igual a minha mãe.

— É, bom, você vai começar o último ano. — Dee fez uma pequena pausa. — Vocês não têm que começar a mandar os formulários de inscrição assim que as aulas começam?

Dee e eu estávamos sentadas na sala da minha casa, folheando umas revistas, quando a minha mãe passou e, como quem não quer nada, deixou uma pilha de catálogos de faculdades na mesa de centro. Valeu, mãe.

— E você também, não? Você é uma de "nós".

O interesse que brilhava antes nos olhos dela se apagou.

— É, mas a gente tá falando de você.

Revirei os olhos e ri.

— Ainda não decidi o que eu quero estudar. Então, não vejo razão pra escolher uma universidade.

— Mas todas elas oferecem as mesmas coisas. Você pode escolher um lugar, qualquer lugar que queira ir. Califórnia, Nova York, Colorado... Você podia ir pra Europa! Seria demais. Isso é o que eu faria. Iria pra algum lugar na Inglaterra.

— Você pode ir — lembrei a ela.

Dee baixou os olhos e deu de ombros.

— Não, não posso.

— Por que não? — Puxei as pernas e cruzei-as. Não parecia que dinheiro fosse um problema para eles, não quando se via os carros que dirigiam ou as roupas que usavam. Já tinha perguntado se ela trabalhava, e Dee me dissera que recebia uma mesada muito generosa. Remorso dos pais por ficarem sempre na cidade para trabalhar e tal. Ótimo arranjo, se você conseguir um.

Mamãe sempre me dava dinheiro quando eu precisava, mas sinceramente duvidava que ela fosse comparecer todo mês com o dinheiro da parcela para eu ter um carro novo. De jeito nenhum. Eu tinha era que continuar gostando muito do meu carrinho, mesmo enferrujado. Pelo menos ele anda, era o que eu sempre me dizia.

—Você pode ir para qualquer lugar, Dee.

O sorriso dela tinha um quê de tristeza.

— Provavelmente vou ficar aqui quando me formar. De repente, me matriculo numa dessas universidades on-line.

A princípio, pensei que ela estivesse brincando.

— Tá falando sério?

— Sim. Eu meio que estou presa aqui.

Fiquei intrigada com a ideia de alguém estar preso a um lugar.

— O que te prende?

— Minha família está aqui — respondeu em voz baixa, olhando para o alto. — Mas, então, aquele filme que a gente viu ontem à noite me deu pesadelos. Odiei aquela ideia da casa assombrada, cheia de fantasmas vendo você dormir.

A mudança rápida de assunto não passou despercebida.

LUX OBSIDIANA

— É, o filme era bem assustador mesmo.

Dee fez uma careta.

— Me lembrou o Daemon. Ele gostava de ficar me olhando enquanto eu dormia, dizia que era engraçado. — Levantou os ombros delicados. — Ficava tão zangada com ele! Por mais que eu estivesse dormindo profundamente, sentia sua presença ali e acordava. Ele morria de rir.

Sorri ao imaginar o Daemon garotinho, implicando com a irmã gêmea. Essa imagem, porém, foi completamente substituída pelo Daemon crescido. Suspirei, mais do que frustrada, e fechei a revista. Não tinha encontrado com ele desde aquela noite na varanda, mas era segunda-feira ainda. Dois dias sem vê-lo não era nenhum absurdo. E também não era como se eu quisesse encontrá-lo.

Levantei o olhar e vi quando a Dee folheou a revista até o final. Ela sempre fazia isso, para ler o horóscopo nas últimas páginas. Botou a mão direita no queixo e tocou os lábios com uma unha pintada de roxo.

O dedo ficou borrado, quase desapareceu. O ar em volta dele pareceu vibrar.

Pisquei várias vezes. O dedo continuava lá. Que beleza. Estava alucinando de novo. Joguei a revista de lado.

— Tenho que ir à biblioteca. Preciso de livros novos pra ler.

— Podemos combinar uma ida à livraria para rechear a estante. — Ela deu pulinhos na cadeira, novamente animada. — Quero conferir aquele livro que você criticou no blog, na semana antes de vir pra cá. Aquele dos garotos com superpoderes.

Meu coração deu pulinhos de alegria. Dee tinha lido o meu blog. Eu não me lembrava nem de ter lhe contado o nome dele.

— Seria legal, mas eu estava pensando em ir até a biblioteca hoje à noite. De graça é bem melhor. Quer ir comigo?

— Hoje à noite? — perguntou, abrindo bem os olhos. — Hoje à noite não posso, mas amanhã dá.

— Também não tem problema se você não puder. Já faz uns dias que eu estou querendo ir, mas fico sempre adiando. Preciso de um agrado antes de começar a ler as coisas obrigatórias da escola.

Os cabelos escuros dançaram em volta do rosto levado dela, conforme balançava a cabeça.

— Não tem problema. Não me importo de ir com você. Só não posso ir hoje. Já tenho um compromisso. Se não tivesse, iria.

—Tudo bem, Dee. Posso ir até a biblioteca sozinha, e a gente faz compras outro dia. Já sei me orientar bem aqui na cidade. Não é como se eu fosse me perder ou coisa assim. São só uns cinco quarteirões. — Fiz uma pausa e, em seguida, perguntei a ela sobre os planos para a noite, tentando mudar de assunto.

Dee apertou os lábios.

— Nada, só uns amigos que voltaram das férias.

Minha pergunta inocente a deixara na berlinda, e ela parecia relutante em me dizer o que iria fazer de verdade. Ajeitou-se na poltrona e se concentrou nas unhas. Fiquei com a impressão de estar me intrometendo, mas não conseguia entender como aquela pergunta podia tê-la deixado desconfortável. Havia também uma parte de mim que se chateou e ficou decepcionada por não ter sido incluída.

— Espero que vocês se divirtam — menti. Bom, não era totalmente mentira. Mas era, no mínimo, uma meia mentira. Não me orgulho disso, mas fazer o quê? Certo ou errado, me senti posta para escanteio.

Dee se encolheu no assento e ficou me observando. Ela franziu os olhos, mais ou menos do mesmo jeito que tinha feito ao me ver com Daemon na varanda.

—Acho que você deveria esperar pra ir comigo. Faz pouco tempo que duas meninas desapareceram.

Ir à biblioteca não era como ir até uma boca de fumo, mas me lembrei do cartaz de pessoa desaparecida que eu tinha visto alguns dias antes e estremeci.

—Tá, vou pensar.

Dee ficou até quando já era quase hora da minha mãe ir para o trabalho. Na saída, ela parou na beirada da varanda.

— Sério, se você puder esperar até amanhã à noite, vou à biblioteca com você.

Concordei mais uma vez e dei-lhe um abraço rápido. Senti a falta dela assim que saiu. A casa ficava silenciosa demais sem a Dee.

[9]

epois de jantar com a mamãe, saí de casa. Não demorei muito para chegar à cidade e encontrar a biblioteca novamente. As ruas, sempre movimentadas nas vezes em que tinha ido ao centro, agora pareciam completamente desertas.
No caminho, o céu tinha começado a nublar, contribuindo para criar um certo ar de cidade-fantasma.

Apesar de toda a esquisitice que vinha acontecendo na minha vida e da sensação de ter sido deixada de lado pela Dee, que tinha preferido sair com os amigos dela, fui sorrindo até a biblioteca. Os pensamentos sobre os gêmeos e tudo o mais desapareceram assim que entrei no salão silencioso e vi as prateleiras de livros cobrindo as paredes. Assim como ao praticar jardinagem, eu me sentia em paz na tranquilidade da biblioteca.

Parei perto de uma das mesas vazias e dei um suspiro de felicidade. Sempre fui capaz de me deixar levar pela leitura. Os livros são uma válvula de escape necessária, à qual sempre recorria sem pensar duas vezes.

O tempo passou mais rápido do que percebi, e a biblioteca foi ficando mais sombria. Bibliotecas sempre ficam mais escuras conforme vai acabando a luz do dia, mas a escuridão pouco natural do céu lá fora contribuía para o clima sinistro. Só fui notar o quanto estava tarde quando a bibliotecária apagou a maioria das luzes, e tive dificuldade de achar o caminho de volta até o balcão principal. Àquela altura, mal podia esperar para sair daquele lugar frio, onde tudo rangia.

    Um relâmpago iluminou as estantes, e um trovão ecoou do lado de fora das janelas. Torci para que conseguisse chegar ao carro antes de começar a chover. Agarrei junto ao peito os livros que queria pegar e me apressei para chegar à recepção. Fui liberada em tempo recorde, quase sem conseguir agradecer à bibliotecária antes que ela se virasse e fosse trancar tudo.

    — Então tá — murmurei.

    A tempestade iminente tinha adiantado o anoitecer, fazendo parecer muito mais tarde do que era. Do lado de fora, as ruas ainda estavam secas. Olhei para trás, avaliando se deveria esperar a chuva passar, mas a última luz da biblioteca se apagou.

    Rangi os dentes, meti os livros na mochila e saí. Foi pisar na calçada para começar a cair uma chuvarada torrencial, que me encharcou em segundos. Esforcei-me para proteger a mochila da água enquanto procurava as chaves, aos pulos. A chuva estava gelada demais!

    — Com licença, senhorita? — Uma voz grave interrompeu minha busca. — Estava pensando se você poderia me ajudar...

    Determinada a abrir a porta sem molhar os livros, não tinha escutado ninguém se aproximar. Joguei a mochila dentro do carro e segurei mais firme a bolsa, enquanto me virava na direção da voz. Um homem saiu da sombra e parou embaixo de um dos postes de luz. A chuva escorria pelos seus cabelos, colando as mechas na cabeça. Seus óculos de metal escorregavam pelo nariz torto, enquanto ele tremia de frio, parado com os braços cruzados.

    — Meu carro — gritou um pouco para se fazer ouvir apesar da chuva que caía, e apontou para trás — está com o pneu furado. Eu estava torcendo pra você ter uma chave de roda.

    Eu tinha, mas cada fibra do meu corpo queria que dissesse não. Mesmo que o homem parecesse incapaz de fazer mal a uma mosca.

    — Não tenho certeza. — Minha voz saiu mais fraca do que eu pretendia. Afastei os cabelos molhados e pigarreei para limpar a garganta. Gritei de volta: — Não sei se tenho uma ou não.

    O sorriso do homem era estranho.

LUX 1 OBSIDIANA

— Eu não podia ter escolhido uma hora melhor, né?
— Não, não podia. — Desloquei o peso de um pé para o outro.

Parte de mim queria dar uma desculpa e deixá-lo ali, mas havia outra parte — bem grande, por sinal — que nunca foi muito boa em dizer não às pessoas. Mordi o lábio inferior e fiquei parada junto da porta. Não conseguiria deixá-lo na chuva. O pobre homem parecia prestes a desmoronar a qualquer segundo. A pena que tive dele afastou o medo que sempre aparece quando você se confronta com o desconhecido.

Não poderia deixá-lo preso ali debaixo do temporal, sabendo que eu tinha como ajudá-lo. Ao menos a chuva estava começando a diminuir.

Decisão tomada, forcei um sorriso fraco.

— Vou conferir. Pode ser que eu tenha.

O homem se iluminou.

— Se tiver, será a salvação! — Ele ficou parado onde estava, sem se aproximar, tendo provavelmente notado minha desconfiança inicial. — A chuva parece estar começando a diminuir, mas, com essas nuvens negras chegando, acho que ainda vamos ter uma tempestade e tanto.

Fechei a porta do motorista e fui para a traseira do carro. Abri a mala e passei a mão pelo fundo atapetado, procurando o lugar onde ficava o estepe.

— Pensando melhor, acho que tenho sim.

Mal tinha virado as costas para o estranho quando senti um vento gelado eriçar os pelos na minha nuca. A adrenalina percorreu minhas veias e fez meu coração bater forte contra as costelas, enquanto pontadas de medo perfuravam meu estômago.

— Os humanos são tão burros, tão crédulos. — A voz dele soou fria como o vento no meu pescoço.

Antes que meu cérebro registrasse o que ele dizia, sua mão gelada e úmida agarrou a minha com força, machucando-a. Seu hálito no meu pescoço era pegajoso, e me deu a sensação de que tudo se acabaria ali. Não tive nem chance de reagir.

Ele me girou com um forte puxão. Soltei um grito ao sentir uma fisgada de dor subir pelo braço. Fiquei cara a cara com ele, que já não parecia mais tão indefeso como antes. Na verdade, parecia ter crescido, em altura e largura.

— Se é dinheiro o que você quer, pode levar tudo. — Quis jogar a bolsa em cima dele e fugir.

O desconhecido sorriu e me empurrou. *Com força.* O impacto com o asfalto me deixou sem ar e torceu meu pulso, causando muita dor. Com a mão boa, agarrei a bolsa e joguei-a nele.

— Por favor — implorei. — Leva tudo. Não vou falar nada. Só leva a bolsa. Eu prometo.

Meu agressor se agachou na minha frente, os lábios curvados em deboche, e pegou a bolsa. Atrás dos óculos, seus olhos pareciam mudar de cor.

— Seu dinheiro? Não preciso do seu dinheiro! — Jogou a bolsa longe.

Fiquei olhando para ele, sentindo o ar entrar e sair com dificuldade dos pulmões. Não conseguia aceitar a ideia de que aquilo estava acontecendo. Se ele não queria me roubar, então queria o quê? Minha cabeça preferiu evitar essa linha de pensamento e, em vez disso, repetia, aterrorizada: *não, não, não.*

Não pude mais evitar a enxurrada de ideias e imagens que me invadiu. Meu corpo começou a se mexer por conta própria, arrastando-me para longe dele, até bater no meio-fio. O medo era avassalador. Sabia que tinha que pedir socorro. Senti o grito preso na garganta. Abri a boca.

— Não grita — avisou ele, com voz de comando.

Os músculos das minhas pernas se enrijeceram. Virei, dobrei os joelhos e me preparei para correr. Eu ia conseguir. Ele não estava esperando por isso. Eu ia conseguir. *Agora!*

Seus braços se esticaram de repente, agarraram minhas pernas e puxaram-nas. Meu braço esquerdo e a lateral do meu rosto bateram na calçada, e o cimento áspero ralou a pele, provocando uma dor lancinante. Meu olho começou a inchar em questão de segundos, e um filete de sangue quente escorreu pelo meu braço. Senti o estômago revirar. Tentei soltar as pernas das mãos dele e chutei-o quando não consegui. O homem grunhiu, mas não me largou.

— Por favor! Me deixa ir. — Tentei novamente chutar para soltar as pernas. O asfalto arranhou meus braços, me causando dor e algo mais forte.

A raiva cresceu dentro de mim, empurrando o medo e me dando coragem. A combinação dos dois me pôs em ação. Chutei e me sacudi, empurrei e fiz força, mas nada parecia afetá-lo. Era como lutar com uma estátua.

LUX 1 Obsidiana

— Me solta! — Desta vez gritei, o som rasgando a minha garganta até deixá-la em carne viva.

Ele fez um movimento rápido; seu rosto pareceu perder e ganhar forma novamente, tal como acontecera com a mão da Dee. Logo estava em cima de mim, com a mão cobrindo a minha boca. Seu peso era insuportável, ainda que antes tivesse me parecido tão franzino, tão indefeso. Eu não conseguia respirar nem me mexer. O homem estava me esmagando, mas pensar no que viria a seguir minava as minhas forças.

Alguém tinha que ter me ouvido. Era minha única esperança.

Ele baixou a cabeça e cheirou meus cabelos. Um arrepio de repulsa percorreu o meu corpo. Ele assoviou.

— Eu sabia. Tem um rastro deles em você. — Tirou a mão da minha boca e segurou os meus ombros. — Onde eles estão?

— Não... não estou entendendo. — Engasguei.

— Claro que não está. — Seu rosto se contorceu de nojo. — Você não passa de um mamífero bípede idiota. Imprestável.

Fechei os olhos bem apertados. Não queria olhar para ele. Não queria ver o rosto dele. Queria ir para casa. *Por favor...*

— Olha pra mim! — Como não obedeci, ele me sacudiu. Minha cabeça bateu no chão. A dor nova me assustou e, sem querer, abri o olho que não estava inchado. O homem segurou meu queixo com a mão gelada. Meu olhar passou pelo rosto dele e finalmente parou nos seus olhos. Eram grandes e vazios. Nunca tinha visto nada parecido.

E, naqueles olhos, vi algo pior. Pior do que ser roubada, pior do que ser humilhada e abusada. Eu vi a morte neles — a minha morte — sem uma gota de remorso.

— Me diz onde eles estão! — cuspiu.

Sua voz soava abafada, como se estivesse submersa. Talvez fosse eu. Talvez eu estivesse me afogando.

— Ótimo — falou. — Talvez você precise de um incentivo.

Em segundos, suas mãos se enroscaram em volta da minha garganta, apertando-a. Sem que eu tivesse qualquer chance de reagir, minha respiração foi interrompida. O pânico arranhava o meu peito enquanto eu tentava tirar os dedos dele do meu pescoço e minhas pernas chutavam o ar, na vã tentativa de me libertar. A força dele estava estrangulando a minha traqueia.

— Já está pronta para contar? — desafiou. — Não?

Não sabia do que ele estava falando. Meu pulso não estava mais latejando. A pele cortada nos meus braços e no rosto não ardia com a intensidade de antes, porque novas dores haviam substituído as antigas. Não tinha mais ar. Meu coração pulava dentro do peito, implorando por oxigênio. A pressão na minha cabeça ameaçava explodir. Minhas pernas começaram a ficar dormentes. Pequenas luzes dançavam diante dos meus olhos.

Eu ia morrer.

Nunca mais veria a minha mãe. Meu Deus, ela ficaria arrasada. Não podia morrer deste jeito, sem qualquer razão. Em silêncio, implorei e rezei para que alguém me encontrasse antes que fosse tarde demais, mas tudo estava desaparecendo. Deslizei para dentro de um abismo escuro. A pressão não era tão ruim agora. O incômodo na garganta parecia melhor. A dor estava indo embora. Eu estava indo embora, sumindo na escuridão.

De repente, as mãos dele desapareceram e escutei o som de um corpo batendo no chão, a distância. Como se eu estivesse dentro de um poço bem fundo e o barulho viesse de muitos metros acima de mim.

Mas eu conseguia respirar novamente. Suguei o ar de maneira desesperada, puxando volumosas golfadas pela minha garganta ferida, alimentando meus órgãos famintos. Comecei a tossir conforme tomava mais ar.

Alguém gritou, num idioma suave e musical que eu nunca tinha ouvido antes. Depois, houve outro xingamento e um soco. Um corpo caiu perto de mim, e eu rolei para o lado. A dor me fez estremecer, mas a acolhi de bom grado. Era prova de que eu estava viva.

Eles lutavam nas sombras. Um deles — um homem — agarrou o outro, segurando-o a vários metros acima do chão. Sua força era impressionante, brutal. Inumana. Impossível.

Rolei um pouco mais e tive outro acesso de tosse. Inclinei-me para a frente, tentando pôr o peso no punho, e gritei.

— Merda! — Ecoou uma voz profunda.

Houve um brilho intenso de luz amarelo-avermelhada. As lâmpadas nos postes da rua explodiram, mergulhando o quarteirão inteiro na escuridão. Ajoelhei-me, ofegante. O cascalho rangeu, e botas de caminhada apareceram no meu campo de visão. Estendi o braço para me proteger de quem quer que fosse.

LUX 1 OBSIDIANA

— Tudo bem agora. Ele já foi. Você está bem? — A mão gentil tocou no meu ombro, me acalmando. Em algum lugar distante do cérebro, a voz me pareceu familiar. — Não se mexe.

Tentei levantar a cabeça, mas estava tão tonta que quase não conseguia respirar. Minha visão ficou turva e, em seguida, clareou. Meu olho esquerdo estava fechado de tão inchado, e latejava a cada batida do meu coração.

— Está tudo bem.

O calor começou no meu ombro, desceu pelo braço e circulou meu punho, aliviando a dor muscular e se aprofundando. Me lembrei de dias bons, passados deitada em praias de areia branca, lagarteando sob o sol.

— Obrigada por... — As palavras me faltaram quando o rosto do meu salvador recobrou o foco. Maçãs do rosto altas, nariz reto e lábios cheios apareceram diante dos meus olhos. Um rosto tão marcante e tão frio que não poderia pertencer à fonte do calor que lentamente cobria todo o meu corpo. Olhos de um verde raro e vibrante se encontraram com os meus.

— Kat — disse Daemon, a testa franzida de preocupação. — Você tá aqui comigo?

— Você — sussurrei, deixando a cabeça cair para o lado. Reparei vagamente que não chovia mais.

Ele arqueou uma sobrancelha, negra como carvão.

— Sim, sou eu.

Atordoada, baixei os olhos para o ponto onde ele segurava o meu pulso. Não estava mais latejando, mas o toque dele tinha outro efeito. Puxei o braço, confusa.

— Eu posso te ajudar — insistiu, estendendo a mão novamente.

— Não! — gritei, e *doeu*.

Ele continuou abaixado por mais alguns instantes e depois se levantou, com os olhos fixos no meu pulso.

— Como você quiser. Vou chamar a polícia.

Tentei não escutar nada enquanto ele falava ao telefone com a polícia. Finalmente, consegui recuperar o fôlego.

— Obrigada. — Minha voz saiu rouca e doeu para falar.

— Você não tem que me agradecer. — Passou os dedos pelos cabelos.

— Droga, isso é minha culpa.

Como podia ser culpa dele? Meu cérebro não estava funcionando direito ainda, porque nada fazia muito sentido. Reclinei-me com cuidado e olhei para cima — bem para cima —, mas imediatamente me arrependi. Ele parecia feroz. E protetor.

— Está gostando da vista, gatinha?

Baixei os olhos... para suas mãos crispadas. Seus dedos não tinham sequer um arranhão.

— Luz... Eu vi uma luz.

— Bom, é o que dizem, que tem uma luz no fim do túnel.

Encolhi-me ante a lembrança de que tinha quase morrido naquela noite. Daemon se agachou.

— Droga, desculpa. Falei sem pensar. Você tá muito machucada?

— Minha garganta... está doendo. Meu punho também. Não sei se quebrou. — Levantei cuidadosamente o braço. Estava inchado e começava a ficar meio azulado, quase roxo. — Mas eu vi uma luz, um brilho.

Ele estudou meu braço.

— Pode ter quebrado ou torcido. Só isso?

— Só? Aquele homem... ele queria me matar!

Daemon apertou os olhos.

— Eu percebi. Só estou vendo se ele quebrou alguma coisa importante. — Parou por um segundo, pensativo. — Tipo o seu crânio?

— Não... acho que não.

Respirou aliviado.

— Tá, tá. — Levantou-se e olhou ao redor. — O que você estava fazendo aqui, hein?

— Eu... fui até a biblioteca. — Precisei fazer uma pausa para aliviar a dor na garganta. — Não era tão... tarde. Não é como se a gente vivesse... numa área muito perigosa... Ele disse que precisava de ajuda... pneu furado.

Os olhos dele estavam arregalados, incrédulos.

— Um estranho te pede socorro no meio de um estacionamento escuro e você vai ajudar? Isso é uma das coisas mais idiotas que eu ouvi em muito tempo. — Cruzou os braços e me encarou. — Aposto que você avalia bem as situações, né? Aceita bala de estranhos e entra num carro qualquer se te disserem que estão doando gatinhos?

Engoli em seco.

LUX — OBSIDIANA

Ele começou a andar de um lado para o outro.

— Lamentar não ajudaria em nada se eu não tivesse aparecido, não acha?

Ignorei a última parte.

— Mas, então, por que você estava... aqui por perto? — Minha garganta parecia estar um pouquinho melhor. Ainda doía pra cacete, mas ao menos não sentia mais como se cada palavra fosse arrastada no concreto.

Daemon parou de andar e esfregou a mão no peito, bem acima do coração.

— Não vem ao caso. Eu simplesmente estava.

— Cruzes, eu achava que vocês eram gentis e educados.

Ele franziu o rosto.

— Vocês, quem?

— Você sabe, o príncipe no cavalo branco que aparece para salvar a mocinha em perigo. — Parei nesse ponto. Eu devia ter batido a cabeça com força.

— Eu não sou seu príncipe.

— Claro — murmurei. Devagar, encolhi as pernas e deitei a cabeça nos joelhos. Tudo doía, mas menos do que quando aquele homem estava com as mãos no meu pescoço. Fiquei arrepiada só em pensar. — Onde ele está?

— Fugiu. Já deve estar longe agora — assegurou Daemon. — Kat...?

Levantei a cabeça. Seu vulto enorme pairava sobre mim enquanto ele me observava. Seu olhar era incômodo, penetrante. Não sabia o que dizer. Também não estava gostando da maneira como o corpo do Daemon bloqueava a luz da lua, criando uma sombra. Mudei de posição e tentei me levantar.

— Acho melhor você não ficar de pé. — Ele se ajoelhou novamente. — A ambulância e a polícia vão chegar a qualquer momento. Não quero que você desmaie.

— Não vou... desmaiar — afirmei, ouvindo finalmente as sirenes.

— Não quero ter que te segurar se você apagar. — Examinou os próprios dedos por alguns instantes. — Ele falou alguma coisa pra você?

Queria tanto engolir, mas doía demais.

— Ele disse... que eu tinha um rastro em mim. E ficou perguntando onde é que eles estavam. Não sei por quê.

Daemon afastou o olhar rapidamente, e respirou fundo.

— Parece que fugiu de um hospício.

— É, mas... quem ele estava procurando?

Meu vizinho se virou para mim com uma expressão zangada.

— Uma garota burra o suficiente pra ajudar um maníaco homicida a *trocar o pneu*, talvez?

Cerrei os lábios numa linha fina.

—Você é tão imbecil. Alguém já te falou isso?

Ele abriu um sorriso sincero.

— Ah, gatinha, todos os dias da minha vida maravilhosa.

Encarei-o mais uma vez, incrédula.

— Não sei nem o que dizer...

— Como você já me agradeceu, eu acho que não falar nada é o ideal por enquanto. — Ele ficou parado, com uma graciosidade própria. — Só por favor não se mexe. É tudo o que eu peço. Fica quieta e tenta não criar mais nenhuma confusão.

Franzi o rosto e doeu.

Meu príncipe não tão encantado ficou de pé em frente a mim, com as pernas afastadas e os braços na cintura, como se estivesse pronto para me defender de novo. E se o cara voltasse? Devia ser com isso que o Daemon estava preocupado.

Meus ombros começaram a tremer, e logo meus dentes entraram na brincadeira. Daemon tirou a camisa e passou o tecido aquecido pela minha cabeça, tomando cuidado para que nenhuma parte tocasse meu rosto ferido. O cheiro dele me envolveu e, pela primeira vez desde o ataque, eu me senti segura. Com aquele garoto. Vai entender.

Quando meu corpo percebeu que não precisava mais lutar, comecei a perder os sentidos. Ia bater a cabeça no chão de novo e com certeza ficaria com o outro olho roxo também, porque definitivamente estava prestes a desmaiar pela segunda vez em poucos dias. Por um instante, me perguntei que sina era aquela, sempre apagar na frente do Daemon, mas então caí como um saco no chão.

[10]

Evito frequentar hospitais. Detesto-os tanto quanto música country. Para mim, eles têm cheiro de morte e desinfetante. Sempre me lembram do meu pai e da época em que o câncer foi esvaziando seus olhos e a quimio inchou todo o corpo dele.

Este hospital não era diferente, mas, desta vez, a situação era um pouquinho mais complicada.

Envolvia a polícia, uma mãe histérica e meu intratável herói de cabelos escuros, que ainda rondava o quarto onde tinham me enfiado. Por mais grosseiro e ingrato que fosse, eu estava me esforçando para ignorá-lo.

Minha mãe, que estava de plantão no hospital quando a ambulância chegou comigo, *escoltada* pela polícia, não parava de tocar em mim, acariciando ora meu braço, ora meu rosto — o lado que estava bom, ao menos. Como se, com aquele movimento, ela se lembrasse de que eu estava viva, respirando e apenas machucada. Odiava pensar assim, mas aquilo estava me irritando.

Eu estava me sentindo o suprassumo da insuportável.

A cabeça e as costas doíam muito, mas o pulso e o braço estavam piores. Depois de milhares de espetadas e cutucadas, e meia dúzia de radiografias, nada tinha se quebrado. Tive uma torção no pulso e um estiramento de tendão no braço, além de inúmeros hematomas profundos e arranhões. Imobilizaram minha mão esquerda e o antebraço.

Havia também a promessa de um remédio para a dor, que ainda estava por chegar.

Os policiais foram gentis, embora um tanto ríspidos. Fizeram todas as perguntas imagináveis. Sabia que era importante contar a eles tudo o que conseguisse lembrar, mas, agora que o susto estava começando a passar e a adrenalina tinha baixado, tudo o que queria era ir para casa.

Eles achavam que tinha sido uma tentativa malsucedida de roubo, até que eu disse que o homem não me pedira dinheiro e recusara minha bolsa. Depois que contei o que o agressor tinha dito, passaram a suspeitar que ele fosse louco ou talvez um drogado.

Quando a polícia acabou de me fazer perguntas, passaram a questionar o Daemon. Pareciam ter certa intimidade com ele. Um deles chegou mesmo a dar um tapinha nas costas do garoto e sorrir. Eram amigos. Que fofo. Não consegui ouvir o que ele contou, porque a minha mãe tinha começado seu próprio interrogatório.

Queria que todos parassem e fossem embora.

— Srta. Swartz?

A surpresa em ouvir meu sobrenome arrancou-me dos meus devaneios. Um dos oficiais mais novos voltou para o lado da cama. Não conseguia me lembrar do nome dele, e estava cansada demais para procurar por um crachá.

— Sim?

— Acho que já terminamos por hoje. Se você se lembrar de qualquer coisa, por favor, nos ligue imediatamente.

Concordei com a cabeça, mas logo me arrependi. Fiz uma careta de dor.

— Querida, você está bem? — perguntou mamãe, a preocupação fazendo sua voz soar esganiçada.

— Minha cabeça está doendo.

Ela se levantou.

— Vou atrás do médico pra ele te dar logo o remédio. — Sorriu gentilmente. — Daí você não vai mais sentir nada.

Era *isso* o que eu precisava, queria e adoraria.

O policial se virou para ir, mas parou.

LUX 1 OBSIDIANA

— Não acredito que haja nada com que se preocupar. Eu...

O chiado do rádio interrompeu o que ele ia dizer. A voz do outro lado ecoou em meio à estática. *Atenção, todas as unidades. Temos um código 18 na Well Springs Road. A vítima é mulher, aproximadamente 16 ou 17 anos, provavelmente morta. Ambulância já no local.*

Uau. Quais eram as chances de eu ter sido atacada na mesma noite em que uma adolescente era encontrada morta, numa cidade tão pequena? Só podia ser coincidência. Olhei para o Daemon. Ele apertou bem os olhos. Tinha escutado também.

— Jesus! — exclamou o policial, apertando um botão no rádio para responder. — Unidade 414 saindo do hospital, a caminho.

Ele se virou e saiu, falando com o rádio.

A não ser pelo Daemon, recostado na parede ao lado da cortina, o quarto estava vazio. Ele levantou uma sobrancelha e me lançou um olhar curioso. Mordi o lábio inferior e desviei os olhos, virando a cabeça e imediatamente sentindo outra fisgada de dor lancinante, de uma têmpora à outra. Fiquei assim até a minha mãe voltar apressada para a beira da cama, com o médico logo atrás.

— Querida, o dr. Michaels tem boas notícias.

— Como você já sabe, não houve nenhuma fratura. Também não encontramos concussão. Assim que pudermos te liberar, você vai para casa descansar — explicou, esfregando a região onde cabelos brancos começavam a aparecer, junto às têmporas. Olhou para o Daemon antes de voltar a falar comigo. — Agora, se você sentir tontura, náusea, alterações na visão ou perda de memória, tem que voltar imediatamente para cá.

— Tá bom — respondi, de olho nas pílulas. Àquela altura, eu concordaria com qualquer coisa.

Depois que o médico saiu, minha mãe me deu os remédios e um copo de plástico com água. Engoli tudo prontamente, sem nem querer saber o que era.

Com vontade de chorar de novo, me estiquei para segurar na mão dela, mas fui interrompida por uma voz agitada no corredor.

Dee entrou apressada no quarto, com o rosto pálido e preocupado.

— Ah, não, Katy, você está bem?

— Estou. Só um pouco desconjuntada. — Levantei o braço e sorri, meio sem forças.

— Não acredito no que aconteceu! — Ela se virou para o irmão. — *Como* foi isso? Eu achei que você...

— Dee — alertou Daemon.

Ela se afastou do irmão e veio para o outro lado da cama.

— Eu sinto tanto por isso.

— Não é culpa sua.

Ela assentiu, mas eu notei que se culpava mesmo assim.

O nome da minha mãe foi chamado no alto-falante. Ela ficou séria, pediu licença e prometeu voltar em alguns instantes.

—Você vai poder sair logo? — perguntou Dee.

Voltei minha atenção para ela.

— Acho que sim. — Fiz uma pausa. — Desde que a minha mãe volte logo.

A garota fez que sim.

—Você viu quem te atacou?

—Vi, ele disse umas coisas loucas. — Fechei os olhos e tive a impressão de que eles demoraram mais do que o normal para reabrir. — Qualquer coisa sobre encontrar alguém. Não sei. — Ajeitei-me na cama dura. Os machucados não doeram tanto. — Estranho.

Dee empalideceu.

— Espero que você possa sair logo. Detesto hospitais.

— Eu também.

Ela franziu o nariz.

— Eles têm um cheiro tão estranho...

— Sempre digo isso pra mamãe, mas ela acha que é frescura minha.

Dee balançou a cabeça.

— Frescura, nada. É um cheiro meio azedo.

Abri as pálpebras e fixei o olhar no Daemon. Ele estava encostado na parede, com os olhos fechados, mas sabia que escutava tudo. Dee sugeriu me levar para casa, se a minha mãe não pudesse ir. Fiquei mais uma vez chocada com os gêmeos. Daemon e Dee não tinham nada a ver com aquele lugar, mas eu, sim. Eu poderia facilmente me fundir com as paredes brancas e as cortinas verde-claras. Eu era apagada como o piso de linóleo,

… mas aqueles dois pareciam iluminar o quarto, com sua beleza perfeita e sua presença dominante.

Ah, os remédios estavam fazendo efeito. Eu estava poética. E doidona. *Que bênção.*

Dee se mexeu e bloqueou minha visão do Daemon. Imediatamente senti uma onda de pânico e lutei para mudar de posição, até que conseguisse vê-lo de novo. Meus batimentos cardíacos se aquietaram no momento em que meus olhos reconheceram sua silhueta. Ele não me enganava. Estava tentando fingir que estava calmo, encostado na parede daquele jeito, com os olhos fechados e tal, mas seu queixo estava travado, e eu sabia que ele era como uma mola recolhida, cheia de energia, prestes a explodir.

— Você tá lidando bem com isso. Eu teria perdido a linha, surtado completamente. — Dee sorriu.

— Ainda vou surtar, é só que a ficha não caiu.

Não sei bem ao certo quanto tempo já tinha passado quando minha mãe voltou com uma expressão chateada no rosto bonito.

— Querida, me desculpa ter sumido assim — disse apressada. — Houve um acidente grave e estão trazendo as vítimas pra cá. Pode ser que você tenha que ficar um pouco mais. Não posso ir, pelo menos até decidirmos se vamos ter que transferir os feridos para um hospital maior. Várias enfermeiras estão de folga hoje, e o pessoal de plantão pode não ser suficiente pra lidar com uma crise dessas.

Fiquei olhando para ela, atônita. Senti minha irritação aumentar. Dane-se todo mundo. Eu tinha quase morrido e queria a minha mãe.

— Sra. Swartz, a gente pode levar a Katy pra casa — ofereceu Dee. — Tenho certeza de que ela quer ir. Eu ia querer também. E não é trabalho nenhum pra gente.

Olhei para a mamãe, implorando com os olhos para que ela me levasse para casa.

— Me sentiria melhor se ela ficasse aqui comigo, para o caso de ter tido uma concussão e, bom, não quero que mais nada aconteça.

— A gente nunca deixaria nada acontecer. — O olhar da Dee era firme. —Vamos direto pra casa e ficaremos lá com ela. Prometo.

Dava para perceber que a mamãe estava se debatendo entre a vontade de me manter por perto e a responsabilidade que tinha com os feridos no acidente. Senti-me constrangida por fazê-la escolher. Além do mais, eu sabia que, para ela, me ver no hospital trazia lembranças dolorosas do papai. Olhei para o Daemon e a irritação pareceu ficar mais controlada. Dei um sorriso frágil para a minha mãe.

— Tudo bem, mãe. Eu tô me sentindo bem melhor, e tenho certeza de que não tem mais nada de errado comigo. Não quero ficar aqui.

Mamãe suspirou, esfregando as mãos.

— Não me conformo disso acontecer logo hoje.

O nome dela foi chamado no alto-falante mais uma vez. Ela fez algo muito atípico e xingou.

— Merda!

Dee imediatamente se levantou.

— A gente dá conta, sra. Swartz.

Mamãe olhou para mim e depois para a porta.

— Tudo bem. Mas, se ela agir de forma estranha... — Virou-se para mim. — Se sua dor de cabeça piorar, me liga imediatamente. Não! Liga pra emergência.

— Pode deixar — assegurei.

Ela se inclinou e me beijou delicadamente na bochecha.

— Descansa um pouco, querida. Eu te amo. — Em seguida, saiu pela porta e correu pelo corredor.

Dee me deu um sorriso travesso quando olhei para ela.

— Obrigada — falei. — Mas você não precisa ficar comigo.

Minha amiga fechou a cara.

— Claro que preciso. Sem discussão. — Saiu de perto de mim. — Vou lá ver o que a gente tem que fazer pra te tirar daqui.

Ela sumiu num piscar de olhos. Daemon, no entanto, tinha se aproximado um pouco. Estava parado junto ao pé da cama, com uma expressão impassível. Fechei os olhos.

— Você vai me ofender de novo? Porque não tô boa pá isso.

— Acho que você quis dizer "pra".

— Pra. Pá. Dá no mesmo. — Abri os olhos e encontrei-o me encarando.

— Você tá bem mesmo?

— Estou ótima. — Bocejei bem alto. — Sua irmã tá agindo como se fosse culpa dela.

LUX ⭐1 OBSIDIANA

— Ela não gosta quando as pessoas se machucam — explicou calmamente. — E as pessoas à nossa volta tendem a se machucar.

Senti um arrepio por dentro. Por mais que a expressão dele fosse vaga, suas palavras eram carregadas de dor.

— O que isso quer dizer?

Daemon não me respondeu.

Dee voltou logo em seguida, com um sorriso no rosto.

— Podemos ir, os médicos já deram alta.

— Vamos lá, vamos te levar pra casa. — Daemon veio até o lado da cama e, surpreendentemente, me ajudou a sentar e me levantar.

Ensaiei alguns passos, mas tive que parar.

— Opa, tô completamente tonta.

O rosto da Dee era compreensivo.

— Acho que os remédios estão fazendo efeito.

— Eu já tô babando? — perguntei.

— Claro que não! — Dee riu.

Suspirei, exausta a ponto de quase desmoronar. Meu corpo foi içado do chão, de encontro ao peito do Daemon, e, em seguida, depositado gentilmente numa cadeira de rodas.

— Regras do hospital — explicou ele, já me empurrando. Parou só para eu assinar uma ou duas fichas e logo continuamos até o estacionamento.

Ele me pegou de novo no colo, tomando cuidado com o braço imobilizado, e me pôs sentada no banco de trás do carro da Dee.

— Eu posso andar, sabia?

— Eu sei. — Deu a volta no automóvel e se sentou ao meu lado.

Tentei me equilibrar no meu lado do banco, mantendo a cabeça ereta, porque não achei que Daemon fosse gostar que eu me apoiasse nele. Mas assim que se ajeitou do meu lado, minha cabeça meio que caiu no peito dele. Ele enrijeceu por um instante, mas logo passou o braço em volta do meu ombro. Seu calor aqueceu os meus ossos. Parecia certo, naquele momento, me aninhar junto dele. Daemon fazia com que me sentisse segura, e me lembrei do calor que emanara de sua mão mais cedo.

Ao aconchegar o lado ileso do meu rosto no tecido macio da camiseta dele, tive a impressão de que seu braço se apertou em volta de mim, mas podia ser só uma ilusão medicamentosa. Quando o carro começou a andar, eu já estava apagando, um pensamento colidindo com outro sem qualquer coerência.

Não sabia se estava sonhando ou não quando ouvi a Dee falar, com a voz baixa, parecendo bem distante.

— Falei pra ela não ir. Ainda era visível.

— Eu sei. — Houve uma pausa. — Não se preocupa. Não vou deixar nada acontecer desta vez. Juro.

O silêncio foi cortado por mais cochichos.

—Você fez alguma coisa, não fez? — perguntou ela. — Tá mais forte agora.

— Não foi por querer. — Daemon se mexeu um pouco e afastou os cabelos que caíam sobre o meu rosto. — Simplesmente aconteceu. Merda.

Longos instantes se passaram, e eu lutei para ficar acordada. Mas os acontecimentos daquela noite tinham sido pesados demais, e finalmente sucumbi ao calor do Daemon e ao silêncio abençoado.

✹ ✹ ✹

Quando abri de novo os olhos, a luz do dia passava pelas frestas da cortina pesada da sala, iluminando pequenas partículas de poeira que planavam sobre a cabeça tranquila da Dee. Ela estava a alguns metros de mim, encolhida na poltrona, em sono profundo. Suas mãozinhas estavam dobradas delicadamente sob a bochecha, e seus lábios, levemente entreabertos. Ela parecia mais uma boneca de porcelana do que uma pessoa de verdade.

Sorri e imediatamente estremeci.

A fisgada de dor afastou a névoa da minha cabeça, e o medo da noite anterior congelou minhas veias. Fiquei deitada por um tempo, respirando fundo, tentando me acalmar e recobrar o controle das emoções em parafuso. Eu estava viva, graças ao Daemon, que aparentemente era também o meu travesseiro.

LUX 1 OBSIDIANA

Minha cabeça estava no colo dele. Uma de suas mãos se apoiava na curva do meu quadril. Meu coração acelerou. Ele não podia estar confortável, sentado a noite inteira assim.

Daemon se mexeu.

—Você está bem, gatinha?

— Daemon? — murmurei, tentando manter o controle das emoções. — Eu... desculpa. Não pretendia dormir no seu colo.

— Tudo bem. — Ele me ajudou a sentar. A sala girou um pouco. — Você está bem? — perguntou de novo.

— Sim. Você ficou aqui a noite toda?

— Fiquei. — Foi tudo o que disse.

Eu me lembrava da Dee ter se oferecido, mas não ele. Acordar com a cabeça deitada no colo *dele* era a última coisa que eu poderia esperar.

—Você se lembra de alguma coisa? — perguntou baixinho.

Meu peito apertou. Assenti com um menear de cabeça, imaginando que fosse doer mais do que estava doendo.

— Fui atacada ontem à noite.

— Alguém tentou te assaltar — disse ele.

Não, não estava certo. Lembrava de um homem agarrar minha bolsa e me jogar no chão, mas ele não queria o meu dinheiro.

— Ele não tentou me assaltar.

— Kat...

— Não. — Tentei me levantar, mas o braço dele formava um cinturão de aço ao meu redor. — O homem não queria o meu dinheiro, Daemon, queria saber onde *eles* estavam.

Daemon se endireitou.

— Isso não faz sentido.

— Jura? — Fiz uma careta quando tentei mexer o braço e descobri que a tala era pesada. — Mas o cara ficou perguntando onde *eles* estavam, falando de um rastro.

— O cara era maluco — retrucou ele, mantendo a voz baixa. —Você sacou isso, né? Que ele não batia bem das ideias. Que não falava coisa com coisa.

— Não sei. Ele não parecia doido.

— Tentar espancar uma garota não é sinal de doideira suficiente pra você? — Levantou as sobrancelhas. — Estou curioso pra saber o que você acha maluquice.

— Não foi isso o que eu quis dizer.

— Então o que você quis dizer? — Ele se mexeu, com cuidado para não me balançar, o que meio que me surpreendeu. — O cara era um tremendo de um lunático, mas você está fazendo questão de criar uma tempestade num copo d'água, né?

— Não estou criando nada. — Respirei fundo. — Daemon, aquele cara não era um lunático qualquer.

— Ah, e você agora é especialista em malucos?

— Um mês ao seu lado e já me sinto como se tivesse feito um mestrado no assunto — mandei. Lancei-lhe um olhar irritado e, em seguida, desviei os olhos. Minha cabeça estava pesada.

—Você está bem? — Daemon pôs a mão no meu braço bom. — Kat?

Afastei a mão dele.

— Sim. Estou bem.

Com os ombros tensos, ele manteve os olhos focados à frente.

— Sei que você tá confusa com o que houve ontem à noite, mas não faz disso uma coisa maior do que é.

— Daemon.

— Não quero ver a Dee preocupada porque tem um idiota aí fora atacando garotas. — Os olhos dele ficaram sérios. Frios. — Está me entendendo?

Meu lábio tremeu. Parte de mim quis chorar. Outra parte quis dar na cara dele. Então todo esse carinho era por causa da irmã? Que tolice a minha. Nossos olhos se encontraram. Havia tanta intensidade nos dele, como se quisesse me fazer compreender.

Dee bocejou bem alto.

Afastei meu olhar, rompendo o contato primeiro. Claro, ponto pro Daemon.

— Bom dia! — cantarolou Dee, pisando no chão, soando surpreendentemente pesada para alguém tão magrinha. —Vocês já estão acordados há muito tempo?

LUX 1 OBSIDIANA

Outro suspiro, bem mais alto e irritado que o primeiro, saiu dos lábios contraídos do Daemon.

— Não, Dee, a gente acabou de acordar e tá conversando. Você estava roncando tão alto que ninguém conseguiu dormir mais.

Dee fungou.

— Duvido muito. Katy, como você está se sentindo?

— Estou um pouco doída e meio travada, mas bem.

Ela sorriu, mas seus olhos ainda estavam cheios de culpa. O que não fazia sentido. Dee tentou ajeitar os cachos, mas eles pularam desalinhados assim que tirou as mãos do cabelo.

—Vou preparar o café pra você.

Antes que eu pudesse responder, ela zarpou para a cozinha, e ouvi várias portas abrindo e fechando, e panelas e frigideiras batendo umas nas outras.

— Então tá.

Daemon ficou em pé e se espreguiçou. Os músculos das costas retesaram sob a camiseta. Desviei o olhar.

— Me preocupo com a minha irmã mais do que com qualquer coisa no universo — disse, em voz baixa. Cada palavra era marcada pela verdade. — Eu faria qualquer coisa por ela, pra ter certeza de que está feliz e segura. Por favor, não deixa a Dee ficar preocupada com as suas histórias malucas.

Senti-me infinitamente pequena.

—Você é um babaca, mas não vou comentar nada com ela. — Quando olhei para cima, tive dificuldade em me concentrar, de tão verdes que eram aqueles olhos. — Tudo bem? Feliz?

Algum sentimento passou pelo rosto dele. Raiva? Arrependimento?

— Não. Não mesmo.

Nenhum dos dois desviou o olhar. Havia alguma coisa pesada e tangível no ar entre nós.

— Daemon! — chamou Dee da cozinha. — Preciso da sua ajuda!

— Melhor a gente ir ver o que ela está aprontando, antes que destrua sua cozinha. — Ele esfregou as mãos no rosto. — O que é bem possível.

Quieta, segui-o pelo corredor, onde a luz entrava pela porta aberta da cozinha. Estremeci com a claridade repentina e, de repente, lembrei que ainda não tinha escovado os dentes ou penteado os cabelos. Afastei-me de Daemon.

— Acho que preciso... ir.

Ele levantou uma sobrancelha.

— Ir aonde?

Senti minhas bochechas pegarem fogo.

— Lá em cima. Preciso de um banho.

Para minha surpresa, ele não bateu a porta na minha cara. Só assentiu e desapareceu cozinha adentro. No alto das escadas, levei os dedos distraidamente aos lábios e senti mais um arrepio percorrer todo o meu corpo. O quão perto de morrer eu tinha chegado ontem à noite?

— Ela vai mesmo ficar bem? — Ouvi a Dee perguntar.

— Vai, ela vai ficar ótima — respondeu Daemon, pacientemente. — Você não tem com o que se preocupar. Não vai acontecer nada. Quando eu voltei pra cá, já estava tudo resolvido.

Aproximei-me do corrimão sem fazer barulho.

— Não faz essa cara. Não vai acontecer nada com você. — Daemon suspirou, soando realmente frustrado desta vez. — Nem com ela, tá? — Mais um momento de silêncio. — A gente já deveria estar esperando uma coisa dessas.

— Você estava? — perguntou Dee, levantando a voz. — Porque eu, não. Tinha a esperança de que pudéssemos ter uma amiga, uma de verdade, sem que eles ficassem...

Eles baixaram a voz, e não consegui entender mais nada. Será que era de mim que falavam? Tinha que ser, mas não fazia sentido. Fiquei parada, absolutamente atordoada, tentando imaginar o que poderiam estar dizendo.

A voz do Daemon ficou mais alta.

— Quem sabe, Dee? Vamos ver como ficam as coisas. — Fez uma pausa e riu. — Acho que você vai acabar matando esses ovos de tanto bater. Deixa que eu faço.

Escutei por mais alguns instantes enquanto eles conversavam normalmente, antes de sair do lugar onde tinha parado. De repente, outro diálogo entreouvido ressurgiu. Na noite anterior, enquanto eu oscilava entre estar consciente e apagada pela medicação, no carro, escutara os dois sussurrarem preocupações que não consegui compreender.

Queria me livrar da sensação incômoda de que eles estavam escondendo algo. Não havia me esquecido da insistência esquisita da Dee para que eu

LUX 1 OBSIDIANA

não fosse à biblioteca. Ou da luz estranha que tinha visto do lado de fora, que me lembrou tanto a que vi na floresta, quando encontramos o urso e eu desmaiei, coisa que nunca tinha feito antes na vida. Sem falar no dia do lago, quando Daemon se transformara em Aquaman.

Caminhei entorpecida até o banheiro e acendi a luz, esperando ver meu rosto destroçado. Inclinei a cabeça para o lado e soltei um suspiro, surpresa. Sabia que meu rosto tinha sido arranhado até ficar em carne viva. Da dor, eu me lembrava. E que meu olho tinha inchado até fechar. Mas o olho estava só levemente machucado, e a bochecha, cor-de-rosa, como se a pele nova já tivesse nascido. Olhei para o meu pescoço. Os hematomas pareciam leves, como se o ataque tivesse sido há dias, não na noite passada.

— Que diabo? — sussurrei.

Meus ferimentos estavam quase curados, com exceção do braço imobilizado... mas ele também quase não doía. Outra memória solta apareceu, a imagem do Daemon debruçado sobre mim na estrada, suas mãos quentes. Será que as mãos dele...? De jeito nenhum. Impossível. Balancei a cabeça.

Mas, enquanto eu me examinava, não conseguia afastar a sensação incômoda de que algo estava acontecendo ali. Os gêmeos sabiam. As coisas não faziam sentido.

[11]

No domingo que antecedeu o início das aulas, Dee me levou ao centro da cidade para comprar cadernos e aproveitou para substituir quase tudo que tinha de material escolar. Só restavam mais três dias de férias e depois o feriado do Dia do Trabalho.* Eu estava ansiosíssima. Mas, antes de voltarmos para casa, Dee, faminta como sempre, me obrigou a parar em um dos seus lugares favoritos.

— É um restaurante bem pitoresco — comentei.

Dee sorriu, balançando a perna.

— Pitoresco? Seria pitoresco pra uma garota da cidade grande que nem você, mas, aqui, este é O lugar para se frequentar.

Dei mais uma olhada rápida ao redor. O Smoke Hole Diner não era ruim. Pelo contrário, era até bonitinho, de um jeito simples, caseiro, e eu gostava dos montinhos de pedras e rochas que saíam dos cantos das mesas.

— Fica bem mais movimentado à noite e depois das aulas — acrescentou ela, entre goles. — Nesses momentos, é até difícil conseguir uma mesa.

---

* Nos EUA, o Dia do Trabalho é comemorado na segunda segunda-feira de setembro.

LUX 1 OBSIDIANA

—Você vem sempre aqui? — Para mim era meio difícil imaginar a linda Dee ali, comendo sanduíches quentes de peru e tomando milk-shakes.

Mas lá estava ela, no seu segundo sanduíche quente de peru e no terceiro milk-shake. Desde que conhecera a Dee, ficava sempre espantada com a quantidade de comida que a garota era capaz de devorar em uma refeição. Era um tanto perturbador.

— Venho aqui com o Daemon pelo menos uma vez por semana, pra comer a lasanha. É de morrer! — Os olhos dela se iluminaram em um misto de animação e desejo.

Eu ri.

— Você deve adorar mesmo a comida daqui. Mas obrigada por me convidar pra sair hoje. Estou feliz de sair de casa já que a mamãe está lá. Ela anda superprotetora desde o acidente, e fica perto de mim o tempo todo.

— Ela está preocupada.

Assenti, brincando com o canudo.

— Principalmente depois das notícias sobre a garota que morreu na mesma noite. Vocês se conheciam?

Dee baixou os olhos para o prato e balançou a cabeça.

— Não muito bem. Ela era de uma turma abaixo da nossa, mas um monte de gente conhecia. Cidade pequena, né? Eu acho que li em algum lugar que a polícia ainda não está convencida de que foi assassinato. Parece que pode ter sido um ataque cardíaco. — Ela fez uma pausa e cerrou os lábios, olhando para algum ponto atrás do meu ombro. — Estranho.

— Que foi? — perguntei, virando para ver o que era e desvirando o mais rápido possível. Era o Daemon.

A cabeça da Dee estava inclinada para o lado, com seus cabelos escuros cobrindo naturalmente parte do rosto.

— Não sabia que ele vinha.

— Ai, cacete. Se não é aquele cujo nome não podemos pronunciar.

Dee caiu na gargalhada e chamou a atenção de todos que estavam no restaurante.

— Ah, essa foi boa.

Eu me afundei no assento. Daemon estava me evitando desde aquela manhã em que ele e a irmã prepararam café na minha casa. O que, por sinal, tudo bem. Só queria agradecer a ele por, tipo, salvar a minha vida.

Um agradecimento correto, que não terminasse em insultos, mas, nas poucas vezes em que o vira, ele não tinha parado por mais tempo do que o suficiente para me avisar com o olhar que não era nem para tentar me aproximar.

Daemon podia ser, fisicamente, o homem mais perfeito que já vira; seu rosto era algo que qualquer artista daria a vida para poder desenhar, nenhuma luz refletia mal nele. Mas também podia ser o maior imbecil do planeta.

— Ele não vai sentar com a gente, vai? — murmurei para a Dee, que parecia estar se divertindo.

— Oi, maninha.

Respirei fundo ao ouvir o som de sua voz rouca. Enfiei meu braço enfaixado debaixo da mesa. Tinha certeza de que, se ele o visse, se lembraria de como eu tinha sido inconveniente.

— Beleza? — respondeu Dee, apoiando o queixo na mão. — O que você tá fazendo aqui hoje?

— Estou com fome — respondeu secamente. — As pessoas vêm aqui pra comer, né?

Mantive os olhos fixos no meu prato de hambúrguer com batatas fritas, brincando com a comida e rezando para que quem quer que ouvisse minhas orações me fizesse desaparecer no meio daqueles bancos até ele ir embora. Forcei-me a pensar em qualquer coisa — livros, programas de TV, filmes, Daemon, a grama lá fora...

— Quer dizer, menos você, né, que aparentemente veio pra brincar com a comida — falou para mim.

Ah, *merda*. Forcei o sorriso mais brilhante que consegui e me preparei. O sorriso falhou no instante em que nossos olhares se encontraram. Ele me encarou com expectativa, como se soubesse o que eu estava pensando de verdade e quisesse que eu reagisse.

— É. Sabe, minha mãe normalmente me leva no McDonald's pra jantar, então eu tô meio por fora aqui. Sentindo falta do brinde do McLanche Feliz, essas coisas.

Dee riu e olhou para o irmão.

— Ela não é ótima?

— Adorável. — Ele cruzou os braços e perguntou num tom mais seco do que nunca: — Como tá o seu pulso?

LUX 1 OBSIDIANA

A pergunta me pegou desprevenida. O pulso e o braço estavam ótimos. Queria tirar a tala, mas a minha mãe não me deixava nem tomar banho sem ela.

— Melhor. Na verdade, já está bom. Graças a você.

— Não precisa agradecer — interrompeu ele, correndo os dedos pelas mechas escuras e desgrenhadas. — Seu rosto está bem melhor, aliás.

Sem perceber, levei uma das mãos à bochecha.

— Bom, de qualquer forma, obrigada. — Olhei para a Dee, incrédula, e formei com os lábios as palavras "meu rosto", sem emitir som.

Ela me olhou como quem estava se divertindo, antes de se voltar para o irmão.

— Você vai se sentar com a gente? Já estamos praticamente acabando.

Foi a vez de Daemon bufar.

— Não, obrigado.

Voltei a cutucar a comida no prato. Como se a ideia de comer com a gente fosse a mais absurda das absurdas.

— Bom, que pena. — Dee não perdeu tempo.

— Daemon, você já chegou!

Levantei os olhos na direção da animadíssima voz feminina. Uma loura pequena e bonita acenou da entrada. Daemon acenou de volta, não tão animado, e eu observei-a praticamente correr até a nossa mesa. Quando alcançou Daemon, a garota se esticou e deu-lhe um beijo rápido na bochecha, para em seguida enroscar o braço no dele, possessivamente.

Uma sensação horrível e irritante preencheu minha barriga. Ele tinha uma namorada? Olhei para Dee. A irmã não parecia feliz.

A menina finalmente olhou para a nossa mesa.

— E aí, Dee, como você está?

Ela sorriu de volta, não tão feliz.

— Ótima, Ash, e você?

— Estou *muito* bem também. — Cutucou o Daemon, como se fosse uma piadinha exclusiva dos dois.

Eu não conseguia respirar.

— Achei que você fosse viajar, não? — perguntou Dee, seu olhar normalmente carinhoso ficando um pouco mais afiado. — Com seus irmãos, pra voltar só quando começassem as aulas?

— Mudei de ideia. — Ela olhou mais uma vez para o Daemon, que estava começando a se mexer, dando sinais de desconforto.

— Hum, interessante — respondeu Dee, com uma expressão bem felina. — Ah, que grosseiro da minha parte. Ash, esta é a Katy. — Apontou para mim. — Ela é nova na nossa cidadezinha empolgante.

Eu me forcei a sorrir para a garota. Não tinha motivos para sentir ciúmes ou me importar com ela, mas, que droga, a menina era bonita.

Ash deu um passo para trás, o sorriso desaparecendo imediatamente.

— Essa é *ela*?

Olhei para a Dee.

— Não posso fazer isso, Daemon. Vocês podem achar isso normal, mas eu não. — Ash jogou o cabelo para trás com a mão bronzeada. — É um tremendo erro.

Daemon suspirou.

— Ash...

Ela apertou os lábios.

— Não.

— Ash, vocês nem se conhecem. — Dee ficou de pé. — Você está sendo ridícula.

O movimento no restaurante parou completamente. Todo mundo estava nos encarando.

Senti um calor me subir à cabeça, numa mistura de raiva e vergonha. Olhei para Ash.

— Desculpa, mas eu fiz alguma coisa?

Os olhos extraordinariamente azuis da Ash cravaram-se em mim.

— Deixa eu pensar... está respirando, pra começar.

— Como é que é? — perguntei.

— Você me ouviu — retrucou Ash, virando para o Daemon. — É por isso que está tudo uma merda? Por isso que os meus irmãos estão zanzando pelo país...

— Já chega. — Daemon segurou o braço dela. — Tem um McDonald's ali adiante na rua. Vou te comprar um McLanche Feliz. Quem sabe isso não vai te deixar mais alegre?

LUX 1 OBSIDIANA

— O que está uma merda? — quis saber. A vontade de arrancar os cabelos dela era difícil de ignorar. Ash me lançou um olhar assassino.

— *Tudo* está uma merda.

— Bom, isso foi divertido. — Daemon levantou uma sobrancelha para a irmã. — Te vejo em casa.

Observei os dois se afastarem, fervendo de ódio. Mas, por baixo do ódio, havia também mágoa. Dee se jogou de volta no banco.

— Meu Deus, eu sinto muito. Ela é uma completa idiota.

Olhei para minha vizinha; minhas mãos tremiam.

— Por que ela falou aquelas coisas de mim?

— Não sei. Deve estar com ciúme. — Dee mexeu no canudo, sem me olhar nos olhos. — Ash tem uma história com o Daemon, sempre teve. Eles já namoraram.

Meu cérebro travou no verbo por um segundo. Namoraram.

— De qualquer jeito, ela soube que ele foi te salvar naquela noite. Claro que ia te odiar.

— Sério? — Não acreditei nela. — Tudo isso porque o Daemon me salvou de um *assassino*? — Frustrada, bati com a tala na mesa e me encolhi de dor. — E ainda por cima o Daemon me trata como se eu fosse uma terrorista. Ridículo.

— Ele não te odeia — se apressou ela em afirmar. — Acredito que queria, pra ser sincera. Mas não odeia. E acho que é por isso que ele age assim.

Isso não fazia nenhum sentido.

— Por que ele iria querer me odiar? Eu não quero odiá-lo, mas ele torna praticamente impossível qualquer outro sentimento.

Dee ergueu os olhos marejados de lágrimas.

— Kat, desculpa. Minha família é um pouco estranha. Assim como esta cidade. E Ash. A família dela é… amiga da nossa. Nós temos muita coisa em comum.

Fiquei olhando para ela, esperando que me explicasse como isso tinha qualquer coisa a ver com a Ash ser insuportável.

— Eles são trigêmeos, sabia? — Dee se recostou no assento, olhando apática para o prato à frente. — Ela tem dois irmãos, Adam e Andrew.

— Espera. — Fiquei boquiaberta. —Você tá me dizendo que tem outros gêmeos na cidade além de você e do Daemon?

Dee franziu o rosto e assentiu.

— Num total de quantos habitantes? Quinhentos? — continuei.

— Eu sei, é estranho — respondeu. — Mas temos isso em comum, e somos muito próximos. Cidades pequenas não lidam bem com as estranhezas. E eu tô meio que namorando o irmão dela, o Adam.

Meu queixo caiu.

—Você tem um namorado? — Quando ela assentiu, eu balancei a cabeça. —Você nunca me falou dele antes.

Dee deu de ombros e desviou o olhar.

— Não me ocorreu comentar. A gente não se vê muito.

Calei a boca. Que tipo de garota não fala do namorado? Se eu tivesse um, falaria dele ou ao menos mencionaria sua existência uma vez. Ou duas. Olhei para a Dee com novos olhos, imaginando o que mais ela não me contara ainda. Recostei-me no banco e corri os olhos em volta. Foi como se ligassem um interruptor.

Comecei a notar algumas coisas, pequenas coisas.

O modo como a garçonete ruiva com o lápis preso no coque não parava de me olhar e de tocar a pedra preta brilhante do colar. Depois, o velho sentado no bar, que não tocou na comida e ficou nos encarando, murmurando baixinho. Ele parecia um pouco louco. Meus olhos percorreram a lanchonete. Uma senhora de terno chamou minha atenção. Ela me olhou com desprezo e comentou alguma coisa com o companheiro. Ele deu uma rápida espiada por cima do ombro e seu rosto ficou pálido.

Imediatamente, me voltei para a Dee. Ela parecia alheia a tudo aquilo, ou talvez estivesse se esforçando para ignorar. A tensão permeava o ar. Como se houvesse uma linha invisível traçada, e eu tivesse pisado bem em cima dela. Podia sentir todos eles, dúzias de olhos, todos fixos em mim. Todos aqueles olhares carregados de desconfiança e de outro sentimento muito, muito pior.

Medo.

✸ ✸ ✸

LUX 1 OBSIDIANA

A última coisa que eu queria era usar uma tala no meu primeiro dia de aula, mas, como a minha mãe tinha insistido para eu esperar até depois da consulta, no dia seguinte, fui condenada a ser mais que a garota nova. Assim que pisei na escola, percebi os olhares e murmúrios que diziam "olha, a garota nova que foi atacada".

Todo mundo me olhou como se eu fosse um alienígena de duas cabeças. Não sabia se deveria me sentir como uma celebridade ou um fugitivo de um hospital psiquiátrico. Ninguém falou comigo.

Por sorte, era fácil se localizar e encontrar as salas na escola. Estava acostumada com o meu antigo colégio, que possuía quatro andares, várias alas e pátios. Este tinha dois andares e só.

Encontrei minha sala com facilidade e me sentei, em meio a olhares curiosos e alguns sorrisos inseguros. Não vi meus vizinhos até a segunda aula, e foi o Daemon que entrou na sala, segundos antes de a campainha tocar, com um sorriso leve nos lábios grossos. As conversas praticamente se encerraram. Várias garotas ao meu redor pararam até mesmo de rabiscar nos cadernos.

Daemon tinha uma certa arrogância no andar, bem ao estilo das estrelas do rock. Imediatamente capturou a atenção de todos, principalmente quando passou o livro de trigonometria de uma das mãos para a outra, e em seguida correu os dedos pelas ondas rebeldes dos cabelos grossos, deixando que caíssem sobre a testa. Usava um jeans de cintura baixa, de modo que, ao levantar o braço, uma faixa de pele dourada apareceu, o que tornou a matemática muito mais interessante.

Uma menina de cabelos ruivos suspirou ao meu lado e comentou, baixinho:

— Meu Deus, o que eu não daria por um pedaço disso aí. O cardápio do refeitório deveria ter sanduíche de Daemon.

Outra menina riu.

— Você não é mole.

— Junto com os gêmeos Thompson de acompanhamento — completou a ruivinha, toda vermelha com a proximidade dele.

— Lesa, você é uma figura! — A morena riu.

Desviei rapidamente os olhos para o meu caderno, mas sabia que ele tinha pego o lugar bem atrás de mim. Toda a extensão das minhas costas começou a formigar. Um segundo depois, senti algo me cutucar. Mordendo o lábio, olhei por cima do meu ombro. Daemon abriu um sorriso torto.

— Como está o braço, Kittycat?

Excitação e medo brigavam dentro de mim. Será que ele tinha escrito nas minhas costas? Não me surpreenderia se tivesse. Senti o rosto corar sob o brilho de seus olhos verdes.

— Bem — respondi, prendendo os cabelos para trás. — Vou tirar a tala amanhã, eu acho.

Daemon bateu a caneta na borda da mesa.

— Isso deve ajudar.

— Ajudar o quê?

Ele rodou a caneta no ar, fazendo um círculo imaginário ao meu redor.

— A melhorar esse seu visual.

Apertei os olhos. Não quis nem saber do que ele estava falando. Não havia nada de errado com meu jeans ou minha camisa. Eu estava igual a todo mundo na sala, exceção feita aos alunos que estavam com as camisas enfiadas dentro das calças. Não tinha visto nenhum chapéu de caubói nem nenhum jeans rasgado até então. Aquele pessoal parecia igualzinho aos meus colegas na Flórida, só com menos predisposição ao câncer de pele.

Lesa e a amiga pararam de falar, observando a mim e ao Daemon com expressões boquiabertas. Jurei por Deus que, se aquele garoto dissesse outra grosseria, eu ia dar nele ali mesmo. Minha tala era pesada o suficiente para machucar.

Ele se inclinou para a frente e seu hálito quente acariciou minha bochecha.

— Menos gente vai ficar olhando quando estiver sem a tala, só isso.

Não acreditei nem por um segundo na sinceridade daquelas palavras. Além do mais, com ele tão perto do meu rosto, *todo mundo* estava encarando. E a gente não desviava o olhar um do outro. Estávamos no meio de um jogo do sério épico, que eu me recusava a perder. Alguma coisa acontecia entre a gente, alguma reminiscência da estranha corrente que eu sentira antes.

Um garoto do outro lado do Daemon assoviou baixinho.

— A Ash vai te matar, Daemon.

Ele abriu mais o sorriso.

— Não, ela ama meu corpo demais pra fazer isso.

O garoto riu.

Com os olhos ainda em mim, ele aproximou mais a carteira.

— Adivinha?

— O quê?

— Eu li o seu blog.

Ai. Meu. Jesus. Cristinho. Como ele tinha achado? Espera. O mais importante era que ele *tinha* achado. Será que o blog agora aparecia fácil no Google? Isso seria incrível, com uma dose extra de inacreditável por cima.

— Me perseguindo de novo, tô vendo. Será que vou precisar pedir uma ordem judicial pra você não se aproximar?

— Nos seus sonhos, gatinha. — Ele deu uma risadinha presunçosa. — Mas espera. Eu já estou neles, né?

Revirei os olhos.

— Pesadelos, Daemon. Pesadelos.

Ele sorriu, com os olhos brilhando, e eu quase sorri de volta. Por sorte, o professor começou a chamada, forçando o fim do que quer que estivesse acontecendo entre a gente. Virei-me no assento e expirei bem devagar.

Daemon riu baixinho.

Quando o sinal tocou, indicando o fim da aula, tratei de sair de lá o mais rápido que pude. Fui embora sem olhar para conferir o que ele fazia. Matemática ia ser pior do que já era normalmente se ele fosse se sentar atrás de mim todos os dias.

No corredor, Lesa e a amiga se aproximaram.

— Você é nova aqui — disse a morena. Esperta.

Lesa revirou os olhos escuros.

— Isso é óbvio, né, Carissa.

Carissa ignorou a amiga e empurrou os óculos quadrados nariz acima, enquanto desviava de um garoto que forçava a passagem em meio à multidão no corredor.

— Como você conhece tão bem o Daemon Black?

Considerando que as primeiras pessoas a falar comigo só o faziam porque eu tinha conversado com o Daemon, eu não estava nada animada.

— Me mudei pra casa ao lado da dele no meio de julho.

— Ah, que inveja. — Lesa franziu os lábios. — Metade dos alunos desta escola adoraria trocar de lugar com você.

Eu trocaria de lugar com eles de bom grado.

— Aliás, meu nome é Carissa. Esta é a Lesa, se você ainda não tinha percebido. A gente nasceu aqui. — Carissa esperou.

— Meu nome é Katy Swartz. Sou da Flórida. — Estranhamente, o sotaque delas era menos carregado do que eu imaginava.

— Você veio da Flórida pra cá, pra West Virginia? — Lesa arregalou os olhos. — Você é louca?

Sorri.

— Minha mãe é.

— O que houve com o seu braço? — perguntou Carissa, as duas me acompanhando escada acima.

Tinha tanta gente na escada que eu não quis anunciar o que tinha acontecido, mas Lesa aparentemente já sabia.

— Ela foi assaltada na cidade, lembra? — Ela cutucou Carissa. — Na mesma noite que a Sarah Butler morreu.

— Ah, é — respondeu Carissa, franzindo o rosto. — Vai ter uma homenagem a ela amanhã durante a abertura do semestre. Tão triste.

Sem saber bem como responder, balancei a cabeça.

Lesa sorriu quando chegamos ao segundo andar. Minha aula de inglês era no fim do corredor e tinha quase certeza de que a Dee também estava nessa turma.

— Bom, foi um prazer te conhecer. Não recebemos muitos alunos novos aqui.

— Verdade — concordou Carissa. — Não teve nenhum novo desde que os trigêmeos chegaram no nosso primeiro ano.

— Você quer dizer Ash e os irmãos? — perguntei, confusa.

— E os Black também — respondeu Lesa. — Os seis começaram juntos, com poucos dias de diferença. A escola toda foi à loucura.

— Espera. — Parei no meio do corredor, recebendo alguns olhares bem feios das pessoas que vinham atrás. — Como assim os seis? E todos vieram ao mesmo tempo?

LUX ❋ OBSIDIANA

— Praticamente — confirmou Carissa, ajeitando os óculos. — E a Lesa não tá brincando. A loucura aqui durou meses. Mas quem pode culpar a gente, né?

Lesa parou na porta de uma sala de aula, com as sobrancelhas franzidas.

— Você não sabia que os Black eram três?

Sentindo-me ainda mais confusa, balancei a cabeça.

— Não. Mas só tem o Daemon e a Dee, certo?

O sinal tocou, e tanto Lesa quanto Carissa olharam para a sala de aula, que já estava cheia. Foi Lesa quem explicou:

— Eles eram trigêmeos, também. Dee e mais dois irmãos, Daemon e Dawson. Os dois eram completamente idênticos, que nem os garotos Thompson. Não dava pra distinguir um do outro. Nem que sua vida dependesse disso.

Fiquei olhando para as duas, com os pés plantados no chão.

Carissa deu um sorriso sem jeito.

— É muito triste. O outro irmão, Dawson, desapareceu há um ano. Todo mundo acha que ele morreu.

[12]

ão tive tempo de perguntar à Dee sobre o outro irmão na aula de inglês avançado porque cheguei atrasada. E eu ainda estava muito bolada para tocar no assunto com ela. Não podia acreditar que eles tinham outro irmão e nunca falaram dele, nem uma vez sequer. Pensando bem, eles nunca falavam dos pais nem de nenhum outro parente. Tampouco contavam para onde iam ou o que faziam quando ficavam fora por um dia ou dois.

E ele tinha desaparecido? Morrido? Meu coração doía por eles, mesmo que não tivessem me contado tudo. Sabia como era perder alguém querido. Mas, acima de tudo, havia algo de muito esquisito no fato de duas famílias com trigêmeos terem se mudado para a mesma cidadezinha em questão de dias, mas Dee tinha dito que eles e os Thompson eram amigos. Talvez tivesse sido planejado.

Depois da aula, Dee foi encurralada pela Ash e por um garoto de cabelos dourados, que mais parecia um modelo. Não era preciso muita imaginação para perceber que era um dos irmãos dela. Quando eles se afastaram, tudo que a Dee disse foi para a gente se encontrar no almoço, e logo corremos para nossa próxima aula.

Minha matéria a seguir era biologia, e a Lesa estava nela também. A garota se sentou na carteira à minha frente, sorrindo.

LUX 1 OBSIDIANA

— Como está sendo seu primeiro dia?

— Bom. Normal. — Normal, a não ser por tudo que tinha descoberto. — E o seu?

— Já tô achando chato e demorado — respondeu. — Mal posso esperar pra este ano acabar logo. Estou louca pra sair deste fim de mundo, me mudar pra uma cidade normal.

— Uma cidade normal? — Eu ri.

Lesa se recostou, apoiando os braços na minha mesa.

— Esta cidade é o epicentro da esquisitice. Algumas das pessoas daqui, bom, elas não são normais.

Visualizei mentalmente um caipira de três dedos, dançando todo torto, mas duvidava de que fosse isso o que ela queria dizer.

— Dee me contou que algumas pessoas não são muito amigáveis.

Ela deu uma risadinha debochada.

— É bem típico dela falar isso.

Franzi o rosto.

— O que você quer dizer com isso?

Lesa abriu bem os olhos e balançou a cabeça.

— Não me leva a mal, mas alguns dos alunos aqui e algumas pessoas da cidade olham com desconfiança para ela e os outros que nem ela.

— Outros que nem ela — repeti, devagar. — Não sei bem o que isso quer dizer.

— Nem eu. — Lesa deu de ombros. — Foi o que eu disse, as pessoas são estranhas aqui. Esta cidade é estranha. A toda hora dizem que viram homens de preto correndo por aí... de ternos pretos, não os atores do filme. Acho que são do governo. Eu mesma já vi alguns. Isso para não falar das outras coisas que as pessoas alegam terem visto.

Lembrei da mulher com o filho no mercado.

— Tipo o quê?

Com um sorriso nervoso, Lesa olhou rapidamente para a entrada da sala. O professor ainda não tinha chegado. Ela se aproximou e sussurrou:

— Olha, isso vai parecer maluquice. E quero deixar claro, antes de mais nada, que eu não acredito nessas histórias, tá bom?

Parecia que vinha uma fofoca da boa.

—Tudo bem.

Seus olhos escuros brilhavam.

— As pessoas aqui dizem que já viram uns vultos de luz perto das Seneca Rocks. Como se fossem pessoas feitas de luz. Alguns acreditam que são espíritos ou alienígenas.

— Alienígenas? — Caí na gargalhada, atraindo alguns olhares. — Desculpa, mas você tá falando sério?

— Sério — repetiu ela, com o mesmo sorriso tenso. — Não acredito, mas tem gente que vem aqui só por causa disso, atrás de pistas. Não tô brincando, não. Aqui é tipo Point Pleasant.

— Uau, você vai ter que me explicar isso melhor.

—Você já ouviu falar no Homem-Mariposa? — Ela riu quando viu minha expressão. — É outra maluquice, eles dizem que tem uma mariposa gigante que avisa as pessoas antes de alguma coisa ruim acontecer. Lá em Point Pleasant, há quem afirme que o viu exatamente antes daquela ponte cair, aquela que matou um monte de gente. Dias antes, falaram também que tinham visto homens de terno andando por lá.

Abri a boca para responder, mas nosso professor chegou. De primeira, não o reconheci. O cabelo castanho-claro penteado para trás. A camisa polo estava bem-passada, nada a ver com a camiseta velha e o jeans que eu o tinha visto usar da última vez.

Matthew era o professor Garrison, de biologia — o mesmo cara que estava na casa do Daemon no dia em que a gente voltou do lago.

Ele pegou alguns papéis em cima da mesa e levantou o olhar, esquadrinhando a turma. Seus olhos pararam em mim, e senti o sangue sumir do meu rosto.

—Você está bem? — perguntou Lesa.

Professor Garrison sustentou meu olhar por mais um instante e, em seguida, desviou os olhos. Soltei a respiração que vinha prendendo.

— Estou — sussurrei, engolindo em seco. — Estou bem.

Recostei-me na cadeira, olhando para o nada, enquanto o sr. Garrison começava a aula, apresentando o material do curso e as atividades de laboratório que teríamos. A autópsia animal obrigatória era uma delas, para meu desespero. A ideia de cortar bichos, mortos ou não, me dava arrepios.

LUX 1 OBSIDIANA

Mas não tantos quanto o sr. Garrison me dava. Ao logo da aula, senti seu olhar fixo em mim, como se ele conseguisse ver através de mim. Que diabos estava acontecendo aqui?

❋ ❋ ❋

O refeitório da escola ficava perto do ginásio. Um espaço retangular e comprido que cheirava a comida gordurosa e desinfetante. Nham. Mesas brancas preenchiam o lugar, e a maior parte delas já estava ocupada quando eu cheguei. Reconheci Carissa em pé na fila.

Ela se virou, me viu e sorriu.

— Tem espaguete no menu, ou pelo menos aquilo que eles consideram espaguete.

Sorri e me servi.

— Não tá com uma cara tão ruim.

— Principalmente se você comparar com o bolo de carne. — Ela também botou o macarrão no prato, junto com uma porção de salada. Em seguida, pegou a bebida. — Eu sei. Toddynho e espaguete não combinam.

— Não mesmo. — Eu ri e peguei uma garrafa de água. — Eles deixam a gente sair da escola pra comer?

— Não, mas ninguém te impede se você for. — Carissa entregou alguns dólares para a moça da cantina e depois se virou pra mim. — Você vai sentar com alguém?

Catando o meu dinheiro, assenti.

— Sim, com a Dee. E você?

— O quê? — perguntou ela.

Levantei os olhos. Carissa estava me olhando, boquiaberta.

— Vou sentar com a Dee. Com certeza você pode sentar...

— Não posso, não. — Carissa me segurou pelo braço e me tirou da fila.

Levantei uma sobrancelha.

— Sério? Por quê? Eles são renegados ou coisa assim?

Ela ajeitou os óculos no nariz e revirou os olhos.

— Não. Eles são bem maneiros e tal, mas a última garota que fez isso desapareceu.

Senti um nó no estômago e soltei uma risadinha nervosa.

—Você tá brincando, né?

— Não — respondeu ela, séria. — Ela desapareceu na mesma época que o irmão deles.

Não podia acreditar. O que mais faltava eu descobrir? Alienígenas? Homens de preto? O Homem-Mariposa? Que a fada do dente existe?

Carissa olhou para uma mesa cheia de amigos. Ainda havia alguns lugares vazios.

— O nome dela era Bethany Williams. Veio transferida pra cá no meio do ano, um pouco depois deles chegarem. — Inclinou a cabeça para o fundo do refeitório. — Ela começou a andar com o Dawson, e os dois sumiram no começo do outro ano letivo.

Por que esse nome me soava familiar? Fazia diferença? Tinha tanta coisa que eu não sabia sobre a Dee.

— Mas, então, quer sentar com a gente? — perguntou Carissa.

Fiz que não, me sentindo mal por recusar o convite.

— Eu prometi à Dee que sentaria com ela hoje.

Carissa respondeu com um sorriso discreto.

— Amanhã, então?

— Claro! — Sorri. — Amanhã com certeza.

Ajeitei minha mochila e fui levando a bandeja para o fundo do refeitório. Vi a Dee imediatamente. Ela estava conversando com um dos irmãos Thompson, enquanto enrolava o cabelo com um dedo. Em frente ao deus louro tinha outro, sentado de costas para mim. Perguntei-me qual deles seria o "meio-namorado" dela. A mesa estava cheia, exceto por dois lugares livres. Só garotos, a não ser pela Dee.

Foi quando vi a cabeleira loura superbrilhante da Ash, atrás de um dos meninos da mesa. Era estranho, porque ela parecia mais alta do que todo mundo. Um instante depois, me dei conta do motivo.

A garota estava sentada no colo do Daemon. Os braços dela estavam enroscados no pescoço dele, e notei como se encostava no meu vizinho, sorrindo de tudo que ele falava.

LUX ❋ OBSIDIANA

Ele não tinha tentado me beijar na varanda? Eu tinha certeza de que minha imaginação não era tão fértil. Daemon era um idiota de marca maior.

— Katy! — chamou Dee.

Todos na mesa olharam para mim. Até o gêmeo que estava de costas se virou na cadeira. Seus olhos azuis da cor do céu se arregalaram ao me ver. O outro se recostou e cruzou os braços. A careta em seu rosto era uma obra de arte.

— Senta! — convidou Dee, batendo no lugar em frente a ela. — A gente tava falando que...

— Espera — interrompeu Ash, fazendo bico com os lábios pintados de vermelho. — Você não convidou *ela* pra sentar com a gente, né? Sério?

Meu estômago voltou a dar cambalhotas, e eu fiquei muda.

— Cala a boca, Ash — grunhiu um dos irmãos dela. — Não vai fazer um barraco.

— Não vou fazer nada. — O braço dela ficou mais tenso em volta do pescoço do Daemon. — Mas ela não precisa sentar com a gente.

Dee suspirou.

— Ash, deixa de ser uma vaca. Ela não está tentando roubar o Daemon de você.

De pé, constrangida, senti minhas bochechas pegarem fogo. Ash emanava ondas de raiva, que rolavam por cima da mesa e estouravam em mim.

— Não é com isso que estou preocupada. — Ela sorriu de maneira debochada, com o olhar cravado em mim. — Mesmo.

Quanto mais eu ficava ali, mais idiota me sentia. Meus olhos foram da Dee para o Daemon, mas ele estava focado em algum ponto além do ombro da Ash, ruminando.

— Senta aí — falou Dee, fazendo um gesto de encorajamento. — Ela vai ter que se acostumar.

Fiz menção de pôr o prato na mesa.

Daemon cochichou qualquer coisa, e Ash bateu no braço dele. Com força. Ele encostou a bochecha no pescoço dela e senti aquela sensação horrível, indesejada, crescer dentro de mim.

Afastei os olhos deles e me foquei na Dee.

— Não sei se eu devo.

— Não deve — se meteu Ash.

— Cala a boca — disse Dee. Virando-se para mim, acrescentou com doçura: — Desculpa pela idiota.

Quase sorri, mas continuei sentindo uma queimação no peito, que se espalhou para a minha garganta e para as costas.

— Tem certeza? — Foi o que me ouvi dizer.

Daemon levantou a cabeça enfiada no pescoço da Ash só o suficiente para me lançar um olhar desconcertante.

— Acho que é bem óbvio se você é bem-vinda ou não.

— Daemon — sussurrou Dee, falando entre os dentes, o rosto vermelho feito um pimentão. Ela se virou para mim com lágrimas nos olhos. — Ele não está falando sério.

— Você está falando sério, Daemon? — Ash se virou no colo dele e inclinou a cabeça para o lado.

Meu coração começou a bater acelerado quando ele me encarou com os olhos semicerrados.

— Na verdade, estou, sim. — Apoiou-se na mesa, sem parar de me encarar por baixo dos cílios grossos. — Você não é bem-vinda aqui.

Dee falou alguma outra coisa, mas não escutei. Meu rosto parecia pegar fogo. As pessoas em volta tinham começado a olhar. Um dos gêmeos Thompson ria, enquanto o outro parecia querer se esconder debaixo da mesa por mim. Os outros garotos sentados ali fitavam fixamente seus próprios pratos. Um deles riu.

Jamais tinha sido tão humilhada na vida.

Daemon desviou o olhar e se virou de volta para a Ash.

— Se manda — disse ela, abanando os longos dedos para mim.

Todos aqueles rostos me olhando, com uma mistura de pena e vergonha alheia, me fizeram voltar três anos no tempo. Ao primeiro dia que voltei à escola depois que meu pai morreu. Eu tive uma crise de choro na aula de inglês quando descobri que a gente ia ler *Um conto de duas cidades*, o livro favorito do meu pai. Todo mundo ficou me olhando. Alguns sentiram pena. Outros tiveram vergonha por mim.

Tinham sido assim também os olhares dos policiais e das enfermeiras, no hospital, na noite em que fui atacada, como se quisessem me lembrar de como eu era impotente.

Odiava esses olhares.

LUX 1 OBSIDIANA

Agora mais do que nunca. Não havia desculpas para o que fiz em seguida, exceto que eu queria, precisava...

Agarrando com força as extremidades da bandeja de plástico, me debrucei sobre a mesa e virei meu prato na cabeça do Daemon e da Ash. Pedaços de macarrão com molho caíram. A maior parte da gosma vermelha foi na Ash, e o espaguete cobriu o ombro do Daemon. Um fio longo de macarrão ficou pendurado na orelha dele, balançando.

Um suspiro audível ressoou entre as mesas vizinhas.

Dee levou uma das mãos à boca, arregalou os olhos e se esforçou para segurar o riso.

Aos gritos, Ash pulou do colo do Daemon, os braços afastados do corpo, as palmas para cima. Pela sua cara, algum desavisado acharia que eu tinha derramado sangue nela.

— Você... você... — gaguejou, limpando com o dorso da mão a bochecha suja de molho.

Daemon puxou o fio de macarrão da orelha e pareceu examiná-lo, antes de deixá-lo sobre a mesa. Então, fez a coisa mais esquisita de todas.

Riu.

Ele riu de verdade — uma risada profunda, daquelas de doer a barriga, que chegou aos seus olhos cor de menta e os aqueceu, fazendo-os brilhar como os da irmã.

Ash baixou as mãos e fechou-as, como se fosse socar alguém.

— Vou acabar com você.

Daemon se levantou e segurou a garota pela cintura fina. Sua expressão, antes divertida, voltou a ficar séria.

— Calma — ordenou, suavemente. — Tô falando sério. *Se acalma*.

Ela tentou se soltar do Daemon, mas não obteve muito sucesso.

— Juro pelas estrelas e pelo sol, eu vou te destruir.

— O que isso quer dizer? Você anda vendo muito desenho animado.

— Eu estava tão cheia daquela garota. Testei o peso do meu braço dentro da tala e pensei seriamente em bater em alguém pela primeira vez na vida.

Por um segundo, tive a impressão de que os olhos dela tinham um brilho âmbar por trás das íris. Mas então o professor Garrison surgiu subitamente ao lado da mesa.

— Já chega.

Como se tivessem apertado um botão, Ash se sentou na cadeira. Grande parte da sua raiva se dissipou, e ela pegou um punhado de guardanapos na mesa.

Devagar, Daemon pegou o macarrão de cima do ombro e deixou os fios no prato, sem falar nada. Fiquei esperando que ele fosse explodir comigo, mas, assim como a irmã, parecia estar tentando não rir de novo.

— Acho melhor você procurar outro lugar para comer — disse o professor Garrison baixinho, de maneira que só quem estava na nossa mesa conseguisse ouvir. — Agora.

Chocada, agarrei minha mochila e fiquei esperando-o me mandar para a diretoria ou que outros professores no refeitório se manifestassem, mas nada disso aconteceu. O sr. Garrison ficou olhando para mim. De repente, me toquei. Ele estava esperando que eu saísse. Assim como todo o resto.

Balançando a cabeça atordoada, me virei e saí do refeitório. Olhos me seguiram, mas eu continuei firme. Não chorei quando ouvi a Dee chamar meu nome. Nem quando passei pela Lesa e pela Carissa, ambas estupefatas.

Eu não ia chorar. Não mais. Estava cansada dessa merda com a… bem, o que quer que ela fosse do Daemon. Não tinha feito nada para ela me tratar assim.

Estava de saco cheio de ser a Katy otária.

[13]

o fim do dia, eu já tinha conquistado certa fama. Me tornei a "garota que jogou a comida *neles*". Esperei por uma retaliação em cada corredor ou sala, principalmente quando vi um dos meninos Thompson na minha aula de história ou a Ash, de roupas limpas, esbravejando junto do armário.

Não aconteceu nada.

Antes da aula de educação física, Dee se desculpou insistentemente e me abraçou. Tentou conversar comigo enquanto nos preparávamos para a partida de vôlei, mas eu estava anestesiada. Não havia dúvida de que a Ash me odiava. Por quê? Não podia ser por causa do Daemon. Era mais do que isso. Eu não sabia o motivo.

Depois da escola, fui dirigindo para casa, tentando entender tudo que tinha acontecido desde que me mudei. No primeiro dia, senti alguma coisa na varanda e dentro da casa. Naquele outro, no lago, Daemon pareceu criar guelras. A luz que vi no dia do urso e no seguinte, na biblioteca, tinham que ser a mesma coisa. Sem falar no monte de asneiras que a Lesa vinha falando.

Quando cheguei em casa, encontrei vários pacotes na mesa, e toda a chateação do dia desapareceu. Alguns deles tinham carinhas desenhadas.

Aos gritos, agarrei as caixas. Dentro havia livros — *lançamentos* que eu tinha comprado em pré-venda *semanas antes*.

 Subi as escadas apressadamente e liguei o notebook. Conferi a resenha que eu tinha publicado na véspera. Nenhum comentário. Odeio todo mundo. Mas ganhei cinco seguidores novos. Amo todo mundo. Fechei a página antes de começar a reconfigurar tudo. Depois, procurei no Google por "pessoas de luz" e apareceram um bando de links para grupos de estudos bíblicos. Daí procurei por "homem-mariposa".

 Ai. Meu. Deus. Do. Céu.

 Esse povo de West Virginia é doido. Lá na Flórida, de vez em quando aparecia alguém dizendo ter visto o Pé Grande no parque Everglades ou até mesmo o chupa-cabra, mas nunca um bicho voador gigante daqueles. Ele parecia uma borboleta do mal.

 Por que diabos eu estava vendo aquilo?

 Era loucura. Parei, antes que começasse a fazer uma busca por aliens em West Virginia. Assim que desci do quarto, escutei uma batida à porta. Era a Dee.

 — Oi — disse ela. — A gente pode conversar?

 — Claro. — Fechei a porta ao sair para a varanda. — Minha mãe ainda está dormindo.

 Ela assentiu e eu me sentei no balanço.

 — Katy, eu sinto tanto pelo que aconteceu hoje. A Ash às vezes é tão imbecil!

 —Você não tem culpa de nada — falei, sinceramente. — Mas o que eu não entendo é por que ela e o Daemon se comportaram daquele jeito. — Parei de falar, sentindo de novo aquela queimação idiota na garganta. — Não deveria ter jogado a comida neles, mas é que eu nunca tinha sentido tanta vergonha na vida.

 Dee se sentou ao meu lado e cruzou os pés.

 — Acho que foi até meio engraçado o que você fez, não o que eles fizeram. Se eu soubesse que seriam tão cretinos com você, teria dado um jeito de evitar aquilo.

 Agora já era, pensei.

 Ela respirou fundo.

 — A Ash não é namorada do Daemon. Ela quer ser, mas não é.

LUX 1 OBSIDIANA

— Não me pareceu bem assim.

— Bom, eles realmente passam... muito tempo juntos.

— Ele está se aproveitando dela? — Enojada, balancei a cabeça. — Que babaca.

— Acho que é mútuo, os dois se aproveitam. Para falar a verdade, eles chegaram a sair um pouco no ano passado, mas depois esfriou. Fazia meses que ele não dava tanta atenção a ela.

— Ela me odeia — falei após alguns instantes, suspirando. — Mas isso não tem importância. Quero te perguntar uma coisa.

— Tudo bem.

Mordi o lábio.

— A gente é amiga, certo?

— Claro! — Ela me encarou com olhos arregalados. — Olha, sinceramente, o Daemon afasta todo mundo de mim, e você é quem tá durando mais tempo, então eu acho que já posso considerá-la minha melhor amiga.

Fiquei aliviada em ouvir isso. Não a parte sobre durar mais tempo, porque isso soou bem estranho. Como se ele batesse nos amigos dela ou coisa parecida.

— Eu também.

Ela abriu um sorriso de orelha a orelha.

— Ótimo, porque me sentiria uma idiota falando isso se você tivesse decidido que não queria mais ser minha amiga.

A sinceridade na voz dela mexeu comigo. De repente, não tinha mais certeza se deveria fazer a pergunta. Talvez fosse algo que ela preferia não comentar, por ser doloroso demais. Fazia pouco tempo que nos conhecíamos, mas gostava de verdade dela e não queria magoá-la.

— Mas por que a pergunta? — quis saber Dee.

Ajeitei o cabelo, olhando para o chão.

— Por que você nunca me contou do Dawson?

Dee congelou. Acho que parou de respirar, para ser honesta. Então, esfregou o braço algumas vezes e engoliu em seco.

— Imagino que alguém na escola tenha falado dele, né?

— É, me disseram que ele desapareceu junto com uma garota.

Ela apertou os lábios e assentiu.

— Sei que você deve ter achado esquisito eu nunca ter nem mencionado que tinha outro irmão, mas é que não gosto de falar disso. Tento nem pensar nele. — Ela olhou para mim, os olhos marejados de lágrimas. — Isso faz de mim uma pessoa má?

— Não — respondi prontamente. — Eu também tento não pensar no meu pai, porque dói demais às vezes.

— Nós éramos muitos próximos, eu e o Dawson. — Ela passou a mão no rosto. — Daemon sempre foi o mais quieto, na dele, mas o Dawson e eu éramos grudados. A gente fazia *tudo* junto. Ele era mais que um irmão. Era o meu melhor amigo.

Não sabia o que dizer. Isso, porém, explicava a vontade desesperada que Dee sentia de ser minha amiga, e o sentimento que ambas reconhecíamos uma na outra. Solidão.

— Sinto muito. Não devia ter tocado nesse assunto. Eu fiquei sem entender, e... — E fui uma fofoqueira intrometida.

— Não, tudo bem. — Ela se virou para mim. — Eu ficaria curiosa também. Entendo totalmente. Devia ter te contado. Só uma péssima amiga deixaria você saber do meu outro irmão pelas pessoas da escola.

— Eu fiquei confusa. Tem tanta coisa acontecendo... — divaguei, balançando a cabeça. — Deixa pra lá. Quando você estiver pronta pra falar dele, eu tô aqui, tá?

Dee assentiu.

— O que tem acontecido?

Não seria legal falar com ela sobre as coisas esquisitas. E eu tinha prometido ao Daemon que não falaria nada sobre o ataque. Forcei um sorriso.

— Nada importante. Mas, então, você acha que eu preciso tomar mais cuidado agora? Entrar no programa de proteção a testemunhas?

Ela soltou uma risada nervosa.

— Bem, eu não tentaria falar com a Ash por um bom tempo.

Isso eu tinha imaginado.

— E o Daemon?

— Boa pergunta — respondeu ela, com o olhar distante. — Não tenho ideia do que ele vai fazer.

LUX 1 OBSIDIANA

✿ ✿ ✿

No dia seguinte, estava morrendo de medo do segundo tempo. Meu estômago dava voltas, e eu não tinha conseguido comer nada no café da manhã sem ter ânsia de vômito. Em minha mente, não havia a menor dúvida de que o Daemon acreditava que vingança era um prato que se comia às minhas custas.

Assim que a Lesa e a Carissa chegaram para a aula, logo quiseram saber o que tinha dado em mim para jogar o meu prato de espaguete em cima do Daemon e da Ash.

Dei de ombros.

— A Ash foi babaca comigo.

Com certeza, eu parecia muito mais confiante do que me sentia. Na verdade, voltaria atrás se pudesse. Claro, a Ash tinha sido grossa e me deixado envergonhada, mas eu também não tinha feito a mesma coisa com ela? Se eu era a garota que jogou macarrão *neles*, ela era a garota que levou na cabeça, e isso tinha que ser mais constrangedor.

Eu estava envergonhada. Nunca tinha feito nada que causasse mal-estar a alguém. Detestava ter de reconhecer que a personalidade desagradável do Daemon conseguia me tirar do sério. Decidi que seria melhor para todo mundo se eu me mantivesse bem longe dele daqui pra frente.

Com os olhos arregalados, Lesa se inclinou na minha direção.

— E o Daemon?

— Ele é sempre um idiota — respondi.

Carissa tirou os óculos e riu.

— Sinceramente, se eu soubesse que você ia fazer aquilo, teria filmado.

Imaginei aquela cena indo parar no YouTube e estremeci, sem tirar os olhos da porta.

— O boato que tá rolando aqui na escola é que você e o Daemon ficaram no verão. — Lesa pareceu esperar que eu confirmasse a história. Nem por cima do meu cadáver.

— As pessoas são ridículas.

Sustentei os olhares delas até Carissa tossir e perguntar:

— Você vai sentar com a gente hoje? — Pôs os óculos de volta com um empurrãozinho na armação.

Surpresa, pisquei os olhos.

— Vocês ainda querem que eu sente com vocês, mesmo depois de ontem? — Já estava imaginando que passaria o resto do ano comendo meu almoço no banheiro.

Lesa assentiu.

— Você tá brincando? A gente te acha o máximo. Não temos nenhum problema com eles, mas tenho certeza de que alguns alunos adorariam ter feito o que você fez.

— Foi bem sinistro — acrescentou Carissa, sorrindo. — Você virou a ninja do macarrão.

Eu ri, aliviada.

— Adoraria almoçar com vocês, mas só vou ficar até o quarto tempo. Vou tirar o gesso hoje.

— Ah, você vai perder a cerimônia de abertura — comentou Lesa. — Que droga. Vai ao jogo hoje à noite?

— Não. Não ligo muito pra futebol americano.

— Nem a gente. Mesmo assim você devia ir. — Lesa pulou no assento, seus cachos balançando em volta do rosto em forma de coração. — Carissa e eu vamos só pra sair e fazer alguma coisa. Não tem muita opção aqui.

— Bom, tem as festas depois dos jogos. — Carissa afastou a franja dos óculos. — Lesa sempre me arrasta pra ir com ela.

Lesa revirou os olhos.

— Carissa não bebe.

— E daí? — retrucou a outra.

— Também não fuma, não transa nem faz nada interessante. — Lesa desviou da mão da Carissa, que ia na direção dela.

— Desculpa, mas eu tenho padrões. — Apertou os olhos para a amiga. — Ao contrário de algumas pessoas.

— Eu tenho padrões. — Lesa se virou para mim com um sorriso malandro. — Mas aqui a gente precisa baixá-los um pouco.

LUX ❖ OBSIDIANA

Comecei a rir.

E então Daemon entrou na sala. Afundei na cadeira e mordi o lábio.

— Meu Deus.

Sabiamente, as duas pararam de falar. Peguei minha caneta e fingi me concentrar nas anotações da aula anterior. Só que eu não tinha anotado quase nada, então escrevi a data no alto de uma folha do caderno, bem devagar.

Daemon se sentou atrás de mim, e meu estômago deu um pulo. Senti um aperto na garganta. Eu ia vomitar. Bem ali na sala, na frente de...

Ele me deu uma cutucada nas costas com a caneta.

Congelei. Ele e a maldita caneta. O cutucão veio de novo, desta vez com um pouquinho mais de força. Virei-me, com os olhos apertados.

— Que foi?

Daemon sorriu.

Todo mundo em volta estava olhando para a gente. Era como uma reprise do almoço. Aposto que se perguntavam se eu ia jogar minha mochila na cabeça dele. Dependendo do que ele dissesse, havia uma boa chance de isso acontecer, sim. Só duvidava de que fosse me safar desta vez.

Com a cabeça inclinada, ele me encarou através dos cílios incrivelmente longos.

— Você me deve uma camisa nova.

Meu queixo caiu até bater no encosto da cadeira.

— Descobri — continuou ele, bem calmo — que molho de macarrão nem sempre sai das roupas.

De algum jeito, consegui recuperar a capacidade de falar.

— Tenho certeza de que você tem outras.

— Tenho, mas aquela era a minha favorita.

— Você tem uma camisa favorita? — Arqueei uma sobrancelha.

— E eu acho que você também estragou a da Ash. — Ele começou a sorrir de novo, revelando uma covinha profunda em uma das bochechas.

— Que bom que você estava lá para confortá-la num momento tão traumático.

— Não tenho certeza se ela vai se recuperar — completou ele.

Revirei os olhos, ciente de que deveria me desculpar pelo que tinha feito, mas incapaz de dizer qualquer coisa. Eu estava me tornando uma pessoa horrível. Fiz menção de me virar de novo.

—Você me deve mais uma.

Fiquei olhando para ele por um longo momento. O sinal tocou, mas parecia muito longe dali. Senti um aperto no peito.

— Não te devo nada — respondi, baixo o suficiente para só nós dois ouvirmos.

— Tenho que discordar. — Ele chegou mais perto, inclinando para baixo a ponta de sua carteira. Havia só alguns centímetros entre nossas bocas. Totalmente inapropriado, mesmo, já que estávamos em sala de aula e ele, na véspera, estivera com uma garota no colo. —Você não é nada como eu imaginava.

— O que você imaginava? — Fiquei meio que animada por tê-lo surpreendido. Estranho. Meus olhos se fixaram naqueles lábios poéticos. Que desperdício de boca.

—Você e eu temos que conversar.

— Não temos nada para conversar.

Ele baixou os olhos e o ar ficou quente. Insuportável.

— Temos, sim — disse ele, com a voz baixa. — Hoje à noite.

Parte de mim queria dizer a ele para esquecer essa ideia, mas rangi os dentes e assenti. A gente tinha mesmo que conversar — nem que fosse para dizer a ele que nunca mais deveríamos nos falar. Eu queria pegar a Katy boazinha que ele tinha calado e botá-la no cantinho de castigo.

O professor pigarreou para limpar a garganta. Piscando com força, vi que a classe toda estava paralisada. Vermelha até as raízes do cabelo, me virei para a frente e agarrei as bordas da minha mesa.

A aula começou, mas o calor no ar continuava ali, cobrindo minha pele de nervoso. Podia sentir os olhos do Daemon fixos em minhas costas. Não me atrevi a me mexer. Não até Lesa se esticar do meu lado e deixar cair um bilhete dobrado na minha mesa.

Antes que o professor visse, abri o papel e escondi-o embaixo do livro. Quando ele se virou de volta para o quadro, levantei a ponta da capa.

Santa química, Batman!

LUX 1 OBSIDIANA

Olhei para ela e fiz que não. Mas havia uma sensação dentro do meu peito, uma falta de ar que não deveria estar ali. Eu não gostava dele. Daemon era um babaca. De lua. Tivéramos, porém, alguns breves momentos — tipo, centésimos de segundos — em que pensei ter visto o *verdadeiro* Daemon. Ao menos, um Daemon *melhor*. Essa parte me deixava curiosa. A outra parte, seu lado babaca, bom, esse não me deixava curiosa.

Essa parte meio que me excitava.

[14]

Tentei prestar atenção nas aulas, mas minha cabeça estava no Daemon e no que ele queria conversar comigo à noite. Felizmente, só precisei aturar metade do dia antes de dar a hora de ir tirar o gesso.

Como esperado, meu braço estava completamente curado.

A caminho de casa, parei no correio. Havia uma tonelada de lixo na nossa caixa, mas também alguns envelopes amarelos que me fizeram sorrir, animada. Neles estava escrito "imprensa". Peguei minhas preciosidades e voltei para casa. Estava inquieta e ansiosa, como se tivesse tomado um daqueles energéticos de latinha.

Troquei de roupa várias vezes e finalmente decidi pôr um vestido de alças — não sem antes examinar o armário todo e concluir que não tinha nada que quisesse usar. Trocar de roupa não aliviou a ansiedade.

Sobre o que o Daemon queria falar?

Acabei refazendo *todo* o design do blog, só para matar o tempo. O que me deixou ainda mais ansiosa, porque tive certeza de que tinha estragado o header e o banner de baixo. Só quando o contador de tempo, que marcava os dias até o lançamento de um livro, desapareceu completamente, perdido no mundo sem fim da internet, é que eu me forcei a sair de perto do computador.

LUX 1 OBSIDIANA

Acabou que eu ainda tinha tempo de sobra. Passava das oito quando o Daemon apareceu na minha porta, minutos depois que a minha mãe saiu para Winchester. Ele estava encostado na grade, olhando para o céu, como de costume. O luar iluminava uma metade do seu rosto, enquanto a outra estava às escuras — aquele garoto não parecia real.

Então Daemon se focou em mim, seu olhar passeando pelo meu vestido e depois de volta para o rosto. Tive a impressão de que ia dizer alguma coisa, mas pareceu mudar de ideia.

Reuni coragem e fui até ele. Parei ao seu lado.

— Dee está em casa?

— Não. — Ele voltou a observar o céu. Havia milhares de estrelas brilhantes. — Ela foi ao jogo com a Ash, mas duvido que demore muito. — Daemon fez uma pausa e olhou de novo para mim. — Disse a ela que vinha aqui conversar com você. Acho que ela vai voltar logo pra casa só pra ter certeza de que não nos matamos.

Desviei o olhar e disfarcei um sorriso.

— Bom, se você não me matar, posso apostar que a Ash vai ter prazer em fazer o serviço.

— Por causa do macarrão ou por outro motivo? — perguntou.

Dei um olhar enviesado para ele.

— Você parecia bem confortável com ela no seu colo ontem.

— Ah, entendi. — Daemon se afastou da grade e ficou de pé ao meu lado. — Agora faz sentido.

— Faz? — Fiquei parada na minha.

Os olhos dele brilhavam no escuro.

— Você está com ciúme.

— Tá bom. — Forcei uma risada. — Por que eu teria ciúme?

Daemon desceu os degraus comigo, até chegarmos na entrada da garagem.

— Porque passamos um tempo juntos.

— Passar um tempo juntos não é motivo pra ter ciúme, principalmente porque você foi obrigado a fazer isso. — Dei-me conta de que, por mais deprimente que aquilo fosse, eu *estava* com ciúmes. Argh. — Era isso o que você queria conversar?

Ele deu de ombros.

—Vem. Vamos dar uma volta.

Olhei para ele e alisei o vestido com as mãos.

— Está meio tarde, não acha?

— Eu penso e falo melhor quando estou andando. — Ele estendeu a mão para mim. — Senão, eu viro o Daemon babaca que você não curte.

— Ha, ha. — Olhei para a mão dele. Senti uma cambalhota no estômago. — Nem vem, não vou dar a mão pra você.

— Por que não?

— Eu nem gosto de você. Reservo o direito de andar de mãos dadas às pessoas que eu gosto.

— Ui. — Daemon botou a mão sobre o peito e se encolheu. — Podia ter dormido sem essa.

Ele precisava investir nas aulas de teatro.

—Você não vai me levar pro meio do mato e me largar lá, né?

— Parece uma vingança justa, mas eu não faria isso. Duvido que você durasse muito tempo sem alguém ir te salvar.

—Valeu pelo voto de confiança.

Ele me lançou um breve sorriso e caminhamos em silêncio por alguns minutos, atravessando a estrada principal. Já era noite e o tempo estava mais frio do que quando eu havia posto o vestido. Devia ter colocado uma meia-calça também. O outono já se aproximava.

Logo estávamos dentro da mata, onde o luar se esforçava para passar pelas árvores pesadas. Daemon pôs a mão no bolso de trás e tirou dali uma lanterna, que irradiava um facho de luz surpreendentemente forte. Todas as células do meu corpo pareciam ter consciência do quão perto ele estava, enquanto andávamos num casulo de escuridão, com a luz se movendo à nossa frente. Odiava cada uma dessas células traidoras.

— A Ash não é minha namorada — disse ele, finalmente. — A gente saiu uma época, mas somos amigos agora. E antes que você pergunte, não somos *esse tipo* de amigos, mesmo ela tendo sentado no meu colo. Não sei explicar por que ela fez aquilo.

— Por que você deixou, então? — perguntei. Tive vontade de me dar um tapa na cara. Não era da minha conta e eu não me importava.

— Não sei, de verdade. Ser homem é justificativa suficiente?

LUX ❋ OBSIDIANA

— Não muito — respondi, olhando para o chão. Eu mal podia enxergar meus pés.

— Não achei que fosse — retrucou.

Não dava para ver a expressão dele, mas não precisava, porque eu nunca conseguia pescar o que ele estava pensando e, bem, às vezes, os olhos dele pareciam estar em guerra com as palavras que dizia.

— De qualquer jeito, desculpa pela confusão do almoço.

Surpresa com a declaração, tropecei em uma pedra. Ele me segurou com facilidade, e, antes que se afastasse, senti sua respiração quente em contato com a minha bochecha. Minha pele formigou, mas dei um passo para trás. Daemon se desculpar pelo acontecido no almoço era como levar um jato de água fria. Não sabia o que era pior: ele não saber que se comportara como um idiota ou ter a noção exata do que fazia comigo.

— Kat? — chamou, docemente.

Olhei para ele.

— Você me envergonhou.

— Eu sei...

— Não, eu acho que você não sabe. — Comecei a andar, de braços cruzados. — E você me irritou. Não te entendo. Num minuto você não é tão mal, e depois age como o maior babaca do planeta.

— Mas eu tenho pontos extras. — Ele me alcançou, sempre apontando a luz bem à minha frente, a fim de que eu pudesse ver com facilidade raízes e pedras expostas no caminho. — Eu tenho, não tenho? Pontos por causa do lago e da nossa caminhada? Ganhei alguns também por ter te salvado naquela noite?

— Você tem muitos pontos com a sua *irmã*. — Balancei a cabeça. — Não comigo. Se o placar fosse meu, você já estaria no negativo.

Ele ficou quieto por alguns instantes.

— Que merda.

Parei.

— Por que estamos conversando, hein?

— Olha, me desculpa. De verdade. — Expirou bem devagar. — Você não merecia ser tratada do jeito que a gente te tratou.

Não soube o que responder. Daemon soava sincero e quase triste, mas não era como se agir daquela forma não tivesse sido opção dele. Em busca do que dizer, acabei escolhendo exatamente o que não ia cair bem.

— Sinto muito pelo seu irmão, Daemon.

O garoto parou completamente, ficando quase escondido nas sombras. Seguiu-se um silêncio tão longo que eu achei que ele não fosse responder nunca.

—Você não tem a menor ideia do que aconteceu com o meu irmão.

Senti um aperto por dentro.

— Só sei que ele desapareceu.

Daemon abriu e fechou uma das mãos, enquanto a outra segurava a lanterna apontada para baixo.

— Isso foi há muito tempo.

— Foi ano passado — lembrei a ele, gentilmente. — Certo?

—Tem razão. É que parece mais do que isso. — Ele olhou para o outro lado e metade do rosto saiu das sombras. — Como você soube?

Estremeci com o ar frio.

— Escutei um comentário na escola. Fiquei curiosa em saber por que ninguém nunca me falou dele ou da garota.

— Deveríamos? — perguntou ele.

Olhei de relance para ele, tentando avaliar sua expressão, mas estava escuro demais.

— Não sei. As pessoas costumam comentar coisas desse tipo.

Daemon voltou a caminhar.

— Não é algo sobre o qual a gente goste de falar, Kat.

Era compreensível, eu acho. Esforcei-me para acompanhá-lo.

— Não queria ser intrometida...

— Não? — A voz dele soou dura e seus movimentos, rígidos. — Meu irmão desapareceu. A família da pobre garota provavelmente nunca mais vai ver a filha, e você quer saber por que ninguém *te* contou?

Mordi o lábio, me sentindo uma imbecil.

— Desculpa. É só que todo mundo é tão... cheio de segredos. Tipo, eu não sei nada sobre a sua família. Nunca vi seus pais, Daemon. E a Ash me odeia sem qualquer motivo. É esquisito que duas famílias de trigêmeos tenham se mudado pra *cá* ao mesmo tempo. Eu joguei comida na sua cabeça

LUX 1 OBSIDIANA

ontem, e não fui castigada por isso. Superestranho. Dee tem um namorado de quem ela nunca fala. A cidade... é esquisita. As pessoas olham pra Dee como se ela fosse uma princesa, ou como se tivessem medo dela. As pessoas ficam *me* encarando. E...

— Você fala como se essas coisas tivessem algo em comum.

Eu mal conseguia acompanhá-lo. A gente estava penetrando na floresta cada vez mais, quase chegando ao lago.

— E têm?

— Por que teriam? — retrucou ele, num tom baixo, transbordando frustração. — Talvez você esteja meio paranoica. Eu estaria, se tivesse sido atacado bem depois de me mudar para uma cidade nova.

— Tá vendo? Você tá fazendo de novo! — alertei. — Ficando todo esquisito por causa de uma simples pergunta. Dee faz a mesma coisa.

— Você não acha que pode ser porque sabemos que você passou por muita coisa e não queremos acrescentar mais ainda?

— Mas como vocês acrescentariam?

Ele diminuiu o passo.

— Não sei. Não podemos.

Balancei a cabeça, observando-o parar à beira do lago e desligar a lanterna. À noite, a água brilhava como ônix. Uma centena de estrelas refletia na superfície imóvel como o céu noturno, só que menos infinito. Era como se eu pudesse me esticar e tocar nelas.

— Naquele dia no lago — disse Daemon após alguns instantes —, eu até que me diverti em alguns momentos.

Prendi a respiração ao ouvir isso. Eu também me divertira em alguns momentos. Ajeitei o cabelo para trás.

— Antes de você se transformar no Aquaman?

Daemon ficou quieto por alguns instantes; os ombros pareciam tensos.

— É um sintoma de estresse imaginar coisas.

Ao vê-lo ali, seus traços marcantes iluminados pelo luar, ele não parecia real. Os olhos exóticos, a curva do maxilar, tudo isso parecia mais definido ali fora. Daemon fitou o céu escuro com uma expressão melancólica e pensativa.

— Não é isso. — falei, finalmente. — Tem qualquer coisa... estranha aqui.

— Além de você? — perguntou ele.

Várias respostas pipocaram em minha mente, mas desta vez preferi ficar quieta. Discutir com ele à noite, no meio do mato, não estava no topo da minha lista de afazeres.

— Por que você quis conversar, Daemon?

Ele apertou a nuca com uma das mãos.

— O que aconteceu ontem no almoço só vai piorar. Você não pode ser amiga da Dee, pelo menos não do jeito que quer ser.

Senti uma onda de calor descer pelas bochechas e se espalhar pelo pescoço.

—Você está falando sério?

Daemon baixou a mão.

— Não estou dizendo pra parar de falar com ela, só maneirar. Você vai poder continuar a ser legal com ela, conversar na escola, mas não mude sua rotina. Senão, só vai estar dificultando as coisas pra você e pra ela.

Todos os pelos do meu corpo se arrepiaram, de uma vez só.

—Você está me ameaçando, Daemon?

Nossos olhos se encontraram. Os dele estavam cheios de... pesar?

— Não, tô só dizendo o que vai acontecer. É melhor a gente voltar.

— Não. — Finquei os pés e olhei para ele. — Qual o problema de ser amiga da sua irmã?

Um segundo se passou e as mandíbulas dele ficaram tensas.

—Você não deveria estar aqui comigo. — Inspirou fundo, com os olhos bem abertos. Deu um passo adiante. Uma brisa morna soprou, levantando algumas folhas do chão e jogando meus cabelos para trás. A fonte parecia vir de trás do Daemon, quase como se fosse abastecida pela raiva que emanava dele. — Você não é como a gente. Não tem *nada a ver* com a gente. Dee merece mais do que você, merece gente como ela. Então me deixa em paz. Deixa a minha família em paz.

Foi como um tapa na cara, só que pior. De todas as coisas que eu tinha imaginado que ele pudesse falar, essa foi a pior. Respirei fundo, mas o ar travou na minha garganta. Dei um passo para trás, piscando para afastar as lágrimas de raiva.

Daemon não tirou os olhos de mim.

—Você queria saber o motivo. Esse é o motivo.

Engoli em seco.

LUX 1 OBSIDIANA

— Por quê? Por que você me detesta tanto assim?

Por um breve instante, a máscara caiu e a dor apareceu no seu rosto. Foi tão rápido, que não consegui ter certeza de que tinha mesmo visto aquilo. Ele não me respondeu.

As lágrimas que brotavam nos meus olhos estavam prestes a escorrer pelo rosto. Me recusava a chorar na frente dele, a dar *a ele* esse tipo de poder.

— Quer saber de uma coisa? Vai pastar, Daemon.

Ele olhou para o outro lado.

— Kat, você não pode...

— Cala a boca! — retruquei. — Cala a boca.

Passei por ele e comecei a andar. Minha pele parecia quente e fria ao mesmo tempo, minhas entranhas ardiam com fogo e gelo. Eu ia chorar. Sabia. Era isso que significava aquele aperto na garganta.

— Kat — chamou Daemon. — Por favor, espera.

Apressei o passo até estar quase correndo.

— Por favor, Kat, não anda tão na frente. Você vai se perder. Pelo menos leva a lanterna!

Como se ele se importasse. Queria me livrar dele antes que acabasse me descontrolando. Estava a um passo de esbofeteá-lo. Ou chorar, porque, gostando dele ou não, o que ele disse me *magoou*. Como se houvesse algo de errado comigo.

Sem enxergar direito, tropecei em alguns galhos e pedras no chão, mas sabia que conseguiria encontrar o caminho até a estrada. Podia escutá-lo atrás de mim, seus pés amassando gravetos no chão, enquanto se apressava para me alcançar.

A mágoa rasgava o meu peito. Marchei em frente, louca para chegar em casa e ligar para a mamãe, dar um jeito de convencê-la de que a gente tinha que se mudar, tipo, amanhã.

Fugir dali.

Minhas mãos se fecharam em punhos. Por que eu deveria fugir? Não tinha feito nada de errado! Zangada e enojada comigo mesma, tropecei numa raiz. Quase caí de cara. Grunhi.

— Kat! — esbravejou Daemon atrás de mim.

Recuperei o equilíbrio e me apressei, aliviada em ver a estrada à frente. Quase comecei a correr. Dava para ouvir os passos dele ecoando a distância.

Alcancei a estrada escura e esfreguei o rosto com o dorso das mãos. Merda. Eu tinha começado a chorar.

Daemon gritou, mas sua voz foi engolida pelos faróis de um caminhão, vindo direto pra cima de mim, a menos de dois metros. Estava apavorada demais para me mexer.

Ele ia me atropelar.

[15]

Um estrondo de trovão — só que muito mais forte — reverberou pelo vale. Foi como uma explosão, que me chacoalhou até o âmago. Não havia tempo para o motorista me ver ou parar. Levantei os braços, como se eles fossem me proteger de algum jeito. O rugido alto do caminhão preencheu meus ouvidos. Preparei-me para o impacto que esmigalharia meus ossos; o último pensamento que me ocorreu foi minha mãe e o que meu corpo desmantelado faria com ela. Mas o impacto nunca veio.

Poderia ter beijado o para-choque, de tão perto. Minhas mãos ficaram a centímetros da grade quente. Levantei a cabeça devagar. O motorista estava sentado atrás do volante, imóvel, os olhos arregalados e vazios. Ele não se mexia, não piscava. Não sabia dizer nem se estava respirando.

Sua mão direita, congelada no meio do caminho até a boca, segurava um copo de café. Congelado — tudo estava congelado.

Um gosto metálico preenchia os cantos da minha boca. Minha mente empacou.

O motor ainda funcionava, rugindo na minha cara.

Virei-me do motorista para Daemon. Ele parecia estar se concentrando, com a respiração pesada e as mãos cerradas ao lado do corpo.

E seus lindos olhos estavam diferentes. Errados. Dei mais um passo para trás, saindo da rota do caminhão com a mão estendida à frente, como se pudesse impedi-lo de se aproximar de mim.

— Meu Deus... — sussurrei, sentindo meu coração, que já batia forte, vacilar em uma batida.

No escuro, os olhos do Daemon emitiam um brilho iridescente, como que iluminados por dentro. A luz pareceu aumentar de intensidade, e seus punhos começaram a tremer, um tremor que subiu pelos braços, até que seu corpo todo reverberasse em ondas diminutas, minúsculas.

Então ele começou a desaparecer, o corpo e as roupas dando lugar a uma intensa luz amarelo-avermelhada, que o engoliu completamente.

Pessoas feitas de luz.

Que diabos...

O tempo pareceu parar. Não, *o tempo já tinha parado*.

De alguma maneira, ele tinha evitado que aquele caminhão me atropelasse. Parou um monstro de sete toneladas, que certamente quebraria cada osso do meu corpo, com o quê? Uma palavra? Um pensamento?

Tanto poder.

O ar vibrava ao nosso redor de maneira sobrenatural. O chão tremia sob essa sua força invisível. Eu sabia que, se me esforçasse muito, conseguiria tocá-lo e senti-lo chacoalhar.

Escutei Dee nos chamando ao longe, a voz transbordando perplexidade. Como ela nos encontrara?

Claro. Daemon estava iluminando a rua toda — ele brilhava como um holofote.

Olhei de volta para o caminhão e percebi que tanto a máquina quanto o motorista estavam tremendo, tentando romper a barreira invisível que parecia mantê-los congelados no tempo. A besta de metal estremecia e o motor gritava, graças ao pé do motorista, ainda firme no pedal do acelerador.

Eu corri, não apenas para fora da estrada, mas me afastando o máximo possível. Tive a vaga impressão de ouvir o caminhão passar por mim. Corri pelo caminho sinuoso que levava a nossas casas, incrustadas no meio do nada. Pelo canto do olho, vi Dee correndo na minha direção e me desviei dela. Para mim, estava claro que *ela* só poderia ser igual a *ele*.

LUX 1 OBSIDIANA

O que eles eram? Não eram humanos. O que eu tinha visto não era possível. Nenhum humano poderia fazer aquilo.

Nenhum ser humano poderia parar um caminhão com um simples comando, ou ficar embaixo d'água por vários minutos, ou desaparecer e reaparecer. Todas as coisas estranhas que eu vinha notando pareciam fazer sentido agora.

Sempre correndo, passei pela entrada da minha garagem, sem ter ideia de para onde ia, ou por quê. Meu cérebro não estava funcionando. Minhas reações se tornaram instintivas. Galhos agarravam meus cabelos e o vestido bonitinho que eu vestia. Tropecei numa pedra grande e caí de joelhos, mas me levantei rapidamente para continuar a correr.

De repente, escutei passos vindo atrás de mim. Alguém chamou o meu nome, mas eu não parei, pelo contrário, fui ainda mais rápido na direção da floresta escura à minha frente. Àquela altura, eu não estava mais pensando. Só queria fugir.

Alguém xingou atrás de mim, e depois um corpo pesado me agarrou. Caí, cercada por calor. De algum modo, ele fora capaz de amortecer a queda com seu próprio corpo, se virando no ar. Depois, rolou por cima de mim e me imobilizou.

Empurrei o peito dele e tentei chutá-lo. Nada disso funcionou. Fechei meus olhos, morrendo de medo de ver se os dele ainda tinham aquele brilho estranho.

— Me larga!

Daemon segurou meus ombros e me sacudiu gentilmente.

— Para com isso!

— Sai de perto de mim! — gritei, tentando me desvencilhar, mas ele me manteve firmemente presa.

— Kat, para com isso! — berrou de novo. — Não vou te machucar!

Como eu poderia acreditar nele? Alguma pequena parte do meu cérebro, a que ainda pensava, me lembrou de que ele *tinha salvado* a minha vida. Parei de me debater.

Daemon ficou quieto em cima de mim.

— Não vou te machucar, Kat — repetiu num tom mais suave, embora ainda entremeado pela raiva, enquanto tentava me conter sem me machucar. — Eu nunca seria capaz de te ferir.

As palavras dele fizeram meu estômago estremecer. Alguma coisa em mim tinha respondido, acreditando nele, por mais que a minha cabeça se rebelasse contra a ideia. Não sabia que parte de mim poderia ser tão tola, mas era a parte que parecia estar ganhando. Minha respiração continuava acelerada, e eu tentei me acalmar. Ele afrouxou a pegada, mas se manteve em cima de mim. Senti sua respiração irregular na minha bochecha.

Afastando-se, Daemon ergueu meu queixo com a ponta do dedo, me obrigando a encará-lo.

— Olha pra mim, Kat. Você tem que olhar pra mim agora.

Mantive os olhos fechados. Não queria saber se os dele ainda estavam estranhos. Daemon se levantou, tirando as mãos dos meus ombros e colocando-as no meu rosto. Eu deveria ter fugido nesse momento, mas, assim que as mãos quentes dele tocaram minhas bochechas, não consegui mais me mexer. Cuidadosamente, Daemon passou os dedos no meu rosto.

— Por favor. — A voz dele não soava mais zangada.

Com a respiração ainda irregular, abri os olhos. Os dele encontraram com os meus. Tinham um verde estranho, intenso, mas eram do Daemon que eu conhecia. Não os que eu tinha visto minutos antes. A luz pálida da lua passava pelos galhos das árvores acima da gente, incidindo nas maçãs do rosto dele e iluminando seus lábios entreabertos.

— Não vou te machucar — repetiu mais uma vez, calmamente. — Quero falar com você. Preciso falar com você, tudo bem?

Assenti, porque não consegui fazer minha garganta funcionar.

Ele piscou e soltou um suspiro de cortar o coração.

— Tudo bem. Vou deixar você se levantar, mas, por favor, me promete que não vai correr. Não tô com a menor vontade de te perseguir de novo. Aquele meu último truque quase me apagou. — Fez uma pausa, esperando a minha resposta. O rosto dele parecia mesmo cansado. — Fala, Kat. Promete que não vai fugir. Não posso te deixar sair daqui sozinha. Você entende?

— Sim. — Minha voz mal saiu.

— Ótimo. — Daemon me soltou devagar e se afastou ligeiramente, acariciando meu rosto com a mão esquerda de maneira distraída. Permaneci congelada no chão até que ele se agachou junto de mim.

LUX 1 OBSIDIANA

Sob seu olhar cansado, recuei até me encostar em uma árvore. Quando se sentiu seguro de que eu não fugiria, ele se sentou diante de mim.

— Por que você tinha que se meter na frente daquele caminhão? — perguntou, mas não esperou pela resposta. — Tentei de tudo pra te deixar fora disso, mas você tinha que ir lá e estragar todo o meu trabalho.

— Não fiz de propósito. — Levei minha mão trêmula até a testa.

— Fez, sim. — Ele balançou a cabeça. — Por que você tinha que vir pra cá, Kat? Por quê? Eu... a gente estava indo muito bem e, de repente, você apareceu e tudo virou um inferno. Você não faz ideia. Merda. Pensei que a gente fosse dar sorte e você fosse embora logo.

— Desculpa por ter ficado. — Puxei as pernas para afastá-las dele e dobrei-as de encontro ao peito.

— Estou sempre piorando as coisas. — Daemon balançou a cabeça e deu a impressão de que ia xingar de novo. — Somos diferentes. Acho que você já se deu conta disso agora.

Encostei a testa nos joelhos. Precisei de um momento para organizar o que restava dos meus pensamentos, e só então levantei a cabeça.

— Daemon, o que você é?

Ele abriu um sorriso pesaroso e esfregou a cabeça com a palma da mão.

— Isso é difícil de explicar.

— Por favor. Você precisa me dizer, porque eu estou prestes a surtar — avisei. Não era mentira. O pouco controle que eu tinha conseguido reunir parecia se esvair a cada minuto que ele passava em silêncio.

Daemon me fitou com profunda intensidade ao falar:

— Não acho que você queira saber, Kat.

Sua expressão e sua voz eram tão sinceros que me encheram de medo. Sabia que o que ele estava prestes a dizer mudaria minha vida para sempre. Uma vez que soubesse o que meu vizinho e a sua família eram, não haveria como voltar atrás. Tudo mudaria completamente. Mesmo ciente disso, não podia mais permanecer na ignorância. A velha Katy sairia correndo de novo. Com certeza. Ela preferiria fingir que nada disso tinha acontecido. Mas eu já não era mais essa Katy, e precisava saber.

— Vocês são... humanos?

Daemon deu uma risada rápida, sem muito humor.

— Não somos daqui.

— Jura?

Ele levantou as sobrancelhas.

— É, acho que você já deve ter se tocado de que não somos humanos.

Respirei, agitada.

— Estava torcendo pra estar errada.

Ele riu de novo, mas havia muito pouco humor em sua voz.

— Não, nós somos de um lugar muito, muito distante.

Meu estômago foi parar no chão, e meus braços apertaram as pernas.

— O que você quer dizer com "muito, muito distante"? Porque, de repente, tô me sentindo no começo de *Star Wars*.

Daemon me fitou com olhos sérios.

— Nós não somos deste planeta.

Ok. Entendi. Ele tinha confirmado o que eu já deduzira, mas isso não explicava nada.

— Você é o quê? Um vampiro?

Ele revirou os olhos.

— Tá falando sério?

— O quê? — Não disfarcei a frustração. — Você me diz que não é humano, mas não me fala o que é! Você parou um caminhão sem tocar nele!

— Você lê demais. — Daemon expirou devagar. — Também não somos lobisomens, nem bruxas, nem zumbis, nem nada assim.

— Bom, fico feliz com o lance do zumbi. Gosto de saber que o que resta do meu cérebro está a salvo — resmunguei. — E eu não leio demais. Isso não existe. Mas aliens também não existem.

Daemon se inclinou na minha direção e pôs as mãos nos meus joelhos dobrados. Congelei com o toque dele, meus sentidos ficaram quentes e frios ao mesmo tempo. Seu olhar me penetrou, parecendo me hipnotizar.

— Neste vasto universo infinito, você acha que a Terra, este lugar, é o único planeta com vida?

— Nã-não — gaguejei. — Então esse tipo de coisa, isso é normal pro seu... Droga, o que vocês são?

LUX 1 OBSIDIANA

Daemon levantou a cabeça e ficou assim por alguns segundos. Meu coração batia acelerado à espera da resposta. Ele parecia estar avaliando o quanto deveria me contar, e eu tinha quase certeza de que, o que quer que fosse, não iria gostar.

[16]

Este era um daqueles momentos na vida em que não se sabe se devemos rir, chorar ou correr o mais rápido que pudermos.

Daemon abriu um sorriso tenso.

— Eu sei o que você está pensando. Não que consiga ler seus pensamentos, mas está escrito na sua cara. Você acha que eu sou perigoso.

E um idiota… E gostoso. Mas não admitiria isso. E uma forma de vida alienígena? Balancei a cabeça.

— Isso é loucura, mas eu não estou com medo de você.

— Não?

— Não. — Soltei uma risada, mas ela soou um pouco louca e nada convincente. — Você não parece um extraterrestre.

Achei importante chamar atenção para isso.

Ele arqueou uma sobrancelha.

— E como são os extraterrestres?

— Não como você — soltei. — Eles não são lindos.

— Você me acha lindo? — Daemon sorriu.

Lancei um olhar de desprezo para ele.

— Cala a boca. Como se você não soubesse que todo mundo neste planeta te acha bonito. — Dei um sorriso debochado, chocada por estar tendo esta conversa. — Os alienígenas, se existirem, são homenzinhos verdes com olhos grandes e braços finos, ou insetos gigantes, ou algum outro tipo de monstrinho cheio de verrugas.

Daemon deu uma gargalhada.

— Tipo o E.T.?

— É! Tipo o E.T., idiota. Que ótimo que você tá achando graça. Tô adorando ver que continua tentando mexer com a minha cabeça, mais do que já conseguiu. Talvez eu a tenha batido em algum lugar.

Fiz menção de me levantar.

— Senta, Kat.

— Você não manda em mim!

Daemon ficou de pé com facilidade, os braços ao lado do corpo. O brilho estranho voltou aos seus olhos, como duas órbitas de pura luz.

— Senta. Agora.

Sentei. Não sem antes mostrar o dedo para ele, claro. Meu vizinho podia estar disposto a bancar o alien durão e intimidador para cima de mim, mas eu instintivamente sabia que ele não me machucaria.

— Como você é, de verdade? Pode me mostrar? Você não solta faíscas, solta? E por favor, me diz que eu não quase beijei um inseto gigante comedor de cérebros porque, sinceramente, vou...

— Kat!

— Desculpa — murmurei.

Daemon fechou os olhos e respirou fundo. Uma luz apareceu no centro do seu peito e, como tinha acontecido na estrada, ele começou a vibrar. Depois foi desaparecendo, até que não restasse nada além de um contorno de luz amarelo-avermelhado. Em seguida, esse contorno ganhou forma. Duas pernas, um torso, braços e uma cabeça, feitas de luz. Uma luz tão intensa que clareou tudo ao nosso redor e fez a noite virar dia.

Protegi meus olhos com a mão trêmula.

— Puta merda!

E quando ele falou, não foi em voz alta. Foi dentro da minha *cabeça*. *É assim que nós somos. Seres de luz. Mesmo quando estamos na forma humana, podemos domar a luz como queremos.* Houve uma pausa. *Como você pode ver, eu não me pareço com um inseto gigante, nem solto faíscas!* Mesmo dentro da minha cabeça, reconheci o desprezo no último comentário.

— Não — sussurrei.

Em todos os livros sobrenaturais que li e resenhei, ninguém tinha *esse* brilho. Alguns brilhavam quando em contato com a luz. Outros tinham asas. Mas nenhum era um sol gigante, caramba.

Nem um monstrinho cheio de verrugas, o que, aliás, eu acho bem ofensivo. Um braço feito de luz se esticou na minha direção. Logo apareceram a mão e os dedos, com a palma para cima. *Você pode me tocar. Não vai doer. Imagino que seja agradável para os humanos.*

Para os humanos? Meu. Menino. Jesus. Engoli em seco, nervosa, e levantei uma das mãos. Parte de mim não queria tocar nele, mas ver isso, estar tão perto de alguma coisa assim tão... tão... bom, de outro mundo, eu precisava. Meus dedos encostaram nos dele e senti uma descarga de eletricidade dançar na minha mão e subir pelo braço. A luz fez cócegas na minha pele.

Respirei fundo. Daemon estava certo. Não doía. O toque dele era quente, inebriante. Era como encostar na superfície do sol sem se queimar. Enrosquei meus dedos nos dele e observei a luz aumentar, até que não conseguia mais ver a minha mão. Pequenas faixas de luz despontavam da mão dele, lambendo meu pulso e meu antebraço.

Imaginei que você fosse gostar. Ele me soltou e deu um passo atrás. Sua luz foi se apagando lentamente, e logo Daemon estava de pé na minha frente — o Daemon humano. Imediatamente, senti a queda na temperatura dele.

— Kat — disse, desta vez em voz alta.

Tudo o que consegui fazer foi olhar para ele. Eu queria a verdade, mas ouvi-la — e vê-la — era totalmente diferente.

Daemon pareceu ler minha expressão, porque foi se sentando, devagar. Ele parecia relaxado, mas eu sabia que era mais como um animal selvagem, acuado, pronto a atacar caso eu fizesse um movimento errado.

— Kat?

— Você é um alienígena. — Minha voz saiu fraca.

— Ã-hã. É isso que eu estou tentando te dizer.

— Uau. — Apertei a mão no meu peito e encarei-o, chocada. — Então, de onde você é? Marte?

Daemon riu.

— Um pouquinho mais longe. — Fechou os olhos por um instante. — Vou te contar uma história, tá?

LUX 1 OBSIDIANA

—Você vai me contar uma história?

Ele assentiu e passou os dedos pelo cabelo despenteado.

— Sei que vai soar loucura, mas tenta não se esquecer do que viu. Do que sabe. Você me viu fazer coisas impossíveis. Agora, pra você, nada mais é impossível. — Meu vizinho fez uma pausa, como se estivesse se preparando. — O lugar de onde viemos fica além da Abell.

— Abell?

— É a galáxia mais distante da sua, cerca de treze bilhões de anos-luz daqui. E nós estamos a mais dez bilhões, por aí. Não existe telescópio ou nave espacial poderosa o bastante para viajar até nosso planeta. Nunca haverá. — Ele baixou a cabeça e olhou para as mãos abertas. — Não que isso importe. Nossa casa não existe mais. Foi destruída quando a gente era criança. Foi por isso que tivemos que sair, encontrar um lugar que fosse parecido com o nosso planeta, em termos de alimento e atmosfera. Não que a gente precise respirar oxigênio, mas não nos faz mal. Acabamos respirando mais por hábito do que por qualquer outro motivo.

Outra lembrança voltou à minha mente.

— Então você não precisa respirar?

— Não é uma necessidade. — Ele parecia meio envergonhado. — Respiramos mais por costume, mas às vezes a gente esquece. Quando estamos nadando, por exemplo.

Bom, isso explicava por que Daemon tinha ficado tanto tempo embaixo d'água.

— Continua.

Ele me observou por alguns instantes e depois assentiu.

—A gente era pequeno demais pra se lembrar do nome da nossa galáxia. Ou até mesmo se a nossa espécie costumava dar nome às coisas, mas eu me lembro do nome do nosso planeta. Se chamava Lux. E nós somos os Luxen.

— Lux... — sussurrei, me lembrando de uma aula que tive. — Isso é luz em latim.

Ele deu de ombros.

—Viemos pra cá numa chuva de meteoritos, há quinze anos, junto com outros como nós. Mas muitos vieram antes, provavelmente ao longo do último milênio. Nem todos da nossa espécie vieram para este planeta. Alguns foram para outros pontos ainda mais distantes da galáxia. Outros devem ter ido para lugares onde não conseguiram sobreviver. Mas, quando percebemos que a Terra era perfeita, mais gente veio. Você está me acompanhando?

Fiquei só olhando, estática.

— Acho que sim. Você tá dizendo que tem mais gente como você. Os Thompson... eles também são?

Daemon fez que sim.

— Estamos juntos desde que chegamos.

Isso explicava a natureza territorial da Ash, eu acho.

— Quantos de vocês há aqui?

— Aqui? Pelo menos uns duzentos.

— Duzentos — repeti. Então me lembrei dos olhares estranhos na cidade... as pessoas na lanchonete e o jeito que me observavam... porque eu estava com a Dee... uma alienígena. — Por que este lugar?

— Normalmente, ficamos em grupos. Isso... bom, isso não importa agora.

—Você falou que veio durante uma chuva de meteoritos? Onde é que está a sua nave? — Me senti idiota só em falar isso.

Ele levantou uma sobrancelha e me olhou como o Daemon que eu conhecia.

— Não precisamos de nave, nada disso. Somos feitos de luz... podemos viajar com ela, de carona.

— Mas, se vocês vêm de um planeta que fica a milhões de anos-luz daqui e viajaram na velocidade da luz... levaram milhões de anos para chegar aqui? — Meu antigo professor de física ficaria orgulhoso dessa pergunta.

— Não. Do mesmo jeito que eu te salvei daquele caminhão, a gente consegue dobrar o espaço-tempo. Não sou cientista, não sei como isso funciona, só que a gente consegue. Alguns melhor que outros.

O que Daemon dizia não tinha a menor lógica, mas não o interrompi. Como ele mesmo ressaltara, o que eu tinha visto antes não fazia sentido nenhum, portanto, eu provavelmente não estava em condições de julgar o que era lógico ou não.

— E nós envelhecemos como os humanos, o que permite que a gente se misture bem. Quando chegamos aqui, escolhemos nossos... corpos. — Ele notou minha careta e deu mais uma vez de ombros. — Não sei como

LUX 1 OBSIDIANA

explicar isso sem te assustar, mas nem todos conseguem mudar de aparência. Então, o que escolhemos é o que vai ficar conosco.

— Você escolheu bem.

Os cantinhos dos lábios se levantaram num meio-sorriso, enquanto ele passava os dedos nas folhas de grama à sua frente.

— A gente copia o que vê. Isso só funciona uma vez para a maioria. A aparência que adquirimos em idade adulta fica a cargo do DNA. Antes que você pergunte, sempre nascem três ao mesmo tempo. Sempre foi assim. — Daemon fez uma pausa e olhou para cima. — No resto, somos iguais aos humanos.

— Exceto por serem uma bola de luz que eu posso tocar, né? — Suspirei baixinho, estarrecida.

Seus lábios tremeram de novo.

— É, isso e o fato de que somos muito mais desenvolvidos que os humanos.

— Muito mais desenvolvidos, quanto? — quis saber.

Ele sorriu um pouco, passando novamente as mãos na grama.

— Digamos que, se a gente entrasse em guerra, vocês nunca ganhariam. Nem em um bilhão de anos.

Meu coração bateu forte, e eu recuei novamente. Sem perceber, tinha me aproximado durante a conversa.

— O que mais você consegue fazer?

Os olhos do Daemon encontraram brevemente os meus.

— Quanto menos você souber, melhor.

Balancei a cabeça.

— Não. Não pode me contar uma coisa dessas e não falar tudo. Você... você me deve isso.

— Pelas minhas contas, é você quem está me devendo. Umas três vezes — respondeu ele.

— Como assim, três vezes?

— A noite em que você foi atacada, o que aconteceu agora há pouco e quando decidiu que a Ash deveria vestir espaguete. — Ele foi contando nos dedos. — É melhor que não haja uma quarta.

— Você salvou minha vida com a Ash?

— Ã-hã, quando ela disse que ia acabar com você, era pra valer. — Suspirou, jogando a cabeça para trás e fechando os olhos. — Que diabos, por que não? Não é como se você já não soubesse. Conseguimos controlar a luz. Podemos manipulá-la de forma a evitar sermos vistos. Alterando as sombras, por exemplo. Não só isso, mas também podemos concentrar a luz e arremessá-la. E, acredita em mim, você não gostaria de ser atingida por algo assim. Duvido que um humano sobrevivesse.

— Ok... — Eu mal respirava. — Espera. Quando a gente encontrou o urso, eu vi um clarão.

— Fui eu. Antes que você pergunte, não matei o bicho. Só afugentei. Não sei bem por que você desmaiou. Acho que, por estar muito perto, isso teve algum efeito em você. De qualquer jeito, todos nós temos algum tipo de capacidade de cura, mas nem todos somos bons nisso — continuou ele, olhando para o chão. — Eu sou relativamente bom, mas o Adam, um dos garotos Thompson, consegue curar praticamente qualquer coisa, desde que haja um restinho de vida. Além disso, somos quase indestrutíveis. Nossa única fraqueza é se formos pegos na nossa forma verdadeira. Ou se você cortar nossas cabeças humanas. Acho que assim resolveria o problema.

— É, cortar a cabeça geralmente funciona. — Meus pensamentos estavam completamente vazios, capazes apenas de processar o que ele me dizia e de liberar uma frase coerente a cada minuto, mais ou menos. Levei as mãos ao rosto e fiquei sentada, segurando a cabeça. — Você é um extraterrestre.

Daemon arqueou as sobrancelhas.

— Tem muita coisa que a gente pode fazer, mas só depois da puberdade. E, mesmo assim, dá trabalho controlar tudo. Às vezes, nossos poderes fogem ao controle.

— Isso deve ser... difícil.

— É, sim.

Baixei as mãos e entrelacei-as diante do peito.

— O que mais você consegue fazer?

Ele ficou me observando atentamente enquanto falávamos.

— Promete que não vai sair correndo de novo.

— Prometo — concordei, pensando que, dane-se, eu duvidava que qualquer coisa pudesse me assustar ainda mais.

LUX OBSIDIANA

— Conseguimos manipular objetos. Qualquer objeto, animado ou não, pode ser movimentado. Mas também fazemos mais do que isso. — Pegou uma folha caída no chão e segurou-a entre a gente. — Olha só.

Ela começou a fumegar imediatamente. Chamas brilhantes e alaranjadas irromperam das pontas dos seus dedos, dançando sobre a folha. Em questão de segundos, ela havia sumido, mas as chamas ainda crepitavam na mão dele.

Inclinei-me para a frente e estendi os dedos na direção do fogo. Saía calor da mão do Daemon. Puxei a minha de volta, olhando para ele.

— O fogo não te machuca?

— Como alguma coisa que faz parte de mim pode me machucar? — Ele tocou o chão com os dedos em chamas. Brasas voaram de sua palma, mas o solo permaneceu intocado. Balançou a mão. — Tá vendo? Acabou.

Com os olhos arregalados, me aproximei.

— O que mais você pode fazer?

Daemon sorriu e desapareceu. Inclinei-me para trás e corri os olhos em volta. Ele estava encostado numa árvore a metros de distância.

— Como voc... espera! Você já fez isso antes. O lance de andar silenciosamente. Mas não é silêncio! — Recostei-me na árvore, maravilhada. — Você realmente anda rápido.

— Na velocidade da luz, gatinha. — Daemon reapareceu na minha frente e se sentou, devagar. — Alguns conseguem manipular seus corpos, assumir outras formas além da que escolhemos. Se transformar em qualquer outra coisa viva, pessoa ou animal.

Fiquei olhando para ele.

— É por isso que às vezes a Dee desaparece?

Ele piscou.

—Você notou?

— Notei, mas achei que estivesse vendo coisas. — Estiquei um pouco as pernas. — Ela faz isso quando está se sentindo à vontade, eu acho. Só a mão, ou o contorno do corpo, meio que pisca.

Daemon assentiu.

— Nem todos têm controle sobre o que conseguem fazer. Alguns sofrem com essas habilidades.

— E você?

— Eu sou incrível mesmo.

Revirei os olhos, mas logo me sentei mais ereta.

— E os seus pais? Você disse que eles trabalham na cidade, mas eu nunca vi...

Ele baixou o olhar para o chão de novo.

— Nossos pais não conseguiram chegar aqui.

Senti um aperto no peito pela Dee e pelo Daemon.

— Eu sinto muito.

— Não sinta. Foi há muito tempo. A gente nem lembra deles.

Isso soou triste. Mesmo que as memórias sobre o meu pai tivessem se desbotado ao longo dos anos, elas ainda estavam comigo. Eu tinha tantas perguntas! Como eles haviam sobrevivido sem os pais? Alguém cuidara deles na infância?

— Meu Deus, me sinto tão burra. Sabe, eu achava que eles trabalhavam em outra cidade.

—Você não é burra, Kat. Você viu o que a gente quis que visse. Somos muito bons nisso. — Suspirou. — Bom, aparentemente, não o bastante.

Aliens... Uau, aqueles loucos de quem a Lesa falou estavam certos. Eles provavelmente já tinham visto um deles. Talvez o Homem-Mariposa fosse real. E o chupa-cabra talvez chupasse mesmo o sangue dos animais.

Os olhos estranhos do Daemon brilharam por um momento e então se fixaram no meu rosto.

—Você tá lidando com isso melhor do que eu esperava.

— Bom, com certeza vou ter tempo de entrar em pânico e ter um chilique mais tarde. É provável que fique achando que pirei de vez. — Assim que terminei de falar, uma ideia me ocorreu. — Você... você consegue controlar o que os outros pensam? Ou ler pensamentos?

Ele fez que não.

— Não. Nossos poderes derivam daquilo que somos. Talvez se nosso poder... a luz... fosse manipulado por outra coisa, quem sabe. Tudo poderia acontecer.

Enquanto olhava para ele, a raiva e a descrença brigavam dentro de mim.

—Todo esse tempo achei que estava ficando maluca. E você ficou me dizendo que eu estava vendo coisas ou inventando histórias para chamar atenção. É como se tivesse feito uma lobotomia alienígena em mim. Ótimo.

LUX 1 OBSIDIANA

Daemon abriu os olhos e um lampejo de raiva brilhou neles, junto com outro sentimento que não pude decifrar.

— Foi preciso — insistiu. — Não podemos deixar que ninguém descubra a nossa existência. Só Deus sabe o que aconteceria.

Forcei-me a deixar o assunto de lado por ora e perguntei:

— Quantos... humanos sabem que vocês existem?

— Algumas pessoas daqui acham que somos sei lá o quê. Mas tem, sim, uma esfera do governo, dentro do Departamento de Defesa (DOD), que sabe que a gente existe, mas só isso. Eles não sabem dos nossos poderes. Não podem saber. — Ele praticamente grunhiu, me olhando bem nos olhos. — Acham que somos uns esquisitos inofensivos. Enquanto seguirmos as regras deles, nos dão dinheiro, casa, e nos deixam em paz. Então, quando um de nós pira com os poderes, isso é péssimo por vários motivos. Evitamos usá-los, especialmente perto de humanos.

— Porque isso revelaria quem vocês são.

— Isso e... — Daemon esfregou o queixo. — Cada vez que usamos nossos poderes perto de um humano, deixamos rastros na pessoa, e isso permite que a gente saiba que ela esteve com um dos nossos. Por isso tentamos nunca usar nossas habilidades perto de pessoas... mas com você, bom, as coisas nunca andaram de acordo com o plano.

— Quando você freou o caminhão, deixou um *rastro* em mim?

Ele piscou e olhou para o outro lado.

— E quando espantou o urso? Aquilo deixou algum tipo de rastro detectável? — Engoli em seco o bolo de medo na minha garganta. — Então os Thompson e qualquer outro alien por aqui sabem que eu fui exposta ao seu... *abracadabra alienígena*?

— Bem por aí — disse Daemon. — E eles não estão nem um pouco contentes com isso.

— Então por que você parou o caminhão? Eu sou claramente um problema pra você.

Devagar, Daemon se virou para mim. Seus olhos estavam fechados. Mais uma vez, ele não respondeu.

Respirei fundo, pronta para correr ou lutar.

— O que você vai fazer comigo?

Quando ele falou, sua voz soou trêmula.

— O que eu vou fazer com você?

— Agora que sei o que vocês são, sou um risco pra todo mundo. Você... pode me fazer pegar fogo, ou sabe lá Deus o quê.

— Por que eu teria te contado tudo se fosse fazer alguma coisa com você?

Bom argumento.

— Não sei.

Daemon deu um passo à frente, mas, ao me ver recuar, parou a centímetros de me tocar.

— Não vou fazer nada com você, tá?

Mordi o lábio.

— Como é que você pode confiar em mim?

Ele fez mais uma pausa e finalmente estendeu a mão para segurar meu queixo.

— Não sei. Simplesmente confio. E, pra ser sincero, acho que ninguém ia acreditar em você. Se fizesse muito escândalo, ia atrair o DOD pra cá, e você não ia querer isso. Eles fariam qualquer coisa pra evitar que a população da Terra soubesse da nossa existência.

Fiquei parada e quieta, enquanto Daemon me segurava gentilmente. Várias emoções tomaram conta de mim. Olhando para ele agora, era fácil demais cair numa enrascada da qual eu jamais conseguiria sair. Me segurei.

— Então foi por isso que disse todas aquelas coisas antes? Você não me odeia?

Daemon olhou para seu braço, ainda esticado, e baixou-o.

— Não, eu não te odeio, Kat.

— É por isso também que você não queria que eu fosse amiga da Dee, por medo de que eu descobrisse a verdade?

— Isso, e porque você é humana. Os humanos são fracos. Eles não nos trazem nada além de confusão.

Apertei os olhos, zangada.

— Não somos fracos. E vocês estão no nosso planeta. Que tal um pouco de respeito, cara?

Seus olhos cor de esmeralda cintilaram, achando graça.

— Tem razão. — Ele fez uma pausa, esquadrinhando meu rosto. — Como você tá lidando com tudo isso?

— Ainda estou processando. Não sei. Acho que não vou mais surtar.

Daemon ficou de pé.

— Então tá bom. Vamos voltar, antes que a Dee ache que eu te matei.

— Ela pensaria mesmo isso?

Uma expressão sombria tomou conta do rosto dele.

— Sou capaz de qualquer coisa, gatinha. Matar para proteger minha família é algo que eu não hesitaria em fazer, mas não é nada com o que você precise se preocupar.

— Bom saber.

Ele inclinou a cabeça para o lado.

— Mas existem outros por aí que fariam de tudo pra ter os poderes dos Luxen, principalmente os meus. E não mediriam esforços pra chegar até nós.

Fui tomada por uma nova onda de ansiedade.

— E o que isso tem a ver comigo?

Daemon se agachou na minha frente. Seu olhar passeou pela floresta à nossa volta.

— O rastro que deixei em você depois de parar o caminhão pode ser localizado. Você brilha que nem os fogos de artifício do Dia da Independência agora.

Prendi a respiração e ele continuou a falar:

— Eles vão te usar para chegar até mim. — Daemon estendeu a mão e tirou uma folha do meu cabelo. Sua mão ficou um segundo suspensa perto do meu rosto, antes de voltar a pousar em seu joelho. — E, se eles te pegarem... a morte vai ser um alívio.

[17]

luz entrava através das janelas, perfurando a escuridão na qual eu estava tão confortável. Gemi e enfiei a cara no travesseiro macio. Minha boca estava seca e minha cabeça latejava violentamente. Não queria acordar ainda. Não sabia exatamente por que era melhor continuar dormindo pelo máximo de tempo possível, mas eu tinha certeza de que havia uma boa razão.

Meus músculos doeram quando rolei para o lado e acordei. Dois olhos verdes vibrantes olhavam intensamente para os meus. Um grito ficou preso na garganta, e pulei sobressaltada. Com o susto, minhas pernas se enroscaram na coberta que estava sobre mim e quase caí da cama.

— Santa Mãe do Céu! — reclamei.

Dee me segurou, me mantendo em pé enquanto eu desembaralhava as pernas.

— Desculpa, eu não queria te assustar.

Empurrei o cobertor até que ele formasse um monte amassado sob meus pés. Minhas pernas estavam nuas. E esta camiseta enorme definitivamente não era minha. Senti as bochechas corarem quando me lembrei do Daemon me jogando a camiseta da porta. Ela estava com o perfume dele, uma mistura exuberante de especiarias e natureza.

— O que você está fazendo aqui, Dee?

LUX 1 OBSIDIANA

Com as maçãs do rosto coradas, ela se sentou no divã em frente à cama.

— Estava vendo você dormir.

Fiz uma careta.

— Tá, isso é assustador.

Ela pareceu ainda mais envergonhada.

— Não é como se eu estivesse *te olhando*, olhando. Era mais, tipo, esperando você acordar. — Ela mexeu nos cabelos desgrenhados. — Queria falar com você. *Preciso* falar com você.

Sentei-me na cama. Dee parecia cansada, quase como se não tivesse dormido. Havia olheiras escuras sob seus olhos, e os braços caíam pesados ao lado do corpo.

— Mesmo assim, foi inesperado. — Fiz uma pausa. — E não deixa de ser assustador.

Dee esfregou os olhos.

— Queria falar com você... — divagou.

— Tá, mas antes eu preciso de um minuto.

Ela assentiu. Recostou a cabeça no estofado claro e fechou os olhos. Depois de uma olhada rápida ao redor do quarto de hóspedes, me dirigi ao banheiro. Lá encontrei minha escova de dentes na pia, além de outros itens pessoais que tinha pego em casa quando o Daemon me trouxe de volta.

Abri a água até que abafasse todos os sons ao meu redor. Terminei de escovar os dentes e comecei a lavar o rosto. Uma olhada no espelho me revelou que eu não parecia nem um pouco mais descansada que a Dee. Estava com uma cara péssima. Meu cabelo parecia um ninho de periquitos. Havia uma linha vermelha na minha bochecha, como um arranhão. Com as mãos em concha sob a água quente, molhei o rosto. O arranhão doeu.

Engraçado como uma pequena faísca de dor desencadeou algo mais poderoso do que o incômodo passageiro. As memórias da noite passada retornaram subitamente. Eu me lembrei de *tudo*.

E fiquei tonta.

— Meu Deus. — Apertei o mármore frio da pia até minhas juntas latejarem. — Minha melhor amiga é uma alienígena.

Virei-me e abri a porta de supetão. Dee estava de pé do outro lado, com as mãos para trás.

—Você é uma alienígena.

Ela assentiu devagar.

Fiquei olhando para ela. Talvez devesse sentir medo ou confusão, mas não era nada disso que se passava pela minha cabeça. Curiosidade. Interesse. Dei um passo adiante.

— Faz.

— Faz o quê?

— O lance de acender — falei.

Os lábios da Dee se abriram num sorriso largo.

—Você não está com medo de mim?

Fiz que não. Como poderia ter medo da Dee?

— Não. Quer dizer, tô meio assustada com tudo, mas você é um alien, pelo amor de Deus. Isso é muito legal. Bizarro, mas definitivamente legal.

O lábio dela tremeu. Lágrimas transformaram seus olhos em joias brilhantes.

—Você não me odeia? Eu gosto de você, não quero que me odeie nem tenha medo de mim.

— Eu não te odeio...

Dee se aproximou, movendo-se mais rápido do que os olhos humanos podiam registrar. Ela me deu um abraço surpreendentemente forte e se afastou, fungando.

— Fiquei tão preocupada a noite toda, principalmente depois que o Daemon não me deixou falar com você. Só o que conseguia pensar era que tinha perdido minha melhor amiga.

Ela ainda era a mesma Dee, alienígena ou não.

—Você não me perdeu. Não vou a lugar algum.

Numa fração de segundo, a garota estava me apertando até quase me sufocar.

— Ok. Tô faminta. Troca de roupa que eu vou preparar o café pra gente.

Ela desapareceu do quarto num piscar de olhos. Ia levar um tempo para eu me acostumar com isso. Peguei a muda de roupa que tinha trazido de casa, depois de falar para a minha mãe que ia dormir na Dee. Eu me vesti rapidamente e desci para a cozinha.

LUX 1 OBSIDIANA

Dee já estava preparando o café e conversando ao celular. As batidas das panelas e o ruído suave da água correndo abafou a maior parte do que dizia. Desligando o telefone, ela se virou.

Logo estava na minha frente, me puxando até a mesa.

— Quando tudo aconteceu ontem à noite, eu só pensava que você deveria achar a gente um bando de esquisitos.

— Bom... — comecei a falar. —Vocês com certeza não são normais.

Ela riu.

— É, mas "normal" é muito chato às vezes.

Estremeci diante da escolha de palavras e fui puxar a cadeira. Ela se moveu antes que eu conseguisse tocá-la, deslizando vários centímetros para trás. Assustada, ergui os olhos.

— Foi você?

Dee sorriu.

— Bom, isso foi útil. — Sentei-me devagar, torcendo para que a cadeira não se mexesse de novo. — Então, vocês são tão rápidos quanto a luz?

— Acho que somos até um pouquinho mais rápidos.

Ela apareceu na frente do fogão. Pôs a mão sobre a frigideira, que imediatamente começou a fumegar. Por cima do ombro, sorriu para mim. O fogão não estava ligado, mas o aroma de bacon frito tomou conta da cozinha.

Eu me inclinei para olhar.

— Como você faz isso?

— Calor — respondeu. — É mais rápido assim. Levo segundos pra fritar um porco.

E realmente, foram menos de três minutos até ela me entregar um prato de ovos com bacon. Entre a supervelocidade e a mão micro-ondas, eu estava começando a desenvolver um sério caso de inveja alienígena.

— Então, o que o Daemon te contou ontem à noite? — Ela se sentou, com uma montanha de ovos no prato.

— Ele me mostrou alguns dos seus truques de E.T. — A comida tinha um cheiro delicioso, e eu estava faminta. — Obrigada pelo café da manhã, aliás.

— De nada. — Ela puxou os cabelos para trás, num coque bagunçado. — Você não faz ideia de como é difícil fingir ser algo que você não é. É uma das razões pelas quais não temos muitos amigos... humanos. É por isso que o Daemon tem essa regra de "humano não é amigo" ou coisa parecida.

Enquanto eu brincava com o garfo, ela devorou o prato em segundos.

— Bom, agora você não precisa mais fingir.

Dee levantou os olhos, que brilhavam.

— Quer saber uma das coisas mais legais que podemos fazer? — Vindo dela, não podia nem imaginar o que seria.

— Claro.

— A gente consegue ver coisas que os humanos não conseguem. Tipo, a energia que vocês emanam ao redor do corpo. Acho que o povo esotérico chama de aura ou qualquer coisa assim. Representa a sua energia, ou a força vital para alguns. Ela muda conforme as suas emoções, ou quando você tá doente.

Meu garfo parou no ar, a meio caminho da boca.

— Você consegue ver a minha?

Dee fez que não.

— Você tá com um rastro muito forte agora. Não dá pra ver a sua energia, mas ela estava rosa-claro quando eu te conheci, o que me parece normal. Mas costuma ficar bem vermelha quando você fala com o Daemon.

Vermelho provavelmente representava raiva. Ou luxúria.

— Mas eu não sou muito boa nessa leitura. Cada um se sobressai em uma coisa. Matthew é ótimo lendo energias.

— O quê? — Botei meu garfo no prato. — Nosso professor de biologia é um alien? Putz! Tudo em que consigo pensar é naquele filme, *Prova final*.

Mas até fazia sentido, pelo jeito como ele agira ao ver o Daemon comigo, e os olhares estranhos na aula.

Dee engasgou com o suco de laranja.

— A gente não se apodera de corpos.

Esperava que não.

— Uau. Então vocês têm... tipo... empregos normais.

— Ã-hã. — Ela levantou da cadeira num pulo e olhou para a porta. — Quer ver no que eu sou boa?

LUX 1 OBSIDIANA

Quando assenti, minha amiga se afastou da mesa e fechou os olhos. O ar ao seu redor pareceu zumbir suavemente. Um segundo depois, foi de menina adolescente para uma forma feita de luz e depois um lobo.

— Ahn. — Limpei a garganta. — Acho que acabo de descobrir de onde vem a lenda dos lobisomens.

Ela veio até mim e cutucou minha mão com o focinho quente. Insegura sobre o que deveria fazer, afaguei o topo de sua cabeça peluda. O lobo soltou um latido que parecia mais uma risada e, em seguida, recuou. Poucos segundos depois, era a Dee novamente.

— E isso não é tudo. Olha. — Ela balançou os braços. — Não sai correndo desesperada.

— Ok. — Agarrei meu copo de suco.

Ela fechou os olhos e seu corpo virou luz. Em seguida, se transformou em alguém totalmente diferente. Os cabelos castanho-claros batiam um pouco abaixo dos ombros, e seu rosto era levemente mais pálido. As sobrancelhas emolduravam grandes olhos acinzentados, e seus lábios rosados formavam um meio-sorriso. Ela era mais baixa e tinha uma aparência um pouco mais normal.

— Sou eu? — gritei. Eu estava olhando para *mim*.

— Oi — disse a Dee-transformada-em-mim. — Consegue ver alguma diferença?

Com o coração acelerado, fiz menção de me levantar, mas desisti. Minha boca se moveu, mas as palavras não saíram.

— Isso é... estranho. — Fiz uma careta. — Meu nariz é assim mesmo? Dá uma volta. — Ela virou. Dei de ombros. — Minha bunda não tá mal.

A réplica exata de mim riu e, em seguida, apagou. Por um momento, deu para ver o contorno de um corpo, mas eu conseguia ver a geladeira através dele. Um segundo depois, ela era Dee. E sentou-se novamente.

— Consigo me transformar em quem eu quiser, menos no meu irmão. Quer dizer, eu consigo me transformar nele, mas seria nojento. — Ela estremeceu. — Todos nós podemos mudar, mas eu consigo segurar a forma por um tempão. A maioria só consegue ficar por alguns minutos, no máximo.

Dee encheu o peito com orgulho.

—Vocês já fizeram isso? Ser outra pessoa perto de mim?

Ela negou com a cabeça.

— Daemon daria um chilique se soubesse que eu fiz isso. É um poder que deixa pouco rastro, mas, do jeito que você já está toda acesa, não importa.

— Então o Daemon consegue fazer isso também? Ficar na forma de um canguru, se ele quiser?

Dee riu.

— Daemon pode fazer praticamente tudo. Ele é um dos mais poderosos. A maioria consegue fazer uma ou duas coisas com facilidade... o resto é só com muito esforço. Mas, pra ele, tudo é fácil.

— Ele é tão incrível — resmunguei.

— Uma vez, chegou a mover um pouco a casa — contou Dee, com o nariz franzido. — Ele partiu completamente as fundações.

Jesus Cristo...

Dei um gole no meu suco.

— E o governo não sabe que vocês podem fazer nada disso?

— Não. Quer dizer, achamos que não — explicou Dee. — Sempre escondemos essas habilidades. A gente sabe que assustaria os humanos se eles soubessem do que somos capazes. E também sabemos que as pessoas poderiam se aproveitar disso. Então a gente não se expõe.

Enquanto tentava absorver todas aquelas informações, tomei outro gole do suco. Meu cérebro parecia estar a dois segundos de explodir.

— Então, por que vocês vieram pra cá? Daemon disse qualquer coisa sobre o planeta de vocês.

— É, aconteceram algumas coisas um pouco chatas. — Dee pegou os pratos e foi até a pia. Manteve as costas rígidas enquanto lavava a louça. — Nosso planeta foi destruído pelos Arum.

— Arum? — Depois entendi. — Sombras? Certo? São aqueles que estão atrás de vocês pra roubar seus poderes?

— Isso. — Ela me deu uma olhada por cima do ombro e assentiu. — São nossos inimigos. Basicamente os únicos, a não ser que os humanos decidam implicar com a gente por estarmos aqui, eu acho. Os Arum são como a gente, só que o oposto. Eles vêm do nosso planeta irmão. Destruíram nossa casa. Minha mãe costumava me contar uma história

LUX ❂ OBSIDIANA

antes de dormir, que dizia que o universo tinha sido formado só com a mais pura luz, que brilhava tão forte que as sombras ficaram com inveja. Os Arum são os filhos das sombras, invejosos e determinados a sufocar toda a luz do universo, só que não se dão conta de que um precisa do outro para existir. Muitos Luxen acreditam que, sempre que um Arum é morto, uma luz no universo também se apaga. Essa é a única lembrança que eu tenho da mamãe.

— E os seus pais morreram nessa guerra? — perguntei, mas imediatamente me arrependi. — Desculpa. Não devia ter perguntado isso.

Dee parou de lavar a louça.

— Não, tudo bem. Não tem importância, só não quero que você fique assustada.

Não imaginava como a morte dos pais dela poderia me deixar assustada, mas comecei a ficar alarmada com o que estava prestes a descobrir.

— Os Arum estão aqui. O governo acha que são Luxen. Temos que fingir também, ou o Departamento de Defesa pode acabar descobrindo os nossos poderes. — Dee se virou para mim, apoiando as mãos na beirada da pia. — E, neste momento, você brilha que nem um farol pra eles.

Sem apetite, empurrei meu prato para longe.

— Existe um jeito de apagar esse rastro?

— Ele apaga com o tempo. — Dee forçou um sorriso. — Até lá, seria bom você ficar com a gente. Com o Daemon, principalmente.

Que maravilha! Mas ainda poderia ficar pior.

— Ok. Então... um dia apaga. Posso lidar com isso, se for meu único problema.

— Não é — disse ela. — O governo não pode descobrir que você sabe a verdade. O trabalho deles é garantir que a gente não se exponha. Dá pra imaginar o que aconteceria se os humanos soubessem que existimos?

Imagens de tumultos, saques e quebra-quebras pipocaram na minha mente, porque é assim que reagimos a tudo que não entendemos.

— E eles vão fazer de tudo pra nos manter em segredo. — Os olhos da Dee se fixaram nos meus. — Você não pode contar pra ninguém, Kat.

— Eu nunca faria isso. — As palavras se apressaram em sair. — Nunca trairia nenhum de vocês assim. — Era verdade. Dee era como uma irmã para mim. E o Daemon era... bom, ele era outra história, mas eu nunca os trairia. Não depois de terem confiado a mim algo tão incrível. — Não vou contar para ninguém.

Dee se ajoelhou ao meu lado e pôs a mão sobre a minha.

— Eu confio em você, mas não podemos deixar que o DOD descubra o que houve, porque, se descobrirem, você vai desaparecer.

aty, você está tão quieta hoje. O que se passa nessa sua cabecinha?

Estremeci, desejando que minha mãe não conseguisse me decifrar tão facilmente.

— Tô só cansada. — Forcei um sorriso para ela não se preocupar.

— Tem certeza que é só isso?

A culpa me devorava. Raramente passava algum tempo com a minha mãe, e não queria estar tão distraída.

— Desculpa, mãe. Acho que estou meio aérea hoje.

Ela começou a lavar a louça do jantar.

— Como estão as coisas com o Daemon e a Dee?

A gente tinha conseguido passar o dia todo sem falar deles.

— Estão bem. Acho que vou ver um filme com eles mais tarde.

Ela sorriu.

— Com os dois?

Apertei os olhos.

— Por favor, mãe.

— Meu amor, eu sou sua mãe. Tenho o direito de perguntar.

— Não sei, de verdade. Não tenho nem certeza se vamos mesmo. Foi só uma ideia. — Peguei uma maçã na cesta de frutas e dei uma mordida. — O que você vai fazer esta noite, mãe?

Ela tentou parecer casual.

—Vou sair para tomar um café com o dr. Michaels.

— Dr. Michaels? Quem é esse? — perguntei, entre uma mordida e outra. — Espera. É aquele médico bonitão do hospital?

— Sim, o próprio.

— É um encontro? — Recostei no balcão, sorrindo com a maçã na boca. — Boa, mãe!

Minha mãe ficou corada, vermelha de verdade.

— É só um café. Não um encontro.

Isso explicava por que ela passara o dia escolhendo vestidos, chegando até a me pedir para separar pelo menos dois dos mais bonitos que havia no armário.

— Bom, eu espero que você se divirta no seu "não encontro", que mais parece um encontro.

Sorrindo, ela continuou a conversar sobre os planos da noite e depois sobre um paciente que havia atendido. Antes de ir se arrumar, me entregou dois vestidos que tinha achado no fundo do armário.

— Se você for mesmo sair hoje, por que não usa um desses? Eles vão ficar ótimos em você. Os dois sempre foram muito joviais para mim.

Torci o nariz.

— Mãe, não sou eu quem tem um encontro hoje à noite.

Ela fez uma careta.

— Nem eu.

— Tá bom, você que sabe! — gritei, enquanto a observava subir as escadas correndo.

Ela não demorou muito para se aprontar e sair. Já que não era tecnicamente um encontro, eles tinham combinado de ir a um café na cidade. Torci para que se divertisse; mamãe merecia aproveitar a vida. Desde a morte do meu pai, ela nem sequer havia olhado duas vezes para um cara. O que só indicava que o dr. Michaels era mesmo especial.

Além da Dee ter mencionado que devíamos ficar juntos, não havia nenhum plano para a noite. Eu sabia que o Daemon havia ficado de olho em mim o dia inteiro, da casa ao lado, mas me recusara a deixar que viesse aqui tomar conta de mim. Eles me disseram que os Arum eram mais fortes à noite e preferiam atacar no escuro. Ou seja, enquanto houvesse luz estava tudo bem. Quis passar um dia normal, lendo, passeando na blogosfera e conversando com a minha mãe.

Mas era estranho falar de coisas normais depois de saber de um segredo gigante. Tinha a impressão de que eles deveriam estar por aí, impedindo acidentes, curando a fome mundial e salvando gatinhos presos no alto de árvores.

Joguei o resto da maçã no lixo e fiquei mexendo no anel no meu dedo, enquanto observava os vestidos em cima da mesa. Eu não os usaria em um encontro tão cedo.

Uma batida forte à porta dos fundos me arrancou dos meus devaneios. Fui abrir e o Daemon estava lá. Mesmo vestido com uma calça jeans surrada e uma simples camiseta branca justa, ele ficava incrivelmente magnífico. Era perturbador. E o que me irritava mais era a maneira como ele ficava ali parado, me encarando. Seu olhar brilhante de jade era intenso e atraente.

— E aí? — falei.

Ele só mexeu a cabeça, não me dando nenhuma dica do seu humor do momento.

Ai, bosta.

— Hum, você quer entrar?

Ele balançou a cabeça.

— Não, pensei que a gente podia fazer alguma coisa.

— Fazer alguma coisa?

O olhar dele era de quem estava se divertindo.

— É. A não ser que você tenha que postar uma resenha ou cuidar de um jardim qualquer.

— Ha, ha.

Comecei a fechar a porta na cara dele. Ele impediu o gesto com um simples estender da mão, sem nem mesmo precisar tocá-la.

— Tá. Vou tentar de novo. Você quer fazer alguma coisa comigo?

Na verdade, não, mas fiquei curiosa. E uma parte de mim estava mesmo começando a entender por que o Daemon era tão distante. Talvez, só talvez, a gente fosse capaz de fazer isso sem querer se matar.

— No que você está pensando?

Daemon se afastou um pouco da casa e deu de ombros.

—Vamos até o lago.

— Desta vez vou olhar para os dois lados da estrada antes de atravessar. — Fui atrás dele, evitando seu olhar debochado. Meti as mãos nos bolsos do short e decidi não enrolar. —Você não tá me levando pro mato porque mudou de ideia e concluiu que seu segredo não está seguro comigo, tá?

Daemon caiu na gargalhada.

—Você é muito paranoica!

Fiz uma careta.

— Isso vindo de um alien que basicamente pode me jogar pro céu sem nem me tocar.

—Você não está se trancando em casa, nem se balançando pelos cantos como uma pessoa perturbada, certo?

Revirei meus olhos e recomecei a caminhar.

— Não, Daemon, mas obrigada por se certificar de que eu ainda não perdi a sanidade e tal.

— Ei. — Ele levantou as mãos. — Preciso ter certeza de que você não vai pirar e sair contando pra cidade inteira o que a gente é.

— Não acho que você precise se preocupar com isso, por vários motivos — respondi secamente.

Daemon me olhou como se entendesse.

—Você sabe de quantas pessoas já nos aproximamos? Quero dizer, nos aproximamos mesmo?

Fiz uma careta. Não era difícil entender o que ele queria dizer. Estranhamente, eu não estava apreciando aquelas imagens mentais.

Ele riu, uma risada gutural, profunda.

— Daí vai uma garotinha e revela nossa existência para o mundo. Dá pra entender por que é tão difícil pra mim confiar?

— Não sou uma garotinha, mas, se pudesse voltar no tempo e refazer tudo, eu não teria me metido na frente daquele caminhão.

— Bom saber — respondeu ele.

— Mas não lamento ter descoberto a verdade. Explica tanta coisa. Espera, vocês conseguem voltar no tempo? — perguntei de verdade. Essa possibilidade ainda não tinha passado pela minha cabeça até então, mas agora eu estava sinceramente curiosa.

Daemon suspirou e fez que não.

— Conseguimos manipular o tempo, sim. Mas não é algo que a gente faça com frequência, e, mesmo assim, só para a frente. Ao menos, nunca ouvi falar de ninguém capaz de voltar no tempo.

Meus olhos pareciam que iam pular das órbitas.

— Jesus, vocês fazem o Super-Homem parecer um zé-ruela.

Ele sorriu e abaixou a cabeça para desviar de um galho mais baixo.

— Bom, eu não vou te contar o que é a nossa kryptonita.

— Posso te fazer uma pergunta? — falei, depois de caminharmos em silêncio por alguns momentos na trilha coberta de folhas. Quando ele concordou, eu respirei fundo. — A garota que desapareceu, Bethany... Ela estava envolvida com o Dawson, certo?

Ele me olhou enviesado.

— Sim.

— Ela sabia sobre vocês?

Vários segundos se passaram antes que ele respondesse.

— Sim.

Olhei para ele. Seu rosto ficou impassível e seu olhar, perdido.

— Foi por isso que ela desapareceu?

Mais uma vez, um silêncio incômodo.

— Sim.

Ok. Ele ia me dar somente respostas monossilábicas. Ótimo.

— Ela contou pra alguém? Quero dizer, por que ela... teve que desaparecer?

Daemon suspirou pesadamente.

— É complicado, Kat.

Complicado tinha um monte de significados.

— Ela... morreu?

Ele não me respondeu.

Parei para tentar tirar uma pedrinha de dentro da minha sandália.

— Você não vai me contar, vai?

Daemon sorriu para mim, com uma calma enlouquecedora.

— Então por que você quis vir aqui? — Tirei a pedra e calcei a sandália de volta. — É divertido para você, ser assim todo evasivo?

— Bom, é bem divertido ver as suas bochechas ficarem cor-de-rosa quando você fica frustrada.

Fuzilei-o com os olhos.

Daemon sorriu e recomeçou a andar. Não falamos mais nada até chegarmos ao lago. Ele foi até a beira e se virou para olhar para mim, parada alguns metros atrás dele.

— Eu sei que não deveria, mas adoro te ver toda nervosinha. Além disso, achei que você teria mais perguntas.

Era bizarro como ele gostava de me irritar. Mais bizarro ainda era que eu gostava de vê-lo irritado também, na mesma proporção.

— Tenho muitas.

— Algumas eu não vou responder e outras, sim. — Daemon fez uma pausa, pensativo. — É melhor você tirar logo todas as dúvidas de uma vez. Porque aí a gente não vai ter mais motivo pra voltar a esse assunto. Mas primeiro você vai ter que ganhar o direito a cada pergunta.

Nunca mais voltar ao assunto de que eles eram alienígenas? Ha. Sei.

— O que eu tenho que fazer?

— Me encontra na pedra. — Ele se virou para o lago e tirou os sapatos.

— O quê? Eu não estou de biquíni.

— E daí? — Daemon olhou para mim, sorrindo. — Você pode tirar a roupa de cima...

— Não vai acontecer. — Cruzei os braços.

— Imaginei — respondeu ele. — Você nunca nadou de roupa antes?

Sim. Quem nunca? Mas não estava *tão* quente assim.

— Por que a gente tem que nadar para eu poder fazer perguntas?

Daemon me encarou por um momento, e em seguida baixou os olhos, suas pestanas quase escovando as bochechas.

— Não é por você, é por mim. Me parece uma coisa perfeitamente normal. — As maçãs do rosto dele ficaram rosadas sob o sol. — Sabe aquele dia que a gente foi nadar?

— Sim — respondi, dando um passo adiante.

Ele levantou os olhos, fixando o olhar no meu. O verde se agitou, dando uma aparência de vulnerabilidade.

LUX 1 OBSIDIANA

— Você se divertiu?

— Nos momentos em que você não foi idiota e quando eu ignorei o fato de que tinha sido chantageado, sim.

Daemon desviou os olhos, com um sorrisinho repuxando o canto dos lábios.

— Naquele dia, me diverti mais do que em qualquer outro de que consigo me lembrar. Sei que isso soa bobo, mas...

— Não é bobo. — Senti meu coração apertar. Pela primeira vez, eu meio que o compreendia melhor. Debaixo daquilo tudo, acho que ele só queria ser normal. — Tá. Vamos lá. Só não vale ficar cinco minutos embaixo d'água.

Daemon riu.

— Combinado.

Chutei as sandálias para longe, enquanto ele tirava a camisa. Tentei não ficar olhando, especialmente porque ele estava prestando atenção em mim, como se esperasse que eu fosse mudar de ideia. Ofereci-lhe um sorriso rápido, fui até a beira do lago e molhei os dedos dos pés.

— Meu Deus, a água tá gelada!

Ele piscou para mim.

— Olha isso. — Os olhos dele assumiram aquele brilho estranho, e todo o seu corpo começou a vibrar, logo se transformando numa bola de luz que subiu ao céu e depois mergulhou, acendendo o lago, o qual ficou parecendo uma piscina iluminada. Ele zuniu ao redor das pedras centrais, dando no mínimo umas doze voltas em uns poucos segundos. Exibido.

— Poderes extraterrestres? — perguntei, batendo o queixo de frio

Com os cabelos pingando água, ele se inclinou na ponta da rocha e estendeu uma das mãos.

— Pode entrar, a água está mais quente.

Cerrei os dentes, me preparando para o frio, mas fiquei chocada ao descobrir que a temperatura não estava tão ruim. Não estava quente, mas tampouco estava congelante. Entrei na água de corpo inteiro e boiei até as rochas.

— Algum outro talento interessante que eu deva saber?

— Posso dar um jeito de você não conseguir me ver.

Dei a mão ao Daemon, que me ajudou a subir na pedra, de roupa molhada e tudo. Ele me soltou e se afastou um pouco. Tremendo de frio, apreciei o calor da pedra aquecida pelo sol.

— Como você pode fazer coisas sem eu ver?

Apoiado nos cotovelos, ele parecia não ter se afetado com a água fria.

— Somos feitos de luz. Podemos manipular diferentes espectros ao nosso redor e usá-los. É mais ou menos como se quebrássemos a luz em pequenas partículas, se é que isso faz algum sentido.

— É ... não. — Eu precisava começar a prestar mais atenção às aulas de física.

—Você já me viu no meu estado natural, certo? — Quando assenti, ele continuou: — E me viu vibrar até me dividir em várias pequenas partículas de luz. Bom, eu posso eliminar seletivamente a luz, e isso me permite ficar transparente.

Puxei os joelhos para junto do peito.

— Isso é incrível, Daemon.

Ele sorriu para mim, revelando uma covinha em uma das bochechas, antes de se deitar na pedra, com as mãos entrelaçadas sob a cabeça.

— Eu sei que você tem perguntas. Pode começar.

Eram tantas que eu não sabia por onde começar.

—Vocês acreditam em Deus?

— Ele parece ser um cara legal.

Pisquei, sem saber se deveria rir ou não.

—Vocês têm um Deus?

— Lembro que havia alguma coisa tipo uma igreja, mas só isso. Os antigos não falam nada sobre nenhuma religião — disse ele. — Mas também não conhecemos nenhum antigo.

— O que você quer dizer com "antigos"?

— A mesma coisa que você. Uma pessoa que viveu a história.

Fiz uma careta. Ele sorriu.

— Próxima pergunta?

— Por que você é tão babaca? — As palavras saíram antes que eu pudesse pensar duas vezes.

—Todo mundo tem que ser bom em alguma coisa, certo?

— Bem, você tá fazendo um ótimo trabalho.

LUX 1 OBSIDIANA

Seus olhos se abriram e, por um segundo, se encontraram com os meus, antes de se fecharem novamente.

—Você realmente não gosta de mim, né?

Hesitei.

— Eu não desgosto de você, Daemon. Mas você é difícil... de se gostar. É difícil te entender.

—Você também — disse ele, com os olhos fechados e o rosto relaxado. —Você aceitou o impossível. É legal com a minha irmã e comigo, mesmo eu agindo como um idiota. Poderia ter saído correndo ontem, contado pro mundo sobre a gente, mas não fez isso. E você não entra na minha pilha — acrescentou ele, rindo. — Gosto disso em você.

Uau. Espera.

—Você gosta de mim?

— Próxima pergunta? — retrucou ele.

— É permitido vocês namorarem pessoas... humanas?

Ele deu de ombros.

— Permitido é uma palavra estranha. Acontece? Sim. É aconselhável? Não. Então a gente pode, mas qual seria o sentido? Não é como se fosse possível ter um relacionamento duradouro, ainda mais precisando esconder quem realmente somos.

— Então vocês são como a gente em outros, ahn, departamentos?

Daemon se sentou, levantando uma sobrancelha.

— Como?

Senti minhas bochechas ficarem vermelhas.

—Você sabe, tipo, sexo? Quer dizer, vocês são todos brilhantes e tal. Não entendo como algumas coisas podem funcionar.

Os lábios se curvaram num meio-sorriso, e esse foi o único aviso que ele deu. Num piscar de olhos, estava em cima de mim, pressionando-me contra a pedra.

—Você tá perguntando se eu me sinto atraído por garotas humanas? — perguntou ele. Mechas molhadas de cabelos escuros caíram para a frente. Pequenas gotas de água pingaram das pontas e molharam minha bochecha. — Ou você tá perguntando se eu me sinto atraído por *você*?

Apoiando-se nas mãos, ele baixou o tronco lentamente. Não havia mais do que dois centímetros de espaço entre nós. O ar abandonou meus pulmões ao sentir o corpo dele sobre o meu. Daemon era másculo e definido em todos os lugares em que eu era macia. Ficar assim tão perto dele era assustador e despertava um monte de sensações dentro de mim. Estremeci. Não por causa do frio, mas porque ele era quente e delicioso. Podia sentir cada respiração dele, e, quando mexeu os quadris, meus olhos se arregalaram e eu engasguei.

Ah, sim, *alguma coisa* estava definitivamente funcionando.

Daemon saiu de cima de mim e se deitou de costas ao meu lado.

— Próxima pergunta? — disse ele, com a voz profunda e grossa.

Não me mexi. Fiquei olhando para o céu com os olhos arregalados.

—Você podia ter simplesmente me falado, sabia? — Olhei para ele. — Não precisava me mostrar.

— E que graça teria só falar? —Virou a cabeça na minha direção. — Próxima pergunta, gatinha.

— Por que você me chama assim?

— Porque você me lembra um gatinho peludo, cheio de garras, mas incapaz de morder.

— Ok, isso não faz nenhum sentido.

Daemon deu de ombros.

Revirei meus pensamentos tumultuados atrás de outra pergunta. Havia tantas, mas ele tinha conseguido quebrar minha linha de raciocínio, reduzi-la a pó.

—Você acha que tem outros Arum por aqui?

Apenas uma leve emoção cruzou seu rosto. Ele inclinou a cabeça para trás, me estudando.

— Eles estão sempre por aí.

— Fazendo o quê? Caçando vocês?

— É a única coisa com que se importam. —Voltou a olhar para o céu. — Sem nossos poderes, eles são como… humanos, só que maus e cruéis. Focados em destruir tudo ao seu redor.

Engoli em seco.

—Você já… lutou com muitos deles?

— Já. — Ele se ajeitou de lado, usando a mão para apoiar a cabeça. Um cacho de cabelo caiu sobre seu olho. — Já perdi a conta de quantos enfrentei e matei. E com você assim, toda acesa, outros virão.

LUX 1 OBSIDIANA

Meus dedos se coçaram para ajeitar aquela mecha rebelde.

— Então por que você freou o caminhão?

—Você preferia que eu o tivesse deixado te transformar em panqueca?

Nem me dei ao trabalho de responder.

— Por quê?

Um músculo se retesou no maxilar dele, enquanto seu olhar viajava até meu rosto.

— Honestamente?

— Sim.

—Vou ganhar mais pontos extras? — perguntou Daemon, docemente.

Prendi a respiração, me estiquei e pus para trás a mecha rebelde. Meus dedos mal roçaram sua pele, mas ele respirou fundo e fechou os olhos. Afastei a mão, sem saber bem por que tinha feito aquilo.

— Depende do que você responder.

Daemon abriu os olhos. As pupilas estavam brancas, estranhamente belas. Ele se recostou de novo, com o braço encostado no meu.

— Próxima pergunta.

Cruzei as mãos sobre a barriga.

— Por que seus poderes deixam um rastro em nós?

— Pra gente, os humanos são que nem aquelas camisetas que brilham no escuro. Quando usamos nossas habilidades perto de vocês, não há como não absorverem nossa luz. Com o tempo, o brilho se dissipa, mas, quanto mais usamos nossos poderes e gastamos energia, mais brilhante fica o rastro. A Dee aparecendo e desparecendo não deixa quase nada. O incidente com o caminhão e a vez em que eu espantei o urso, essas deixaram uma marca bastante visível. Já algo mais poderoso, como curar alguém, deixa rastros mais longos. Um brilho discreto, nada muito forte, foi o que me disseram, mas que, por algum motivo, dura mais. Eu deveria ter sido mais cuidadoso perto de você — continuou ele. — Quando espantei o urso, usei uma explosão de luz, que é tipo um laser. Deixou em você um rastro grande o suficiente para o Arum te ver.

— Você tá falando da noite em que eu fui atacada? — perguntei baixinho, com a voz rouca.

— Exatamente. — Daemon esfregou uma das mãos no rosto. — Os Arum não vêm muito aqui, porque eles não sabem que há Luxen na região. O quartzo beta das rochas elimina nossa assinatura energética e nos esconde. Essa é uma das razões pelas quais há tantos de nós aqui. Mas ele devia estar de passagem. Viu o rastro em você e soube que tinha que haver um de nós por perto. Foi culpa minha.

— Não foi culpa sua. Não foi você quem me atacou.

— Mas eu basicamente o levei até você — disse Daemon, com a voz tensa.

A princípio, não soube o que dizer. Senti um negócio horrível, como um soco no estômago, que se alastrou até os dedos das mãos e dos pés. Foi como se o sangue sumisse da minha cabeça tão rapidamente que fiquei tonta.

De repente, o que aquele homem tinha dito fazia sentido. *Onde eles estão?* Estava procurando por eles.

— Onde é que ele tá agora? Continua por aqui? Ele vai voltar? O que...

A mão do Daemon encontrou a minha e apertou-a.

— Gatinha, se acalma. Você vai ter um ataque cardíaco.

Meus olhos baixaram até nossas mãos. Ele não soltou.

— Não vou ter um ataque cardíaco.

— Tem certeza?

— Tenho. — Revirei os olhos.

— Ele não é mais um problema — disse ele, após alguns segundos.

— Você... você matou o Arum?

— É, mais ou menos.

— Mais ou menos? Não sabia que dava pra matar alguém mais ou menos.

— Tá, tudo bem, eu matei, sim. — Não havia um só pingo de dúvida ou remorso em sua voz, como se matar alguém não o abalasse em nada. Era bom eu ter medo dele, muito medo. Daemon suspirou. — Nós somos inimigos, gatinha. Se não o impedisse, ele teria me matado e a minha família também, assim que absorvesse nossas habilidades. Não só isso, ele atrairia outros para cá. Minha espécie ficaria em perigo. *Você* ficaria em perigo.

— E o caminhão? Agora eu tô brilhando mais ainda. — Ignorei a pontada no estômago. — Vão aparecer outros?

— Espero que não haja mais nenhum por aqui. Se não houver, o rastro vai desaparecer. Você ficará segura.

LUX 1 OBSIDIANA

Ele estava passando o polegar na minha mão, desenhando um alfabeto silencioso. Era reconfortante e tranquilizador.

— E se houver?

— Então eu os mato também. — Daemon não hesitou. — Por um tempo, você vai ter que ficar perto de mim, até o rastro desaparecer.

— A Dee me disse qualquer coisa assim. — Mordi o lábio. — Então você não quer mais que eu me afaste?

— Não importa o que eu quero. — Ele olhou para a mão. — Mas, se eu pudesse escolher, você nem se aproximaria da gente.

Respirei fundo e soltei a minha mão da dele.

— Caramba, não precisa ser tão honesto.

—Você não entende — retrucou Daemon. — Neste momento, você pode atrair um Arum direto para a minha irmã. Eu tenho que protegê-la. Ela é tudo que me resta. E tenho que proteger os outros aqui. Sou o mais forte. É o que eu faço. E enquanto você estiver com esse rastro forte, não quero que vá a lugar algum com a Dee se eu não estiver com vocês.

Sentei e olhei na direção da beira do lago.

— Acho que já é hora de voltar.

Seus dedos seguraram meu braço. A pele formigou.

—Você não pode andar por aí sozinha. Tenho que ficar com você até que esse rastro desapareça.

— Não preciso que banque a babá. — Minha mandíbula doeu, tamanha a força com que a apertei. O lance de ficar longe da Dee me irritava, mas eu compreendia. Só que isso não significava que as palavras dele não magoassem.

—Vou ficar longe da Dee até que desapareça.

—Você ainda não entendeu. — Embora não estivesse me segurando com força, tive a impressão de que Daemon queria me sacudir de raiva. Sabia, porém, que ele nunca faria isso. — Se um Arum te pegar, ele não vai te matar. Aquele lá na biblioteca estava apenas brincando com você. Ele ia te deixar num ponto em que você imploraria pra morrer, e daí ia te forçar a guiá-lo até um de nós.

Engoli em seco.

— Daemon.

—Você não tem escolha. Agora, com esse rastro, você é um grande risco. É um perigo para a minha irmã. Não vou deixar que nada aconteça com ela.

O amor que ele tinha pela irmã era admirável, mas não impediu o fluxo de raiva que corria nas minhas veias.

— E depois que o rastro sumir? E aí?

— Eu prefiro que fique bem longe de todos nós, mas duvido muito que isso vá acontecer. Minha irmã gosta mesmo de você. — Ele soltou o meu braço e se recostou, apoiando o corpo nos cotovelos. — Desde que você não apareça com mais um rastro, não vejo problema em vocês duas serem amigas.

Meus punhos se cerraram.

— Fico muito grata por ter sua aprovação.

O meio-sorriso que ele deu não chegou a alcançar seus olhos. Os sorrisos dele raramente chegavam.

— Eu já perdi um irmão por causa dos sentimentos dele por uma humana. Não vou perder a outra.

A raiva ainda fervia dentro de mim, mas suas palavras me chamaram atenção.

—Você tá falando do seu irmão e da Bethany.

Houve uma pausa, e em seguida Daemon continuou:

— Meu irmão se apaixonou por ela... E agora os dois estão mortos.

[19]

Como se ele tivesse desligado meu botão de reclamações, tudo o que consegui fazer foi olhar para ele. Lá dentro, uma sensação me dizia que eu já sabia disso tudo, só não queria admitir. Meu Deus, Daemon era tão babaca, mas minha raiva foi diminuindo, se dissipando e deixando só incerteza em seu lugar.

— O que houve? — perguntei.

Ele olhava por cima do meu ombro, para as árvores atrás de mim.

— Quando o Dawson conheceu a Bethany, eu juro, foi amor à primeira vista. Ela passou a ser tudo pra ele. Matthew, professor Garrison, o alertou. Eu também, falei que aquilo não ia dar certo. De jeito nenhum a gente poderia ter um relacionamento com um humano.

Apertando os lábios, ele fez uma pausa.

— Você não faz ideia de como é difícil, Kat. Temos que esconder o tempo todo quem somos, e, mesmo quando estamos entre nós, temos que tomar cuidado. Existem muitas regras. O DOD e os Luxen não aprovam a ideia de convivermos com os humanos. — Fez uma pausa e balançou a cabeça. — Como se fôssemos animais, inferiores.

— Mas vocês não são animais — falei. Eles definitivamente não eram como a gente, mas não eram inferiores.

— Você sabia que, sempre que a gente se inscreve em alguma coisa, o Departamento de Defesa monitora? — Olhou para mim com os olhos agitados. Com raiva. — Carteira de motorista, eles sabem. Se nos inscrevermos numa faculdade, eles vão ver. Licença de casamento com um humano? Esquece. A gente tem que se registrar até quando quer mudar de casa.

Pisquei.

— Eles podem fazer isso?

Daemon riu, sem achar graça.

— O planeta é seu, não nosso. Você mesma disse. E eles mantêm a gente sob controle porque custeiam nossa vida. Recebemos visitas inesperadas, então não dá pra esconder nada. Uma vez que eles tomam conhecimento de que estamos aqui, pronto.

Sem saber bem o que dizer, fiquei quieta. Tudo na vida deles parecia controlado, documentado. Era assustador e triste.

— E isso não é tudo. Eles esperam que a gente encontre outro Luxen e fique quieto.

Um alarme tocou dentro de mim. Será que Daemon era prometido para a Ash? Não parecia uma boa hora para perguntar. E parecia ainda mais errado que eu quisesse saber.

— Isso não é justo.

— Não é. — Daemon se sentou em um movimento fluido, jogando os braços sobre os joelhos dobrados. — É fácil se sentir humano. Eu sei que não sou, mas quero as mesmas coisas que todos os humanos querem. — Parou de falar e balançou a cabeça. — De qualquer jeito, aconteceu alguma coisa entre o Dawson e a Bethany. Não sei o quê. Ele nunca me contou. Os dois saíram para caminhar num sábado e ele voltou tarde, com as roupas rasgadas e cobertas de sangue. Depois disso, eles ficaram mais próximos do que nunca. Se o Matt e os Thompson já não suspeitassem antes, teriam começado naquele momento. No fim de semana seguinte, Dawson e Bethany foram ao cinema. E nunca voltaram.

Fechei os olhos bem apertados.

— O DOD encontrou o corpo dele no dia seguinte, em Moorefield, jogado no mato que nem lixo. — A voz dele saiu baixa e rouca. — Não pude me despedir. Eles levaram o corpo antes que eu conseguisse vê-lo, por medo de que alguém descobrisse quem somos. Quando morremos ou nos ferimos, voltamos à nossa forma original.

Senti muito, por ele e pela Dee.

— Você tem certeza de que ele... morreu, se nunca viu o corpo?

— Sei que um Arum pegou ele. Sugou todas as suas habilidades e depois o matou. Se Dawson ainda estivesse vivo, já teria encontrado uma maneira de entrar em contato. O corpo dele e o da Bethany foram levados, antes que qualquer um visse. Os pais dela nunca vão saber o que realmente aconteceu. E tudo o que sabemos é que meu irmão fez algo que deixou um rastro nela, e isso fez o Arum encontrá-los. É o único jeito. Eles não percebem a gente aqui. Dawson *tem que* ter feito alguma coisa grande.

Meu peito apertou. Não conseguia imaginar o que ele e a Dee deviam ter sentido. A morte do meu pai já era esperada. E mesmo assim doeu, pior que qualquer dor física, e ele não tinha sido assassinado.

— Sinto muito — sussurrei. — Sei que não há nada que eu possa dizer. Eu só sinto tanto, tanto.

Ele se mexeu um pouco, levantando a cabeça para o céu. Por um segundo, a máscara que usava caiu. Lá estava o verdadeiro Daemon. Ainda um completo imbecil, mas havia dor nele, uma vulnerabilidade nos traços do seu rosto que eu duvidava que mais alguém já tivesse visto. De repente, senti como se estivesse me intrometendo, só por testemunhar aquele momento. Não parecia certo que fosse eu, de todas as pessoas, a ver por baixo das camadas de arrogância. Deveria ter sido alguém de quem gostasse, alguém importante para ele.

— Eu... sinto saudades daquele idiota — falou, a voz áspera.

Meu coração apertou mais ainda. A dor na sua voz me deixou abalada. Sem pensar, me virei e passei meus braços em volta do seu corpo travado. Abracei-o, apertando-o o mais forte que consegui. E depois soltei, antes que ele reagisse mal e me jogasse para fora da pedra.

Daemon permaneceu imóvel. Ele me olhou, com os olhos bem abertos, como se nunca tivesse sido abraçado antes. Talvez os Luxen não acreditem em abraços.

Baixei os olhos.

— Tenho saudades do meu pai, também. Não fica nem um pouco mais fácil.

Ele soltou o ar bruscamente.

— Dee me disse que ele ficou doente, mas não falou o que era. Eu sinto muito... pela sua perda. Doença não é uma coisa a que estejamos acostumados. O que houve?

Contei a ele sobre o câncer, e foi surpreendentemente fácil. E depois contei coisas melhores, coisas que meu pai e eu compartilhávamos antes dele adoecer. Como cuidávamos juntos do jardim e passávamos as manhãs de sábado, na primavera, procurando novas plantas e flores.

E ele dividiu comigo memórias que tinha do irmão. A primeira vez em que subiram as Seneca Rocks. E a vez em que Dawson se transformou numa outra pessoa e depois não conseguia voltar. Ficamos lá, de alguma maneira encontrando paz em conversar sobre eles, até o sol começar a se pôr e a pedra perder seu calor. E aí ficamos só eu e ele, no anoitecer, vendo as estrelas preencherem o céu.

Eu estava relutante em ir embora, não porque a água estivesse fria, mas porque sabia — *sabia* — que aquele pequeno pedacinho de mundo que havíamos criado, onde não brigávamos ou detestávamos um ao outro, não duraria. Parecia que o Daemon... precisava de alguém com quem conversar, e eu estava bem ali. Tinha feito todas as perguntas certas. O mesmo valia para mim. Ele estava ali. Pelo menos, era o que eu dizia para mim mesma, porque sabia que o dia seguinte não seria diferente da semana anterior.

A gente tinha que voltar para o mundo real. E para o Daemon que desejava nunca ter me conhecido.

Nenhum de nós falou nada até chegarmos à varanda da minha casa. A luz da sala estava acesa, então, quando falei, mantive a voz baixa.

— E agora?

As mãos do Daemon estavam fechadas, penduradas ao lado do corpo. Ele desviou os olhos, sem responder.

Comecei a me virar, mas num piscar de olhos, o garoto já tinha ido embora.

LUX ❶ OBSIDIANA

— Você não fez nada no feriado do Dia do Trabalho? — Lesa apontou para Carissa, atrás dela. — Sua vida é tão divertida quanto a da Carissa.

A outra garota revirou os olhos e endireitou os óculos.

— Nem todos têm pais que nos levam para um fim de semana na Carolina do Norte. Não somos tão chiques quanto você.

Não era como se pudesse contar que eu tinha, sim, tido um fim de semana excitante, que envolvia quase ter sido atropelada por um caminhão e ficar sabendo da existência de formas de vida extraterrestre, então dei de ombros e rabisquei no caderno.

— Eu fiquei em casa.

— Entendo muito bem o porquê. — Com o queixo, Lesa apontou para a frente da sala de aula. — Eu também ficaria, se morasse ao lado daquilo.

—Você devia ter nascido homem — comentou Carissa, e eu disfarcei um sorriso.

Aquelas duas eram opostos complementares; uma tão reprimida quanto a outra era intensa. Era como se estivesse assistindo a uma partida insana de tênis entre o anjo no meu ombro esquerdo e o demônio no direito.

Nem precisei levantar os olhos para saber que elas falavam do Daemon. Na noite passada, eu mal tinha dormido. E nesta terça-feira, a única certeza que eu tinha era que não me comportaria como se alguma coisa estivesse diferente. Ignorei-o, como sempre fizera antes de descobrir que ele era de uma galáxia muito, muito distante.

E funcionou muito bem, até Daemon se sentar atrás de mim e eu sentir a caneta dele me cutucando nas costas. Pus a minha na mesa devagar e me virei como quem não quer nada.

— Sim?

Pestanas grossas baixaram, mas não antes que eu visse o brilho nos seus olhos.

— Minha casa. Depois da aula.

Ouvir a respiração excitada da Lesa foi meio embaraçoso.

Eu sabia que tinha que ficar junto do Daemon até a droga do rastro se apagar, mas não gostava de ficar recebendo ordens.

— Eu tenho planos.

A cabeça dele se inclinou dois centímetros para o lado.

— Como é que é?

Uma pequena parte de mim, malvada, adorou ver sua surpresa.

— Eu disse que tenho planos.

Um segundo de silêncio se passou, e em seguida ele sorriu. Não foi um sorriso tão devastado quanto eu esperava, mas chegou perto.

— Você não tem planos.

— Como você sabe?

— Eu sei.

— Bom, você tá errado.

Não estava. Eu não tinha plano nenhum. Ele se virou para as garotas.

— Ela vai sair com uma de vocês depois da aula?

Carissa abriu a boca, mas Lesa falou antes:

— Não.

Que amigas.

— Quem disse que eu pretendia sair com uma delas?

Daemon inclinou a ponta da mesa, diminuindo o espaço entre a gente.

— Além delas e da Dee, que outros amigos você tem?

Lancei-lhe um olhar fulminante.

— Eu tenho outros amigos.

— Tá bom, me diz um.

Droga. Ele sacou o meu blefe.

— Tá bem. Que seja.

Ele me deu um sorrisinho sexy e se acomodou na cadeira, batucando com a caneta na mesa. Com um último olhar de puro ódio, virei-me de volta para o quadro-negro. É, nada tinha mudado.

❋ ❋ ❋

LUX 1 OBSIDIANA

Daemon me seguiu até em casa depois da aula. Literalmente. Ele foi atrás de mim, dirigindo sua nova caminhonete Infiniti. Meu velho Camry, com seu escapamento quebrado e o silenciador furado, não era páreo para a velocidade que ele queria ir.

Dei várias freadas no meio do caminho.

Ele meteu a mão na buzina.

Senti-me feliz e completa por dentro.

Assim que saí do carro, Daemon já estava bem em frente à porta do motorista.

— Jesus! — Esfreguei o peito. — Dá pra parar de fazer isso?

— Por quê? — Ele baixou a cabeça. — Você já sabe da gente agora.

— É, mas isso não quer dizer que você não precisa mais andar como um ser humano normal. E se a minha mãe te visse?

Ele sorriu.

— Com meu charme, daria um jeito dela acreditar que estava vendo coisas.

Passei direto por ele.

— Vou jantar com a minha mãe.

Daemon apareceu na minha frente, me fazendo gritar. Desviei, mas ele deu um passo para o lado.

— Meu Deus! Acho que você faz isso só pra me irritar.

— Quem? Eu? — Arregalou os olhos com fingida inocência. — Que horas é o jantar?

— Seis. — Subi os degraus marchando. — E você não está convidado.

— Como se eu quisesse jantar com você — retrucou.

Mostrei o dedo do meio para ele, sem olhar para trás.

— Você tem até as seis e meia pra estar lá em casa, ou eu venho te buscar.

— Tá bom. Tá bom. — Entrei em casa sem me virar para ele.

Mamãe estava de pé perto da janela da sala, com um porta-retratos nas mãos, tirando a poeira. Era sua fotografia favorita da gente. Estávamos na praia, e ela pedira para um adolescente que passava bater a foto. Bastou um sorriso, e o garoto não pôde fazer nada a não ser obedecer. Lembro de ter ficado com vergonha quando ela parou o menino. Ao seu lado, eu parecia mal-humorada, desconcertada e frustrada. Detestava aquela foto.

— Há quanto tempo você tá parada aí?

— O suficiente pra ver você mostrar o dedo do meio para o Daemon.

— Ele mereceu — resmunguei, largando a mochila no chão. — Vou lá depois do jantar.

Ela franziu o nariz.

— Algo que eu queira saber?

Suspirei.

— Nem em um milhão de anos.

Quando apareci na casa ao lado, às seis e trinta e quatro, parecia que a Terceira Guerra Mundial tinha começado. Entrei por conta própria, já que ninguém foi atender a droga da porta.

— Não acredito que você tomou o sorvete todo, Daemon!

Estremeci e parei no meio da sala de jantar. De jeito nenhum eu ia entrar naquela cozinha.

— Não tomei todo.

— Ah, então ele se tomou sozinho? — gritou Dee, tão alto que eu pensei ter ouvido as vigas do teto trepidarem. — Foi a colher quem tomou? Não, espera, eu sei. Foi o pote que tomou.

— Na verdade, acho que o freezer comeu — respondeu Daemon, secamente.

Sorri quando ouvi o que parecia ser o recipiente vazio bater em alguma coisa que soava como carne humana.

Virei-me e voltei para a sala de estar, enrolando, até ouvir passos atrás de mim.

Daemon estava encostado no batente da porta entre a sala de jantar e a de estar. Observei-o dos pés a cabeça. Os cabelos desgrenhados e as maçãs do rosto salientes, iluminadas pela luz fraca do abajur. Os lábios curvados em um meio-sorriso. Mesmo vestido com uma simples camiseta e calça jeans, ele parecia… bem, não havia palavras.

Ele dominava a sala toda, e nem estava dentro dela. Uma sobrancelha se levantou, à espera.

— Kat?

Mentalmente, me dei um chute, e olhei para o outro lado.

— Você levou um pote de sorvete na cara?

— Sim.

— Droga. E eu perdi isso.

— Tenho certeza de que a Dee vai adorar fazer um replay para você.

Sorri ao ouvir o comentário.

— Ah, e você acha isso engraçado. — Dee apareceu de supetão na sala, com as chaves do carro na mão. — Eu deveria te obrigar a ir até a loja comprar mais pra mim, mas, porque gosto da Katy e valorizo o bem-estar dela, eu mesma vou lá comprar.

Isso queria dizer que eu ia ficar sozinha... Ah, não, que inferno!

— O Daemon não pode ir?

Ele sorriu para mim.

— Não. Se um Arum aparecer, vai ver o rastro em você. — Dee pegou a bolsa. — Você tem que ficar com o Daemon. Ele é mais forte do que eu.

Baixei os ombros.

— Não posso ir pra casa?

— Você sabe que eles podem ver o rastro lá de fora, né? — Daemon saiu da frente da porta. — Bom, o problema é seu mesmo.

— Daemon! — interrompeu Dee. — Isso é tudo culpa sua. Meu sorvete não é seu sorvete.

— Sorvete deve ser muito importante — comentei.

— É minha vida. — Dee rodou a bolsa na direção do Daemon, mas errou. — E você acabou com ela.

O irmão revirou os olhos.

— Vai logo lá e volta direto pra cá.

— Sim, senhor! — Ela bateu continência. — Vocês querem alguma coisa?

Fiz que não.

Daemon fez o truque de sumir e reaparecer. Ele agora estava ao lado da Dee, e puxou-a para um abraço.

— Toma cuidado.

Eu não tinha a menor dúvida de que o Daemon amava a irmã e cuidava dela. De que daria a vida por ela sem pensar. O jeito como se preocupava com a Dee era mais do que admirável. Não existia uma palavra boa o suficiente para descrever. E fazia com que eu desejasse ter tido um irmão.

— Como sempre. — Ela sorriu, acenou rapidamente para mim e disparou porta afora.

— Uau. Me lembra de nunca comer o sorvete dela.

— Se você comer, nem eu vou ser capaz de te salvar. — Ele abriu um sorriso debochado. — Então, gatinha, se eu vou ficar de babá esta noite, qual a minha recompensa?

Apertei os olhos imediatamente.

— Antes de mais nada, não te pedi pra ficar de babá. Você que me obrigou a vir aqui. E não me chama de gatinha.

Daemon jogou a cabeça para trás e riu. O som me arrepiou e me lembrou de quando acordei com a cabeça no colo dele.

— Você tá afiada hoje, né?

— Você ainda não viu nada.

Ainda rindo, ele foi andando em direção à cozinha.

— Eu acredito. Não há momentos de tédio quando você está por perto. — Fez uma pausa. — Você vem ou não?

Respirei fundo e soltei o ar devagar.

— Aonde?

Ele abriu a porta da cozinha.

— Tô com fome.

— Mas você não acabou de se encher de sorvete?

— É, mas continuo com fome.

— Meu Deus, como comem esses alienígenas.

Fiquei parada. Daemon me olhou por cima do ombro largo.

— Eu tenho essa forte sensação de que preciso ficar de olho em você. Aonde eu for, você vai. — Ele esperou que eu me mexesse, e quando não o fiz, seu sorriso se tornou diabólico. — Ou eu posso te forçar a vir.

Eu tinha quase certeza de que não ia gostar de saber como ele planejava fazer isso.

— Tudo bem, vamos lá. — Passei me esgueirando por ele e me joguei numa cadeira em frente à mesa.

Daemon pegou um prato de sobras de frango.

— Quer um pouco?

Balancei a cabeça. Ao contrário deles, eu não fazia dez refeições completas por dia. Ele ficou quieto enquanto se mexia pela cozinha. Desde aquela noite na pedra, a gente não tinha mais brigado tanto. Não era como se estivéssemos nos dando bem, mas parecia haver uma trégua não declarada. Não fazia ideia do que fazer com ele, já que não estávamos mais querendo irritar um ao outro.

Apoiei o rosto na palma de uma das mãos e fiquei lutando para tirar os olhos dele. Daemon era largo e alto, mas se movimentava como um dançarino. Cada passo era suave e fluido. Até o movimento mais simples se parecia com uma obra de arte.

Para não falar do rosto.

Naquele momento, ele levantou os olhos do prato.

— Então, como é que você está digerindo tudo?

Descolei meus olhos dele e me concentrei no prato de comida, que já estava pela metade. Por quanto tempo eu tinha ficado olhando? Isso já estava ficando ridículo. Será que esse rastro tinha me transformado num hormônio ambulante?

— Estou bem.

Daemon deu uma mordida no frango e mastigou devagar.

— É verdade. Você aceitou tudo isso muito bem. Fiquei surpreso.

— O que pensou que eu fosse fazer?

Ele deu de ombros.

— Com os humanos, as possibilidades são infinitas.

Mordi o lábio.

— Você acha que somos mais fracos que vocês porque somos humanos?

— Não é que eu ache que sejam mais fracos, eu sei que são. — Olhou para mim através do copo de leite. — Não tô dizendo isso pra ofender. Vocês são mais fracos que a gente, é um fato.

— Fisicamente talvez, mas não mentalmente ou... moralmente — ponderei.

— Moralmente? — Ele pareceu confuso.

— É, tipo, eu não vou contar pra todo mundo só pra ganhar dinheiro. E se eu fosse capturada por um Arum, não o levaria até vocês, de jeito nenhum.

— Não?

Ofendida, me recostei na cadeira e cruzei os braços.

— Não. Não faria isso.

— Nem se a sua vida corresse perigo? — O tom da voz dele era de descrença.

Balancei a cabeça e ri.

— Só porque eu sou humana não significa que seja covarde ou antiética. Nunca faria nada que pudesse pôr a Dee em perigo. Por que a minha vida deveria valer mais do que a dela? Já a sua... é discutível. Mas não a da Dee.

Daemon me encarou por vários segundos e, então, voltou a comer. Se eu estivesse esperando por um pedido de desculpas, não receberia nenhum. Grande surpresa.

— Então, quanto tempo vai levar pra esse rastro sumir? — Meu olhar se fixou nele. Muito chato isso.

Os olhos do Daemon eram intensos e brilhantes, de um verde que parecia queimar através de mim. Ele bebeu um longo gole de leite.

Engoli em seco.

— Provavelmente uma semana ou duas, talvez menos — respondeu, apertando os olhos. — Já está começando a diminuir.

Era estranho ouvi-lo falar de uma luz em volta de mim que eu não conseguia ver.

— Como é que estou? Uma lâmpada gigante ou coisa assim?

Ele riu, balançando a cabeça.

— É um brilho branco suave ao redor do seu corpo, como uma aura.

— Ah, bom, isso não é tão ruim. Terminou? — Quando ele assentiu, tirei seu prato, por hábito. Não para jogar em cima dele, mas principalmente para ter o que fazer. — Ao menos não tô parecendo uma árvore de Natal.

— Você parece a estrela em cima da árvore. — Sua respiração agitou os cabelos em volta do meu rosto.

Ofegante, me virei.

LUX 1 OBSIDIANA

Daemon parou exatamente atrás de mim. Nossos corpos estavam separados por não mais que meio metro. Pus as mãos na bancada da cozinha e respirei fundo.

— Odeio quando você usa essa supervelocidade de alien.

Sorrindo, ele inclinou a cabeça para o lado.

— Gatinha, no que a gente vai se meter?

Várias imagens passaram na minha cabeça. Graças a Deus que ler pensamentos não era um dos poderes extraterrestres dele. Um clima estranho invadiu o ar ao meu redor, e esse desejo arrebatador que vinha de dentro de mim simplesmente ganhou vida.

— Por que vocês não me entregam pro DOD? — perguntei.

Daemon deu um passo atrás, surpreso.

— O quê?

Desejei não ter chegado àquele ponto, mas já havia falado, e não tinha mais como desfazer.

— Não seria tudo mais fácil se vocês me entregassem? Daí você não precisaria mais se preocupar com a Dee nem com nada.

Daemon ficou parado em silêncio. Seus olhos verdes tornaram-se ainda mais verdes e brilhantes. Quis dar um passo para trás, mas não havia como recuar.

Com a voz baixa, ele falou:

— Não sei, gatinha.

— Não sabe? Você põe tudo em risco e não sabe o porquê?

— Foi o que eu disse.

Fiquei olhando para ele, perplexa com o fato de que tinha arriscado tanto, sem ter a menor ideia do porquê. Aquilo era loucura para mim. Absurdo. E irritante, porque poderia significar muitas coisas.

Coisas que eu não ousava reconhecer.

Daemon estendeu os braços num movimento rápido, apoiando-os com força sobre a bancada. Seus músculos se transformaram numa armadilha muito eficiente, me prendendo no lugar, sem sequer tocar em mim. Ele baixou a cabeça e ondas escuras se derramaram sobre seus olhos.

— Tá. Eu sei por quê.

Esqueci por um momento sobre o que estávamos falando.

— Sabe?

Daemon assentiu.

—Você não sobreviveria nem um dia sem a gente.

—Você não tem como saber.

— Ah, eu sei. — Ele inclinou a cabeça para o lado. — Sabe quantos Arum eu já enfrentei? Centenas. E houve vezes em que eu escapei por pouco. Um humano não tem a menor chance contra um deles ou o DOD.

— Que seja. Pode, por favor, se mover?

Permanecendo onde estava, Daemon sorriu. Deus, como ele era irritante. Eu poderia ficar parada ali, olhando para ele que nem uma idiota, ou poderia me livrar dele. Optei pelo último. Meu plano era forçar a passagem e sair por baixo dos seus braços o mais rapidamente possível.

Não cheguei muito longe.

Ele era como uma parede de tijolos, que só um trem de carga seria capaz de tirar do caminho. O sorriso se alargou como se estivesse se divertindo com minha falta de progresso.

— Babaca — murmurei.

Daemon riu.

—Você tem uma boca bem suja. Costuma beijar os garotos com ela?

Minhas bochechas ferveram.

— E você beija a Ash com a sua?

—Ash? — Seu sorriso desapareceu e seus olhos ficaram repentinamente mais escuros, menos límpidos. —Você ia gostar de saber disso, não ia?

Uma faísca de ciúme irracional crepitou em mim, mas a ignorei. Sorri.

— Não, obrigada.

Daemon se aproximou ainda mais. Seu cheiro excitante e terroso me cercou.

—Você não é uma boa mentirosa, gatinha. Suas bochechas ficam vermelhas quando você mente.

Ficam? Ah, que droga. Tentei empurrá-lo para sair dali, mas ele segurou o meu braço. Não com força, mas mesmo assim senti até o osso. Sua mão zumbia. O formigamento era penetrante e assustador, mas prazeroso. Não queria olhar para ele, mas não parecia ser capaz de evitar.

Estávamos muito perto e havia tensão demais entre a gente. Seu olhar ardia quando se encontrou com o meu. Daemon baixou a cabeça, e eu me esqueci de como respirar. Fascinada, observei os seus lábios se curvarem devagar, formando um sorriso. Era difícil prestar atenção nas palavras quando ele falava, mas, de alguma maneira, elas conseguiram penetrar o nevoeiro que encobria o meu cérebro.

— Tenho a estranha impressão de que deveria experimentar isto.

— Experimentar o quê? — Meu olhar desceu até os lábios dele. Minhas pernas ficaram moles.

— Acho que você gostaria de saber. — Ele se aproximou, subindo a mão pelo meu braço para pousá-la cuidadosamente na minha nuca. — Você tem um cabelo bonito.

— O quê?

— Nada. — Os dedos dele passearam pela parte de trás do meu pescoço, lentamente se entremeando nas mechas de cabelos soltos.

Seus dedos ágeis foram até a base do meu crânio. Meus lábios se entreabriram e eu esperei.

Daemon baixou a mão e esticou de novo o braço, enquanto eu fiquei ali, ansiosa — talvez ansiosa demais — para descobrir se ele sentia a mesma coisa. Se estava tão afetado quanto eu.

Em vez disso, Daemon pegou uma garrafa de água de cima da bancada.

Eu escorreguei contra ela. Mas que inferno.

Os olhos dele dançavam, como se rissem, quando se virou de volta para a mesa.

— O que você estava mesmo me perguntando, gatinha?

— Para de me chamar assim.

Ele deu um gole.

— A Dee pegou um filme ou coisa parecida?

Assenti.

— É, ela falou qualquer coisa hoje mais cedo na aula.

— Bom, então vamos lá. Assistir a um filme.

Afastei-me da bancada e fui atrás dele. Parei na porta, observando-o pegar o DVD e franzir a cara.

— De quem foi essa ideia?

Dei de ombros e vi as sobrancelhas dele se levantarem ao ler as críticas na capa.

— Que seja — murmurou.

Limpei a garganta e dei um passo para dentro da sala.

— Olha, Daemon, você não precisa assistir a um filme comigo. Se quiser ir fazer alguma outra coisa, vai, tenho certeza de que vou ficar bem.

Ele tirou os olhos do filme e deu de ombros.

— Não tenho nada pra fazer.

— Certo.

Eu ainda estava insegura. Imaginá-lo desfrutando de uma noite em frente à TV comigo era mais improvável do que a ideia de haver alienígenas vivendo entre os humanos.

Atravessei a sala e me sentei no sofá, enquanto ele colocava o filme. Depois de pôr o DVD, Daemon se aproximou do sofá e se sentou do outro lado. A televisão ligou; podia jurar que ele tinha deixado o controle ao lado do aparelho. Provavelmente era uma boa coisa eu não ter esse poder. Preguiçosa seria pouco.

Ele me deu uma olhada, e eu imediatamente encarei a televisão.

— Se você pegar no sono durante o filme, vai me pagar.

Virei para ele com a testa franzida.

— Por quê?

Daemon me presenteou com um sorriso enigmático.

— Assiste ao filme, só isso.

Fiz uma careta, mas fiquei quieta. Daemon mudou de posição. O assento do sofá afundou um pouco, e a distância entre nós diminuiu. Prendi a respiração até que precisei mesmo de ar. Ele não pareceu notar nada enquanto os créditos rolavam pela tela.

Fiquei olhando para o perfil dele e me perguntei pela centésima vez no que estaria pensando, e, como sempre, não percebi nada. Frustrada, voltei para o filme e decidi que a estranha atração que sentia por aquele garoto tinha que ser só imaginação. Não podia ser nada mais.

Tensa e desacostumada ao que estava sentindo, contei os minutos até a Dee voltar.

[20]

aemon estava surpreendentemente quieto na aula de matemática de quarta-feira. O inevitável cutucão com a caneta só aconteceu uma vez, e foi para me lembrar de que os únicos planos que eu tinha para depois da escola eram com ele.

Tudo bem, que seja, como se eu pudesse esquecer.

Na véspera, o professor Garrison passara a aula de biologia quase toda me encarando. Eu sabia que ele conseguia ver o rastro, mas não tinha ideia do que estaria pensando. Daemon não mencionara nada sobre ele ou Dee terem contado algo para os outros Luxen. Durante todo o dia anterior, aliás, vários professores tinham me lançado olhares esquisitos. Hoje, um dos treinadores que passou por mim no caminho para a cantina parou no meio do corredor e me olhou de alto a baixo. Ou era tarado ou um alien. Ou os dois. Ninguém merece!

Enquanto fiquei na fila do almoço, fiz tudo o que pude para não olhar na direção do fundo do refeitório. Concentrei-me na comida e fui em frente, mas quase caí quando bati numa montanha ambulante.

Simon Cutters se virou e olhou para baixo. Abriu um sorriso ao me ver.

— Fala, Katy.

Entreguei o dinheiro para a moça do caixa e me voltei para o Simon.

— Oi! Desculpa o encontrão.

— Sem problema. — Ele me esperou no fim da fila, com o prato lotado de comida. Comia quase tanto quanto a Dee. — Você entendeu alguma coisa do que o Monroe disse hoje na aula de trigonometria? Eu juro, pra mim parecia outra língua.

Considerando que eu tinha passado a maior parte da aula ignorando o garoto atrás de mim...

— Não tenho a menor ideia. Estou torcendo pra que alguém me empreste as anotações... — Ajeitei meu prato. — Temos um teste na semana que vem, certo?

Simon assentiu.

— No dia do jogo, inclusive. Acho que o Monroe faz isso...

Alguém se esticou para pegar uma bebida, bem no meio da gente, nos obrigando a abrir um espaço entre nós, o que não era necessário, porque qualquer um poderia facilmente ter dado a volta. Quando senti o perfume fresco, me dei conta de quem era.

Daemon pegou uma caixinha de leite da geladeira e sacudiu. Lançou-me um olhar indecifrável e se voltou para o Simon. Os dois eram da mesma altura, mas Simon era muito mais largo. Ainda assim, Daemon parecia bem mais durão.

— E aí, Simon, tranquilo? — perguntou ele, sacudindo de novo a caixinha.

Simon piscou ao se afastar e limpou a garganta antes de responder.

— Ah, tudo bem. Estou indo pra minha, ahn, mesa. — Ele olhou para mim, nervoso. — A gente se vê na aula, Katy.

Franzi a testa e observei Simon se afastar, tropeçando nos próprios pés até chegar à mesa. Virei para o Daemon.

— Tudo bem?

— Você pretende se sentar com o Simon? — perguntou ele, com um braço cruzado sobre o peito.

— O quê? Não! — Eu ri. — Estava indo me sentar com a Lesa e a Carissa.

— Eu também — intrometeu-se Dee, aparecendo do nada. Ela equilibrava um prato em uma das mãos e dois copos na outra. — Quer dizer, se você achar que eu vou ser bem-vinda.

— Tenho certeza que vai. — Olhei de volta para o Daemon, mas ele já estava a caminho de sua mesa. Fiquei ali parada por um instante, confusa. Que diabos tinha sido aquilo? E lá estavam os gêmeos Thompson e a Ash, sentados juntos. Alguns outros alunos também conversavam. Não fazia ideia se eram extraterrestres ou não. Daemon se sentou ao lado deles, sacou um livro e começou a folheá-lo. Ash olhou para ele e não parecia estar muito animada. — Você acha que alguém mais vai se importar? — perguntei, finalmente.

— Não. Detestei não ter almoçado com você ontem. E acho que já tá na hora de umas mudanças. — Dee me olhou tão esperançosa que não pude discordar. — Certo?

Lesa e Carissa ficaram em choque por mais ou menos cinco minutos quando Dee se sentou conosco na mesa, mas ela logo as conquistou e todo mundo relaxou.

Todo mundo menos eu.

Metade do refeitório me observava, provavelmente esperando por outra épica batalha de comida com a loura. Já se passara uma semana e ainda me consideravam a ninja da macarronada. De vez em quando, Ash dava uma olhada para a nossa mesa, com uma expressão tensa no rosto bonito. Ela estava com um top azul-vivo, que combinava com seus olhos. A camisa branca que vestia por cima estava desabotoada, revelando que tinha um corpaço. Meu Deus, o que havia nesse DNA alienígena? Eu entendia que eles eram de outro mundo, mas, puxa vida, isso incluía seios perfeitos também?

Dee me deu uma cotovelada enquanto Carissa e Lesa conversavam com um garoto de sardas sentado do outro lado da mesa.

— Que foi? — perguntei.

Ela se inclinou na minha direção e falou junto ao meu ouvido:

— O que tá rolando entre você e o meu irmão?

Dei uma mordida na pizza, pensando no que responder.

— Nada, quer dizer, você sabe, o mesmo de sempre.

Dee arqueou a sobrancelha perfeitamente desenhada.

— Tá bom, ele sumiu o dia inteiro no domingo. Você também. E enquanto estava na rua, certo alguém veio atrás dele.

A fatia de pizza murchou na minha mão.

Ela pegou o copo, sorrindo de leve.

— Não te falei nada ontem porque ele estava colado na gente, mas não acredito que você não tenha notado os olhares que a Ash está te dando.

— Eu notei — interveio Lesa, apoiando os cotovelos na mesa. — Ela está com cara de quem adoraria te ver morta.

Fiz uma careta.

— Nossa, que legal...

— E você não sabe por quê? — perguntou Dee, virando o corpo para ficar de costas para a mesa deles. — Finge que tá olhando pra mim. Agora.

— Eu estou olhando pra você — retruquei, dando mais uma mordida na pizza.

Lesa riu.

— Olha por cima do ombro dela, gênia. Pra mesa deles.

Revirei os olhos e fiz o que elas mandaram. Primeiro, reparei que um dos meninos louros estava virado na cadeira, conversando com um outro garoto da mesa em frente. Em seguida, mudei o foco e meus olhos se encontraram com os do Daemon. Ainda que várias mesas nos separassem, perdi o fôlego. Havia alguma coisa... maldosa naqueles olhos cor de esmeralda. Hipnotizantes. Eu não conseguia desviar o olhar, nem ele. A distância entre a gente pareceu evaporar.

Um segundo depois, ele sorriu e desviou o olhar, passando a prestar atenção no que Ash lhe dizia. Soltando o ar, voltei-me às minhas amigas.

— É — murmurou Lesa, divagando. — Por isso.

— Eu... não faz sentido. — Senti meu rosto pegando fogo. — Vocês viram? Ele estava fazendo aquele negócio com a boca pra mim.

— Aquele negócio com a boca é sexy. — Lesa olhou para Dee. — Foi mal. Eu sei que ele é seu irmão e tal.

— Tudo bem, já me acostumei. — Dee apoiou o queixo na mão. — Lembra daquele dia na varanda?

Apertei os olhos para ver se ela se tocava.

— O que houve na varanda? — perguntou Lesa, tão curiosa que seus olhos escuros brilhavam.

— Nada — falei.

LUX 1 OBSIDIANA

— Eles estavam a isso aqui de distância. — Dee fez um gesto com o indicador e o polegar, deixando um centímetro, se tanto, entre eles. — E eu tenho certeza de que já estiveram mais perto.

Abri a boca.

— Não, nunca, jamais, Dee. A gente nem mesmo se gosta. Na verdade, a gente mal se atura.

Carissa tirou os óculos e soprou-os.

— O que está acontecendo?

Para o meu desespero, Lesa atualizou-a.

— Ah, sim — concordou a garota. — Eles estavam vidrados um no outro na aula de sexta. Foi bem intenso, tipo "tô te comendo com os olhos".

Engasguei com a minha bebida.

— Não foi nada disso. Estávamos só conversando!

— Katy, foi sim! — Lesa pegou um guardanapo e começou a enrolá-lo. — Não tem nada do que se envergonhar. Eu também faria o mesmo se ele me desse mole.

Olhei para ela por um segundo, depois caí na gargalhada.

— Vocês são loucas. Não está rolando nada. — Virei-me para Dee. — E você devia saber disso.

— Eu sei de um monte de coisas — respondeu ela, inocentemente.

Franzi as sobrancelhas.

— O que você quer dizer com isso?

Ela deu de ombros e apontou para a minha segunda fatia.

— Vai comer isso?

Dei para ela, que devorou a fatia, feliz, ignorando solenemente meus olhares.

— Ah, vocês souberam da Sarah? — Carissa fechou o celular, levantando os olhos. — Quase me esqueci.

— Não. — Lesa me deu uma olhadela. — O irmão mais velho da Carissa é amigo do irmão da Sarah. Eles estudam juntos na Universidade de West Virginia.

— Ah. — Girei minha bebida e comecei a tirar o rótulo. Quando pensava na Sarah, me lembrava do hospital e de como tinha sabido da morte dela. Lembrava também dos Arum, que continuavam à solta por aí.

— Robbie disse pro Ben que a polícia não acha que tenha sido um ataque do coração nem outra causa natural. — Carissa olhou ao redor da mesa, baixando a voz. — Ao menos nenhuma causa natural que eles conheçam.

Dee tirou a pizza da boca. Foi assim que percebi que o assunto era sério.

— Como assim?

— Parece que o coração dela estava de um jeito que não condiz com nenhuma doença — explicou Carissa.

Dee encolheu os ombros.

— Mas, então, qual a outra explicação?

Olhei para a Dee, fazendo ideia do que ou de quem poderia ter sido. Depois do almoço, puxei-a para um canto.

— Foi um deles? — perguntei. — Um Arum?

Dee mordeu o lábio e foi me empurrando para longe da porta do refeitório e de seu irmão, que vinha saindo também. No meio do corredor, ela parou.

— Foi, mas o Daemon deu um jeito nele.

Hesitei.

— Foi o mesmo que me atacou?

— Foi. — Dee olhou para trás, os lábios cerrados. — Daemon acha que foi pura coincidência o Arum ter cruzado com ela. A gente não a conhecia, eu juro.

Aquilo não fazia sentido para mim.

— Então por quê?

Dee me olhou nos olhos.

— Eles não precisam de motivo, Katy. Os Arum são maus. Eles nos matam para absorver nossos poderes. — Fez uma pausa. — Já os humanos... eles matam por diversão.

[21]

Era inacreditável, mas as coisas estavam meio que... normais agora. O rastro tinha desaparecido em uma semana e meia. Daemon agiu como se tivesse sido solto depois de uma sentença de vinte anos em um presídio de segurança máxima, e nunca mais ficou por perto quando eu estava com a Dee. Setembro e grande parte de outubro passaram sem que nada de importante acontecesse. Minha mãe continuou a trabalhar nos dois empregos e saiu mais umas duas vezes com o dr. Michaels. Ela gostava dele, e eu estava feliz por ela. Fazia um tempão que não a via sorrir sem um toque de tristeza.

Carissa e Lesa já tinham ido à minha casa, e fomos várias vezes ao cinema ou ao shopping em Cumberland com a Dee. Por mais que tivesse me aproximado das duas humanas e tivesse bem mais em comum com elas, Dee ainda era minha melhor amiga. Fazíamos tudo juntas — exceto falar sobre o Daemon. Ela havia tentado, várias vezes.

— Eu sei que ele gosta de você — disse ela uma vez, enquanto deveríamos estar estudando. — Vejo o jeito como te olha. Ele fica todo tenso só de eu mencionar seu nome.

Suspirei e fechei o meu notebook.

— Dee, eu acho que ele me encara porque está planejando me matar e esconder o meu corpo.

— Não é essa a forma que ele te olha.

— Então como é, Dee?

Ela jogou o livro para fora da cama e ficou de joelhos, com as mãos sobre o peito.

— É tipo, "eu te odeio, mas eu te desejo".

Eu ri.

— Essa foi péssima.

— É verdade. — Ela baixou as mãos. — Podemos namorar humanos se quisermos, sabia? É meio sem futuro, mas é possível. E ele nunca prestou atenção em nenhuma outra humana antes.

— Ele foi obrigado a prestar atenção em mim, Dee. — Joguei-me de costas na minha cama. Meu estômago deu um nó só de pensar que o Daemon poderia secretamente querer ficar comigo. Verdade, eu sabia que ele tinha atração por mim. Tinha *sentido* aquilo, mas desejar não tem nada a ver com amar. — E você? Como estão as coisas com o Adam?

— Não estão. Não sei como a Ash pode sentir alguma atração pelo Daemon. Crescemos juntos, e o Adam é como um irmão pra mim. Não acho que ele sinta nada diferente disso. — Fez uma pausa. — Não gosto de ninguém que seja como eu.

— Mas tem algum garoto humano de quem você goste?

Ela balançou a cabeça.

— Não, mas, se houvesse, não teria medo de gostar dele. Eu tenho direito a ser feliz. Não importa se quem me faz feliz é um de nós ou um de vocês.

— É verdade. Todo mundo merece ser feliz.

Dee tinha se deitado do meu lado, encolhida.

— Daemon ia pirar se eu me apaixonasse por um humano.

Quase sorri ao ouvir isso, mas me lembrei do terceiro irmão. Com certeza, Daemon ia pirar. Talvez até com razão, porque, se o irmão deles não tivesse se envolvido com uma humana, provavelmente ainda estaria vivo.

Esperava, pelo bem da Dee, que ela nunca se apaixonasse por um de nós. Daemon definitivamente enlouqueceria.

Conforme fomos entrando em meados de outubro, parecia que tínhamos voltado no tempo. Quando eu pusesse as mãos naquela caneta dele, ela ia parar no espaço, completamente destruída. Já tinha perdido a conta de quantas vezes ele tinha me cutucado nas costas, mesmo muito tempo depois de o rastro ter desaparecido. Era como se ele vivesse só para me encher a paciência.

E havia uma parte de mim que meio que ansiava por isso, afinal era apenas uma brincadeira... Até que um dos dois estourasse e ficasse realmente furioso, o que ocorria principalmente quando ele agia de maneira antissocial.

Tipo sexta-feira, na aula, quando Simon me perguntou se eu queria estudar com ele para a prova de trigonometria. Antes que eu pudesse responder, a mochila do garoto voou de cima da mesa, e todos os seus pertences ficaram espalhados no chão, como se alguém a tivesse derrubado de propósito. Vermelho e confuso, Simon se concentrou em catar os cadernos e lápis enquanto a turma ria.

Dei uma olhada por cima do ombro para o Daemon, suspeitando que ele estivesse por trás da mochila voadora, mas tudo que ele fez foi sorrir para mim.

— Qual é a sua? — perguntei a ele no corredor, depois da aula. — Eu sei que foi você quem fez aquilo.

Ele deu de ombros.

— E daí?

E daí? Parei em frente ao meu armário, surpresa em ver que Daemon tinha me seguido até lá.

— Foi grosseiro, Daemon. Você deixou o Simon envergonhado. — Em seguida, baixei a voz e cochichei: — E eu pensei que usar seus... troços pudesse atrair *aqueles seres* pra cá.

— Isso mal foi uma piscadinha de luz, não deixa rastro em ninguém. — Ele baixou a cabeça até que as pontas dos seus cachos escuros espetassem minhas bochechas. Peguei-me dividida entre a vontade de me enfiar no meu armário e a de me enfiar *dentro* dele. — Além disso, eu te fiz um favor.

Eu ri.

— Em que mundo aquilo se classifica como um favor pra mim?

Daemon sorriu e depois baixou os olhos, de maneira que suas pestanas cheias escondessem seus olhos.

— Não era bem estudar matemática o que Simon queria.

Discutível, mas eu decidi entrar na dele. Não daria o braço a torcer, mesmo sabendo que Daemon poderia me jogar longe só com o pensamento.

— E se fosse esse o caso?

—Você gosta do Simon? — Levantou o queixo, os olhos verde-esmeralda brilhando de raiva. — Não é possível que você goste dele.

Hesitei.

— Isso é ciúme?

Daemon desviou o olhar.

Aproveitando a oportunidade de finalmente ter ao menos uma coisa para esfregar na cara dele, dei um passo à frente. Ele não se mexeu, nem respirou.

—Você está com ciúme do Simon? — Baixei o tom de voz. — De um humano? Que vergonha, Daemon!

Ele inspirou com força.

— Não é ciúme. Só estou tentando te ajudar. Caras que nem o Simon só querem te levar pra cama.

Senti minhas bochechas corarem, mas mantive os olhos nele.

— Por quê? Você acha que essa é a única razão para um cara gostar de mim?

Daemon deu um sorriso debochado e se afastou, devagar.

— Foi só um aviso.

Ele foi embora depois disso, desaparecendo no corredor cheio. Melhor assim, porque, se tivesse ficado por mais um instante, eu teria dado na cara dele. Quando me virei, vi Ash de pé na porta da sala dela. Seu olhar praticamente me fulminou, ali mesmo.

Ninguém falava da Sarah. Não que as pessoas tivessem se esquecido dela. Simplesmente seguiram a vida, como todos fazem. Eu tentava não pensar em como e por que ela havia morrido. Quando isso acontecia, meu estômago se azedava igual a leite estragado. Ela morreu porque o Daemon me salvou e o Arum precisou descontar a raiva em alguém.

E à noite, eu sonhava com o estacionamento atrás da biblioteca. Via o rosto dele, a frieza e o ódio em seus olhos enquanto tentava me estrangular. Nessas noites, acordava com um grito preso na garganta, suando frio.

LUX 1 Obsidiana

Fora os pesadelos e uma ou outra atitude mais *intimidadora* do Daemon, não havia nada fora da normalidade. Era como morar ao lado de adolescentes comuns.

Adolescentes que não precisavam se levantar para mudar o canal da televisão e que ficavam um pouco inquietos logo após chuvas de meteoros.

Dee tinha me explicado que os Arum usavam esses eventos atmosféricos para descer à Terra sem serem detectados pelo governo. Não entendi como, e ela não explicou, mas por alguns dias após uma chuva de meteoros ou mesmo uma estrela cadente, os irmãos ficavam tensos. Eles também desapareciam, às vezes prolongando o fim de semana ou faltando numa quarta sem avisar. Dee acabara me revelando que eles eram obrigados a, de tempos em tempos, se apresentar no Departamento de Defesa. Eles sempre me asseguravam que os Arum não eram um problema, mas eu não acreditava. Não quando se esforçavam tanto para evitar tocar no assunto.

Mas, na aula de quinta, Dee estava nervosa por um motivo bem diferente. O *homecoming*, o tradicional baile de outono anual, que reúne ex-alunos e ex-moradores, com direito a parada, jogo de futebol americano e festa, seria na semana seguinte, e ela ainda não tinha achado um vestido. Fora convidada pelo Andrew para ir com ele à festa. Ou seria o Adam? Eu nunca conseguia diferenciar os dois louros incríveis.

Parecia que todo mundo estava excitado com o *homecoming*. Enfeites decoravam os corredores. Cartazes anunciavam o jogo contra a outra escola e a festa. Os ingressos eram vendidos a torto e a direito. Lesa e Carissa também já tinham par para a festa. No entanto, pela conversa durante o almoço da véspera, nenhuma delas comprara um vestido ainda.

Eu, por outro lado, não tinha um par.

Elas tinham tentado me convencer que ir sozinha não era o pior desastre social possível, e eu sabia disso, mas ficar encostada na parede a noite toda ou segurar vela para alguma delas não estava nos meus planos.

Todo mundo se conhece numa escola pequena como esta. Havia casais que estavam juntos desde o primeiro ano. Os amigos combinavam entre si para irem juntos à festa. E eu, sem ter nenhuma relação de verdade com ninguém, tinha ficado sem par. Um belo balde de água fria na autoestima.

Depois de passar a aula de matemática ignorando as tentativas do Daemon para me irritar, encontrei Simon perto do meu armário, enquanto eu trocava um livro pesado e inútil por outro livro pesado e inútil.

— Oi — falei, sorrindo. Torci para o Daemon não estar por perto, porque só Deus sabe o que ele poderia fazer. — Você parecia estar dormindo mais cedo na aula.

Ele riu.

— Dei uma apagada, sim. E sonhei com fórmulas. Foi bem assustador.

Eu ri também, enquanto metia o livro dentro da mochila e batia a porta do armário com um empurrão do quadril.

— Posso imaginar.

Simon não era feio. Não se você gostasse de caras grandes e musculosos, que pareciam ter passado o verão todo trabalhando na lavoura. Seus braços eram do tamanho de troncos de árvore, e seu sorriso era charmoso. Tinha belos olhos azuis também e, quando sorria, a pele em volta deles se enrugava. Mas seus olhos não eram verdes, nem seus lábios eram poéticos.

— Nunca te vi em nenhum dos nossos jogos — comentou, franzindo a pele em volta dos olhos. — Não gosta de futebol americano?

Se Simon jogava na defesa ou no ataque… honestamente, eu não fazia a menor ideia.

— Fui a um — falei. E saí no intervalo com a Dee, as duas mortas de tédio. — Futebol não é a minha praia.

Imaginei que ele fosse embora, porque futebol americano era quase uma religião aqui, mas o garoto encostou no armário e cruzou os braços sobre o peito.

— Então, eu estava pensando se você já tem planos pro sábado.

Imediatamente, meus olhos bateram no cartaz vermelho e preto acima da cabeça dele. O próximo sábado era o dia do *homecoming*. Minha garganta ficou seca como a de um animal encurralado, e meus olhos se esbugalharam.

— Não, não tenho planos.

— Você não vai? — perguntou.

LUX 1 OBSIDIANA

Digo que não recebi nenhum convite ou vai soar digno de pena? Acabei só balançando a cabeça. Simon pareceu aliviado.

— Quer ir? Comigo?

Meu primeiro pensamento foi dizer não. Eu mal conhecia o cara, achava que ele namorava uma das líderes de torcida, e não estava interessada nele. Mas irmos juntos à festa não significava que fôssemos nos casar. Ou namorar. Eu iria à festa com ele. Foi aí que um pensamento horrível pipocou na minha cabeça. Mal podia esperar para ver a cara do Daemon quando ele soubesse que eu tinha um par.

Disse que sim, trocamos números de celular e foi só. Eu iria à festa, e agora também precisava de um vestido. Mamãe ia ficar animada com isso. No almoço, contei a novidade para a Dee, imaginando que ela fosse ficar feliz.

— O Simon te convidou? — Minha amiga ficou boquiaberta. Chegou mesmo a parar de comer por cinco segundos inteiros. — E você aceitou?

Fiz que sim.

— Aceitei. Qual o problema?

— É que o Simon tem fama — disse Carissa, me olhando por cima da armação dos óculos. — Ele se acha o garanhão do colégio.

— Ele é do tipo que pega geral — explicou Lesa, dando de ombros. — Mas é bonitinho, gosto dos braços dele.

— Só porque ele tem essa fama, não quer dizer que eu vou cair na lábia dele. — Espetei a salada no meu prato. O menu hoje era bolo de carne, e eu não tinha encarado. — E foi fofo quando ele me convidou.

— Ele e a Kimmy terminaram há pouco mais de uma semana — contou Carissa. — Aparentemente, ele tava chifrando ela com a Tammy.

Ah, Kimmy. Era esse o nome da líder de torcida.

— Ele tem um lance com garotas cujos nomes terminam em Y? Lesa riu.

— Ah, que nem você, Katy. É destino vocês ficarem juntos.

Revirei os olhos.

— Bom, não importa. Você tem um par. Agora podemos ir juntas comprar vestidos no fim de semana. — Carissa bateu palmas. — De repente podemos ir todas no mesmo carro. Vai ser divertido. E você, Dee?

— Hein? — Dee piscou. Carissa repetiu a pergunta e Dee assentiu, os olhos perdidos no espaço. — Claro. Com certeza o Adam vai topar.

Combinamos de ir a Cumberland no sábado, e Lesa e Carissa passaram o resto do dia animadas. Dee não parecia empolgada. Ela nem mesmo parecia feliz. E o mais estranho de tudo, não terminou seu almoço e nem comeu a metade do meu.

✻ ✻ ✻

Quando saí da escola naquele dia, tive que cruzar o estacionamento inteiro para chegar até o carro. Tinha chegado atrasada pela manhã e só havia vaga lá no final. O estacionamento terminava colado ao campo de futebol e às pistas de atletismo, a essa hora completamente desertos. Era uma droga parar lá. Um vento frio soprava das montanhas e atingia bem aquela área do terreno coberto de cascalho.

— Katy!

Virei ao reconhecer a voz gutural. Meu coração pulou até a garganta. Não senti mais o vento. Apertei com força a alça da mochila e esperei que ele me alcançasse.

Daemon parou bem na minha frente e esticou o braço para destorcer a alça da minha mochila, que tinha virado.

—Você sabe como escolher uma vaga.

Pega de surpresa pelo gesto dele, levei um instante para responder.

— Tudo previamente calculado.

Andamos até o carro e, enquanto jogava a mochila no banco de trás, Daemon esperou ao meu lado, com as mãos metidas nos bolsos. Havia algo de sombrio em seu olhar e certa tensão em seus lábios. Meu estômago se retorceu um pouco.

— Tudo bem? Não é...?

— Não! — Daemon passou uma das mãos pelos cabelos. — Nada... relacionado ao cosmos.

— Ótimo! — Dei um suspiro de alívio e me recostei no carro ao lado dele. — Por um segundo, você me deixou com medo.

LUX 1 OBSIDIANA

Ele se virou para mim e, do nada, havia apenas alguns centímetros entre a gente.

— Soube que você vai à festa com o Simon Cutters.

Afastei do rosto uma mecha de cabelos solta. O vento jogou-a de novo na minha cara.

— As notícias correm rápido.

— É, aqui é assim. — Ele esticou o braço de novo, mas desta vez pegou a mecha e prendeu-a atrás da minha orelha. Os nós dos dedos esbarraram na minha bochecha. O leve toque trouxe de volta aquele formigamento estranho, junto com um arrepio que não tinha nada a ver com o frio. — Achei que você não gostasse dele.

— Ele não é dos piores — respondi. Havia garotos chegando à pista de corrida, se alongando e preparando para treinar. — Ele é legal, e me convidou.

—Você vai com ele porque ele te convidou?

Não é assim que as coisas funcionam? Fiz que sim. Ele não respondeu imediatamente, e eu fiquei brincando com as chaves do carro.

—Você vai à festa?

Daemon se aproximou mais um pouco, seu joelho tocando de leve a minha coxa.

— Isso importa?

Engoli uma série de palavrões que pensei em dizer.

— Na verdade, não.

Ele virou o corpo na minha direção.

—Você não deveria sair com alguém só porque ele te convidou.

Baixei o olhar para as chaves e me perguntei se daria para furar o olho dele com uma delas.

— Não consigo entender o que você tem a ver com isso.

—Você é amiga da minha irmã, e por isso eu tenho alguma coisa a ver.

Olhei boquiaberta para ele.

— Essa é a pior lógica que eu já ouvi. — Comecei a dar a volta no carro, mas parei em frente ao capô. —Você não deveria se preocupar com o que a Ash está fazendo?

— Ash e eu não estamos juntos.

Uma parte idiota de mim gostou de saber que eles não estavam juntos. Balancei a cabeça e me dirigi à porta do motorista.

— Poupe saliva, Daemon. Eu não vou mudar meus planos só porque você tem um problema com isso.

Murmurando meia dúzia de palavrões, ele veio atrás de mim.

— Não quero te ver metida em nenhum tipo de confusão.

— Que tipo de confusão? — Abri a porta do carro.

Ele segurou a porta. Uma sobrancelha escura arqueou-se.

— Conhecendo você, não consigo nem começar a imaginar a quantidade de confusão em que poderia se meter.

— Ah, sim, porque o Simon vai deixar um rastro em mim, que vai atrair vacas assassinas, em vez de aliens assassinos. Solta a minha porta.

— Você é tão irritante — estourou Daemon, com os olhos brilhando de raiva. — Ele tem uma fama ruim, Kat. Quero que você tome cuidado.

Encarei-o por um momento. Será que estava genuinamente preocupado com o meu bem-estar? Assim que esse pensamento pipocou na minha mente, afastei-o para longe.

— Não vai acontecer nada, Daemon. Eu sei tomar conta de mim mesma.

— Se você diz... — Ele soltou a porta tão rapidamente que ela se fechou com força. — Kat!

Tarde demais. A porta pegou nos meus dedos. Gritei com a dor que tomou conta da minha mão e subiu pelo braço.

— Ai! — Balancei a mão, tentando aliviar a dor dos meus dedos. O indicador estava sangrando. O resto certamente ficaria roxo e pareceria um monte de salsichas amanhã. As lágrimas escorreram pelas minhas bochechas.

— Jesus! Machucou!

Sem qualquer aviso ou palavra, ele estendeu a mão e envolveu a minha. Uma onda de calor atravessou-a, anestesiando-a, e se espalhou até as pontas dos dedos que latejavam e o cotovelo. Em instantes, a dor tinha passado.

Abri a boca, espantada.

— Daemon?

Nossos olhos se encontraram. Ele largou a minha mão, como se eu o queimasse.

— Merda...

—Você... deixou outro rastro em mim? — Limpei o sangue do dedo. A pele estava cor-de-rosa, mas já cicatrizada. — Putz.

Ele engoliu em seco.

— É bem fraco. Não acho que vai dar problema. Eu mal consigo ver, mas você pode...

— Não! É fraco. Ninguém vai ver. Eu estou ótima. Nada de ficar bancando a babá de novo. — Respirei, nervosa. Senti a barriga dar um nó. — Eu posso me cuidar.

Daemon me observou por um instante.

—Tem razão. É claro que pode, desde que não envolva portas de carros. Você já durou mais do que qualquer humano que soube da gente.

As últimas palavras do Daemon pairaram sobre mim como uma nuvem pesada durante o resto da noite e boa parte do sábado. Eu tinha durado mais do que qualquer um que tivesse descoberto a verdade sobre eles. Não conseguia deixar de imaginar qual era o meu prazo de validade.

Saí com a Dee e pegamos as meninas depois do almoço. Não demoramos muito para chegar a Cumberland e encontrar a loja de vestidos que elas queriam ir. Imaginei que, àquela altura, todos já teriam sido vendidos, mas, quando entramos na Dress Barn, as araras estavam cheias.

Carissa e Lesa já tinham uma ideia do que queriam: uma coisa justa. Dee parecia ir mais na linha dos babados cor-de-rosa. Eu queria um vestido que não me deixasse parecendo uma árvore de natal brilhante, nem um bolo de confeiteiro cheio de frufrus.

Dee acabou escolhendo para mim um vestido vermelho, estilo grego, que ajustava na cintura e caía soltinho nos quadris e nas pernas. Tinha um decote romântico, um pouco ousado, mas nada parecido com o que a Lesa e a Carissa tinham escolhido.

— O que eu não faria pra ter um peito desse — resmungou Lesa, fazendo uma careta de irritação para os seios da Carissa, que pulavam para fora do vestido. — Não é justo. Eu tenho bunda, mas nenhum peito.

Carissa se olhou no espelho, enquanto Dee experimentava um vestido rosa na altura do joelho que tinha encontrado. Prendendo os cabelos para cima, Carissa sorriu para o reflexo.

— O que vocês acham?

— Você está gostosa — falei. E estava mesmo. O corpo dela era um violão perfeito.

Dee saiu da cabine, absolutamente deslumbrante de rosa. O vestido tinha alças fininhas e se ajustava bem no corpo esbelto dela. Deu uma olhada para si mesma no espelho, assentiu e foi se trocar de novo.

Troquei um sorriso com a Lesa.

— Nossa opinião não foi necessária.

— Sim, porque ainda não desenharam uma roupa que fique ruim na Dee. — Lesa revirou os olhos e levou para a cabine o vestido que queria provar.

Quando chegou a minha vez de experimentar, tive que concordar com minha vizinha. Ela realmente tinha um bom olho para a moda. O vestido serviu como se tivesse sido feito sob medida. Era um desses modelos com bojo, então, senti como se pudesse ficar ao lado da Carissa sem me achar uma criança. Girei em frente ao espelho, para dar uma olhada nas costas. Não estava nada mal.

— Você deveria prender o cabelo — sugeriu Dee, surgindo ao meu lado. Jeitosa, arrumou meus cabelos compridos para cima. — Você tem o pescoço tão longo. Tem que mostrar! Se quiser, posso fazer o penteado pra você, e a maquiagem também.

Assenti, imaginando que seria divertido.

— Obrigada. Eu nunca teria imaginado que ficaria bem com este vestido.

— Você ficaria bem com qualquer um deles. Agora, precisamos escolher uma sandália. — Dee soltou meu cabelo e foi andando para a estante de sapatos. — Qualquer uma vermelha ou clarinha vai combinar. Quanto mais tiras, melhor.

Examinei os sapatos, lembrando de um par de sandálias de tiras que tinha em casa. Deus sabe que o vestido ia custar cada centavo do dinheiro que a minha mãe tinha tão alegremente me dado de manhã. Mas acabei pegando umas vermelhas. Eram divinas.

LUX 1 OBSIDIANA

Tive uma sensação meio esquisita enquanto estava em pé ali. Olhei ao redor. As meninas estavam nos fundos, vendo bolsinhas de festa, e a vendedora continuava parada atrás do caixa. A porta se abriu e o vento assobiou. Não havia ninguém ali.

A funcionária levantou o olhar e franziu a testa. Balançou a cabeça e voltou a ler a revista.

Estremeci quando olhei além da porta, para a vitrine. Atrás dos manequins, um homem estava parado na calçada, olhando para dentro da loja. Seus cabelos escuros penteados para trás revelavam um rosto pálido. A maior parte do rosto estava coberta por um par de enormes óculos escuros, que pareciam meio sem propósito em um dia tão nublado. Vestia calça jeans escura e uma jaqueta de couro.

E ele me dava arrepios.

Fui para trás das araras e fingi procurar um vestido. Disfarçadamente, levantei a cabeça e olhei por cima dos cabides.

Ele continuava lá.

— Que merda é essa? — murmurei.

Ou ele estava esperando por alguém, ou era um tarado. Ou um Arum. Recusei-me a considerar a última opção. Ao dar mais uma olhada na loja quase vazia, achei que devia mesmo ser um tarado.

— O que você tá fazendo? — Lesa saiu da cabine, puxando o zíper de um vestido sereia, que dava curvas ao seu corpo de menino. — Esconde-esconde?

Quando ia mostrar o esquisitão para ela, olhei além da vitrine, mas o cara tinha ido embora.

— Nada. — Pigarreei para limpar a garganta. — Vocês terminaram?

Ela assentiu e eu fui direto para a cabine me trocar. Enquanto pagávamos, mantive os olhos fixos na vitrine. Aquela sensação estranha continuou, acompanhando a gente até o lugar onde a Dee tinha estacionado. Fiquei esperando o cara aparecer a qualquer momento e dar um susto capaz de matar qualquer um.

Dobramos cuidadosamente nossos vestidos e arrumamos tudo na mala do carro, enquanto a Carissa e a Lesa se sentavam no banco de trás. Ao bater a tampa da mala, Dee virou para mim, com um sorriso no rosto.

— Não te disse isso antes porque com certeza você ia mudar de ideia sobre o vestido.
— O quê? — Franzi a testa. — Fiquei com a bunda grande?
Ela riu.
— Não. Você ficou maravilhosa.
— Então qual é o problema?
Seu sorriso ficou mais malicioso.
— Nada de mais, só que vermelho é a cor favorita do Daemon.

[22]

a noite da festa, eu estava muito nervosa. Uma grande parte de mim queria ligar para o Simon e dar uma desculpa, principalmente depois que ele vetou a ideia de irmos todas juntas, mas a minha mãe tinha me dado o vestido e a Dee tinha feito um trabalho incrível para me deixar bonita.

Meus cabelos estavam enrolados e presos para cima, revelando meu pescoço. Alguns cachos caíam estrategicamente sobre as têmporas e os ombros nus. Ela havia até passado um spray brilhante com cheiro de baunilha, então, quando eu me virava, o penteado cintilava. Meus olhos acinzentados pareciam mais calorosos, graças ao contorno esfumado que ela havia feito. Eu tinha quase certeza de que Dee também colocara cílios postiços em mim, porque os meus não eram tão longos, nem tão cheios. O toque final, antes dela sair correndo para encontrar com a Lesa, foi o gloss que ela passou nos meus lábios, colorindo-os com um tom perfeito de rubi.

Dei uma rápida conferida no espelho antes de descer. Era como olhar para uma estranha, mas prometi a mim mesma que iria me maquiar com mais frequência.

Mamãe começou a chorar no momento em que me viu.

— Meu Deus, querida, você está tão linda. — Ela foi me abraçar, mas parou. — Não quero estragar nada. Me deixa buscar a câmera.

Nem eu seria capaz de tirar dela esse momento. Esperei que voltasse e deixei que tirasse uma dúzia de fotos. Vestida ainda com o uniforme do hospital, mamãe ficava engraçada com a câmera na mão.

— Quem é esse rapaz, o Simon? — perguntou, a testa franzida. — Você nunca falou dele.

Senhor.

— Somos amigos. Só isso, então você não tem com o que se preocupar.

Ela me lançou um olhar maternal.

— O que houve com o garoto aí do lado, o Daemon? Você saiu com ele algumas vezes, não foi?

Dei de ombros. Aquela era uma conversa que eu não podia nem sonhar em ter com a minha mãe.

— A gente é meio amigo, meio inimigo.

— Como? — Ela franziu as sobrancelhas.

— Nada. — Suspirei, dando uma olhada na minha mão. Não havia uma só marca nos meus dedos. Mas havia um rastro, ainda que, segundo ele, bem leve. — Somos apenas amigos.

— Bom, é uma pena. — Mamãe esticou a mão para ajeitar um cacho fora do lugar. — Ele parece um menino tão legal.

Daemon? Legal? Hum, não. Um barulho alto de motor do lado de fora encerrou nossa conversa. Fui até a janela dar uma espiada. Meu Deus. A caminhonete do Simon era do tamanho de um submarino.

— Por que vocês dois não foram jantar, como a Dee falou? — perguntou a minha mãe, preparando a câmera para mais uma sessão de fotos.

Como o Simon tinha vetado a ideia de irmos em grupo, eu tinha desistido do jantar também. Ele vinha me pegar em casa, o que não me agradava muito, mas marcar de encontrá-lo direto na festa parecera meio bobo. Sem falar que as entradas estavam com ele.

Não respondi, e fui até a porta para abri-la. Simon me esperava, de smoking. Fiquei até meio surpresa em ver que havia smokings do tamanho dele. Seus olhos, que pareciam um pouco embaçados, pousaram em mim de um jeito que fiquei da cor do vestido.

—Você tá gata — elogiou ele, me entregando um pequeno arranjo de flores para eu usar no pulso.

LUX — OBSIDIANA

Estremeci ao ouvir minha mãe pigarrear. Peguei o arranjo, dei um passo para o lado e deixei o garoto entrar.

— Mãe, este é o Simon.

Ele deu um passo à frente e apertou a mão que a mamãe estendeu.

— Agora eu vejo de quem a Katy herdou a beleza.

Minha mãe levantou uma sobrancelha e se transformou na Rainha do Gelo. Simon não tinha conquistado uma fã.

— Mas que gentileza.

Fui para o lado dele e prendi o arranjo no pulso, aliviada por não ser um daqueles tipo broche que se prende no vestido. Simon encarou de bom grado ter que tirar uma quantidade bizarra de fotos — passou o braço pela minha cintura e sorriu para a câmera.

— Ah, antes que eu esqueça. — Mamãe desapareceu na direção da sala de estar e voltou com um xale de renda preta. Ela o pôs sobre os meus ombros. — Isso vai te esquentar.

— Obrigada — falei, cobrindo meu colo, mais agradecida do que ela jamais poderia imaginar. O vestido tinha me parecido bom antes, mas agora, com o Simon praticamente babando no meu decote, me sentia desconfortável em mostrar tanto.

Mamãe me puxou para um canto, enquanto Simon esperava lá fora.

— Não se esquece de me avisar quando chegar em casa. Se acontecer qualquer coisa, me liga, tá? Tô trabalhando em Winchester hoje à noite. — Lançou um rápido olhar na direção da porta, o rosto franzido. — Mas eu posso voltar se precisar.

— Mãe, eu vou ficar bem. — Inclinei-me para beijar a bochecha dela. — Te amo.

— Também te amo. — Ela me acompanhou até a porta. — E você está mesmo linda.

Antes que ela recomeçasse a chorar, saí de casa. Subir na caminhonete exigia uma certa destreza. Fiquei surpresa em ver que não precisei de uma escada.

— Caramba, você tá muito gata mesmo. — Simon botou uma bala de menta na boca e deu ré para sair da casa.

Torci para ele não estar planejando comer o pacotinho inteiro.

— Obrigada, você também está muito bonito.

Essa foi toda a nossa conversa. Pelo visto, Simon não era um interlocutor muito brilhante. Que surpresa! O caminho até a escola foi longo e constrangedor, e eu fiquei puxando as pontas do meu xale como se não houvesse amanhã. Por várias vezes ele me olhou, sorriu e botou outra bala de menta na boca.

Mal podia esperar para chegar logo à festa.

Quando estacionamos o carro, descobri o porquê de tantas balinhas. Simon tirou uma garrafinha de metal do bolso de dentro do smoking e deu um longo gole. Em seguida, me ofereceu.

Ele estava bebendo. A noite estava começando muito bem. Recusei a oferta, já planejando encontrar outra carona para voltar para casa. A bebida não me incomodava. Mas um motorista bêbado, sim.

Parecendo não se importar, ele guardou a garrafa de volta no paletó.

— Peraí. Vou te ajudar a descer.

Bom, isso foi gentil, porque eu estava mesmo me perguntando como conseguiria sair da caminhonete. Ele abriu a porta e sorriu.

— Obrigada.

— Quer deixar a bolsa aqui? — perguntou.

Não, mil vezes não. Balancei a cabeça e pendurei a carteira no punho. Simon me deu a mão e me ajudou a descer. Ele me puxou com um pouco de força demais, e eu fui de encontro ao peito dele.

— Tudo bem? — perguntou, sorrindo.

Assenti, tentando ignorar a sensação de repulsa no estômago.

De fora já dava para ouvir a batida da música dentro do ginásio. Paramos antes das portas embaçadas, e o Simon me puxou para um abraço constrangedor.

— Fico feliz que você tenha aceitado vir comigo — disse ele, o hálito uma combinação de álcool e hortelã.

— Eu também — respondi, tentando ser sincera. Pus as mãos no peito forte dele e empurrei-o. — Vamos entrar.

Sorrindo, ele baixou os braços. Uma de suas mãos escorregou pelas minhas costas, sobre a curva do meu quadril. Enrijeci imediatamente, mas disse a mim mesma que devia ter sido um acidente. Tinha que ser. Com certeza ele não havia tentado me bolinar de verdade. A gente nem tinha dançado ainda.

LUX 1 OBSIDIANA

O ginásio havia sido transformado em uma festa temática de outono. Cordões de folhagem amarelada caíam do teto e cobriam as portas. Nos cantos e sobre o palco, havia abóboras e cornucópias cheias de folhas.

Assim que entramos, fomos cercados pelos amigos do Simon. Alguns deles, depois de me darem uma olhada, o parabenizaram de um jeito nada discreto, batendo na mão ou nas costas dele. Era como se, agora que dava para ver que eu tinha peitos, eu tivesse ficado interessante. Garotos conseguiam ser tão infantis. Enquanto passavam de mão em mão a garrafinha que o Simon tinha trazido, cumprimentei seus pares. Todas eram líderes de torcida. Que clichê.

Esquadrinhei a multidão e localizei a Lesa com o acompanhante.

— Já volto.

Antes que Simon pudesse me impedir, disparei na direção dela. Minha amiga se virou quando o companheiro apontou com a cabeça para mim. Sorri.

—Você tá linda! — Tive que gritar para me fazer ouvir acima da música.

—Você também! — Ela me deu um abraço rápido e se afastou. — Ele tá se comportando?

— Por enquanto. Você se importa? — Botei meu xale e minha carteira na mesa deles e balancei a cabeça. — Fizeram um bom trabalho aqui.

Lesa assentiu.

— Mas ainda é um ginásio. — Ela riu. — Tem aquele cheiro característico.

Era verdade. Carissa rapidamente se juntou a nós, levando todo mundo para a pista de dança, menos os garotos. Não me importei. Dançamos entre nós, rindo e pagando mico. Lesa se movia como uma dançarina de boate, e acho que a Carissa uma hora fez a dança do robô.

Vi de relance a Dee falando com o Adam perto do palco. Dei um tchauzinho para as meninas e fui andando até eles.

— Dee!

Ela se virou para mim, os olhos brilhando sob as luzes da pista.

— Oi!

Parei de supetão e olhei para os dois. Adam me ofereceu um sorriso contido, antes de se enfiar no meio da multidão de dançarinos.

—Tudo bem? — Apertei a mão dela. —Você estava chorando?

— Não. Não! — Usando a mão livre, ela enxugou o canto do olho com a ponta do mindinho. — É só que... acho que o Adam não queria vir comigo, e nem sei se eu quero estar aqui. E é... — Balançou a cabeça e soltou minha mão. — Não importa. Você tá maravilhosa! Esse vestido é lindo de morrer!

Meu coração ficou pesado por ela. Não parecia justo que suas opções de encontros fossem limitadas. Ainda mais considerando que todos os Luxen homens que eu tinha conhecido eram uns idiotas. E, como todos cresceram juntos, deveria ser como ir ao baile com o irmão.

— Ei! — Tive uma ideia. — A gente pode se mandar daqui, se você quiser. Podemos pegar um filme e comprar sorvete. Nunca fizemos isso tão arrumadas. Vai ser divertido, não acha? A gente pode alugar *Coração Valente*. Você adora esse filme.

Dee riu e, com os olhos se enchendo de lágrimas de novo, me puxou para um abraço apertado.

— Não. A gente vai se divertir aqui. Como vai o seu par?

Dei uma olhada ao redor e não o vi.

— Provavelmente bêbado em algum lugar.

— Ah, não. — Ela afastou uma mecha de cabelos do rosto. Tinha feito uma escova e os deixara soltos, de maneira que eles caíam sobre seus ombros como uma cascata de água negra. — Já?

— Ainda não, mas tava pensando se podia pegar uma carona pra casa com vocês...

— Claro. — Ela começou a me empurrar para a pista de dança. — A gente deve ir para a fogueira depois. Você pode vir junto ou a gente te deixa no caminho.

Simon não havia mencionado outra festa. Quem sabe eu não tinha sorte e ele me esquecia aqui? Dee e eu fomos até a beirada da pista, de mãos dadas. Tinha quase desistido de encontrar a Lesa no meio da multidão, mas de repente fiquei completamente paralisada.

Havia uma vela pequena, coberta por uma redoma de vidro, numa mesa branca. Sua luz conferia um brilho suave às maçãs do rosto altas do Daemon e aos seus lábios cheios. Ash não estava à vista e, honestamente, eu não me importava com isso.

LUX 1 OBSIDIANA

O olhar dele era tão penetrante que eu dei um passo atrás, sem querer, mas não perdemos o contato visual. Um desejo se desvelou no fundo do meu estômago e se espalhou através de mim como um raio quente. O tipo de sensação que não se podia forçar, nem replicar, por mais que se quisesse.

Mas, então, Simon surgiu na minha frente, me pegou pela mão e me puxou para longe da Dee, em direção à pista de dança. Não era uma música lenta, mas ele passou o braço gigante em volta da minha cintura e me apertou de encontro ao peito de qualquer forma. A ponta dura da garrafa em seu bolso machucou minha costela.

—Você sumiu — falou, encostando os lábios na minha orelha e aquecendo meu pescoço com o bafo de álcool. — Achei que tinha me largado aqui.

— Não, eu vi minhas amigas. — Tentei me afastar, mas estava presa a ele. — Onde estão os seus amigos?

— Hã? — gritou ele, sem entender o que eu dizia por causa da música alta. — Vai ter outra festa hoje no Campo. Todo mundo vai. — Uma de suas mãos estava bem baixa nas minhas costas, e um de seus dedos tocava a curva do meu bumbum. — A gente devia ir.

Droga.

— Não sei. Tenho hora — gritei de volta, tentando manter a mão dele longe do meu traseiro.

— E daí? É o *homecoming*! É hora de se divertir.

Não me preocupei em responder. Estava ocupada demais evitando as mãos dele, que estavam por *toda parte*. Dançamos mais uma música, até que eu consegui me soltar, e só porque a Carissa me salvou.

A essa altura, havia gente por todos os lados. Avistei a Ash sentada à mesa, parecendo zangada, enquanto o Daemon olhava para a pista. Diversas visitas ao banheiro e músicas mais tarde, me vi de novo com o Simon.

Para um humano, ele com certeza sabia como espreitar alguém.

Desta vez, não fedia a álcool, mas caramba, suas mãos ficaram todas alegrinhas quando entramos em uma roda mais apertada. Eu podia sentir cada centímetro dele, mas o garoto não parecia se importar. Estava começando a suar, quando uma de suas mãos escorregou do meu ombro, por pouco não passando no meu peito. Afastei-me num pulo e o fitei de cara feia.

— Simon!

— Que foi? — Ele fez cara de inocente. — Desculpa, minha mão escorregou.

Escorregou uma ova. Olhei para os lados, decidindo o que fazer. Precisava desaparecer. Rápido.

— Se incomoda se eu interromper? — perguntou uma voz gutural, atrás de mim.

Vi os olhos azuis do Simon se arregalarem e me virei. Daemon estava parado ali, com uma expressão séria no rosto. Não olhava para mim. Seus olhos estavam colados nos do Simon, desafiando-o a dizer não.

Depois de um segundo tenso, meu par me soltou.

—Você não podia ter escolhido hora melhor. Preciso mesmo ir buscar uma bebida.

Ele levantou uma sobrancelha para Simon e depois olhou para mim.

— Quer dançar?

Sem fazer a menor ideia do que ele pretendia, pus as mãos nos ombros dele.

— Isso é uma surpresa.

Ele não falou nada, só passou um braço em volta da minha cintura e, com o outro, segurou a minha mão. A música ficou mais lenta até se arrastar com uma melodia triste sobre amor perdido e reencontros. Olhei dentro daqueles olhos extraordinários, impressionada em ver que ele podia me segurar tão… carinhosamente. Meu coração bateu forte, levando sangue para cada ponto do meu corpo. Tinha que ser a dança, o vestido, a maneira como ele preenchia o smoking.

Daemon me puxou para mais perto.

Excitação e medo brigavam dentro de mim. As luzes ofuscantes no alto refletiam nos cabelos dele, escuros como a noite.

—Você está se divertindo com… a Ash?

—Você está se divertindo com o cheio de dedos?

Mordi o lábio.

— Sempre engraçadinho.

Ele soltou uma risadinha ao lado do meu ouvido, o que me deixou arrepiada.

— Nós três viemos juntos. Ash, Andrew e eu. — Sua mão estava pousada acima do meu quadril, e exercia um efeito completamente diferente

LUX 1 OBSIDIANA

em mim. Minha pele formigava por baixo do chiffon. Daemon pigarreou para limpar a garganta, os olhos fixos em algum ponto ao longe. — Você tá muito bonita, aliás. Bonita demais pra ficar com aquele idiota.

Fiquei completamente vermelha, e baixei os olhos.

— Você tá doidão?

— Infelizmente, não. Mas fiquei curioso pra saber o porquê da pergunta.

— Você nunca me diz nada agradável.

— Boa observação. — Ele suspirou. Aproximou-se um pouco e inclinou ligeiramente a cabeça. Seu queixo tocou na minha bochecha e eu dei um pulo. — Não vou te morder. Nem te apalpar. Pode ficar tranquila.

Minha réplica espirituosa morreu na ponta da língua quando ele tirou a mão do meu quadril e guiou minha cabeça até seu ombro. No momento em que meu rosto tocou no tecido do smoking, senti uma explosão estonteante de emoções. Sua mão voltou para as minhas costas e dançamos lentamente ao som da música. Depois de algum tempo, Daemon começou a cantarolar baixinho e eu fechei os olhos. Isso... isso não era apenas bom. Era emocionante.

— Sério, o que você acha do Simon? — perguntou.

Eu sorri.

— Ele é meio pegajoso.

— Foi o que imaginei. — Daemon virou a cabeça e, por um breve momento, seu queixo encostou nos meus cabelos, porém, em seguida, levantou-a de novo. — Eu te avisei.

— Daemon — falei delicadamente, sem querer estragar o clima. Havia uma paz naquele embalo. — Ele está sob controle.

Meu vizinho bufou.

— Não parece, gatinha. As mãos dele se moviam tão rápido que eu estava começando a achar que ele não era humano.

Eu me endireitei e abri os olhos. Comecei a contar até dez. Tinha ido até o três, quando ele falou de novo:

— Você devia sair daqui e ir pra casa, enquanto ele está distraído. — A mão dele apertou a minha. — Posso até falar com a Dee pra se transformar em você, se precisar.

Chocada em ver que estava disposto a ir tão longe, me afastei e olhei para ele.

— Então tudo bem se ele apalpar a sua *irmã*?

— Eu sei que a Dee sabe se cuidar. Você é ingênua demais para lidar com ele.

A gente parou de dançar, indiferente aos outros casais. Eu não estava acreditando.

— Como é que é? Eu sou ingênua demais?

— Olha, eu vim de carro. Falo pra Dee pegar uma carona com o Andrew e te levo em casa. — Ele falou como se tivesse tudo planejado. Em seguida, seus olhos se estreitaram. — Você tá realmente considerando a possibilidade de ir pra outra festa com aquele idiota?

— Você vai? — perguntei, soltando a mão que ele segurava. A outra ainda estava no peito dele, e seu braço ainda envolvia minha cintura.

— Não importa o que eu vou fazer. — Cada palavra era marcada pela frustração. — Você não vai pra essa festa.

— Você não pode me dizer o que fazer, Daemon.

Ele me olhou fixamente, com os olhos apertados, e vi surgir aquele brilho estranho, encobrindo as pupilas dele.

— Dee vai te levar pra casa. E eu juro que, se for preciso, te boto no ombro e te carrego pra fora daqui.

Minha mão se fechou para dar um soco inútil no peito dele.

— Eu ia gostar de te ver tentar.

Ele sorriu, os olhos brilhando no escuro.

— Aposto que ia.

— Que seja — falei, ignorando os olhares das pessoas à nossa volta. Por cima do ombro dele, vi o professor Garrison observando a gente, e isso me ajudou. — É você quem vai fazer uma cena ridícula me carregando daqui.

Daemon fez um barulho que pareceu um rugido. Qualquer um em sã consciência teria ficado apavorado, considerando o que ele era capaz de fazer. Menos eu.

— O professor E.T. está de olho na gente. O que você acha que ele vai pensar quando você me puser nos ombros, amigão?

Cada centímetro dele se enrijeceu. Eu sorri que nem um gato que tinha acabado de comer um aquário cheio de peixes.

— Foi o que eu pensei.

LUX ❋ OBSIDIANA

Para minha surpresa, Daemon devolveu o sorriso.

— Eu vivo te subestimando, gatinha.

Simon reapareceu do nada, antes que eu tivesse a chance de me gabar dessa vitória.

—Vamos? — perguntou ele, o olhar indo do Daemon para mim. — Tá todo mundo indo pra outra festa.

A expressão do Daemon parecia me desafiar silenciosamente a não escutá-lo, e foi basicamente por isso que eu aceitei. Ele não controlava a minha vida. Eu, sim.

[23]

O Campo ficava pouco mais de três quilômetros depois de Petersburg, na direção contrária à minha casa. Tratava-se literalmente de um gigantesco campo de milho, já colhido. Fardos enormes de feno cobriam a paisagem até onde eu conseguia ver, iluminados em laranja e vermelho. Não pude deixar de pensar que a combinação de feno e fogo não ia dar certo.

Alguém abriu um barril de cerveja.

Corrigindo: a combinação de feno, fogo e cerveja barata não ia dar certo.

Simon manteve as mãos quietas durante o caminho, então eu estava me sentindo bem em relação à minha decisão, exceto pelo problema previsível que mencionei acima. Ele me guiou por cima da palhada de milho, já pisoteada, até a fogueira.

— As meninas estão ali. — Apontou para um grupinho de garotas reunidas do outro lado da fogueira, compartilhando copos de plástico vermelho. — Você deveria ir lá dar um alô. Se misturar um pouco.

Assenti, sem a menor intenção de ir.

— Vou pegar uma bebida pra gente. — Ele se inclinou e apertou meus ombros antes de se mandar. Assim que chegou junto do barril, cumprimentou um cara com um toca aqui e soltou um "u-hu!".

LUX 1 OBSIDIANA

Havia bastante gente reunida em volta da fogueira, se espalhando até a mata ao redor. Alguém tinha estacionado uma caminhonete com o rádio ligado e as portas abertas, tornando quase impossível escutar qualquer outra coisa. Apertando o xale em volta dos ombros, caminhei pelas beiradas, procurando um rosto familiar. Respirei aliviada quando vi a Dee junto com os trigêmeos. Ao lado deles, Carissa e Lesa dividiam um cobertor. Daemon não estava em nenhum lugar à vista.

— Dee! — chamei-a, desviando de uma garota que se equilibrava nos saltos altos. — Dee!

Ela se virou e, segundos depois, começou a acenar feito uma louca. Mal tinha dado um passo na direção dela quando Simon apareceu de novo do nada, com dois copos nas mãos.

— Meu Deus — falei, dando um passo atrás. — Você me deu um susto.

Simon riu e me entregou um copo.

— Não sei como. Tava gritando o seu nome.

— Desculpa. — Aceitei a bebida, franzindo o nariz para o cheiro. Dei um gole e descobri que o gosto não era muito melhor. — É meio difícil escutar com todo esse barulho.

— Eu sei. E a gente ainda não conseguiu conversar nada. — Simon passou o braço sobre os meus ombros, tropeçando um pouco. — O que é uma merda. Passei a noite toda querendo conversar com você. Gostou das flores?

— São lindas. Obrigada, mais uma vez. — Eram bonitas mesmo, um arranjo de rosas vermelhas e rosadas. — Você comprou na cidade?

Ele assentiu e virou o conteúdo do copo, enquanto nos afastávamos da caminhonete.

— Minha mãe trabalha numa loja de flores. Ela que fez.

— Que legal! — Mexi no buquê, com cuidado para não espirrar cerveja nele. — Seu pai trabalha na cidade?

— Não, ele vai até Virginia todo os dias. — Jogou o copo no chão e tirou a garrafinha do bolso. — Ele é advogado — falou, orgulhoso, abrindo a tampa com uma das mãos. — Cuida de causas de danos pessoais. Mas o irmão dele é médico na cidade.

— Minha mãe é enfermeira e trabalha em Virginia, também. — Toda essa movimentação dele estava derrubando o meu xale, que, no momento, cobria só a metade dos ombros. — Você já sabe onde vai fazer faculdade? — perguntei, tentando puxar assunto. Mãos pegajosas à parte, ele era gente boa.

— Vou pra Universidade de West Virginia com os caras. — Franziu o rosto ao ver meu drinque intacto. — Você não bebe?

— Bebo, sim. — Dei um gole para comprovar.

Ele sorriu e olhou para o lado, falando sobre os seus amigos que pretendiam ir para a Marshall em vez de para a universidade local. Enquanto estava distraído, derramei metade da bebida no chão.

Simon continuou a fazer perguntas, interrompidas de tempos em tempos quando um dos amigos dele passava pela gente. Joguei a maior parte da minha bebida fora, o que me rendeu vários refis. Simon me dizia sempre para esperar por ele onde a gente estivesse, e ia buscar mais cerveja. No meu terceiro copo de mentirinha, já devia estar achando que eu era uma bêbada, mas ao menos ele estava fazendo um bom exercício.

Antes que me desse conta, estávamos a uma boa distância da fogueira, no meio da primeira sequência de árvores. Cada passo ficava mais difícil. Em parte por causa do chão irregular e dos meus saltos, mas também porque o mínimo de peso que o Simon botava em mim já era duro de aguentar.

Simon se endireitou e tirou o braço dos meus ombros, levando o xale junto. Ele caiu em algum lugar atrás de mim, desaparecendo rapidamente no chão escuro coberto de mato alto.

— Droga — reclamei, virando e apertando os olhos para enxergar melhor.

— Que foi? — perguntou ele, contrariado.

— Meu xale, eu deixei cair. — Dei alguns passos para trás na direção da fogueira.

— Hum, você fica melhor sem ele — falou. — Esse vestido, ai, ai.

Lancei-lhe um olhar irritado antes de voltar a esquadrinhar todas as áreas escuras.

— Bom, o xale é da minha mãe, e ela vai me matar se eu perder.

— A gente vai achar. Não se preocupa com isso agora.

De repente, o braço dele se enroscou na minha cintura e me puxou. Assustada, deixei cair o copo de cerveja e soltei uma risada nervosa, ao mesmo tempo em que me desvencilhava dele.

LUX 1 OBSIDIANA

— Acho que tenho que procurar agora.

— Não pode esperar? — Simon se aproximou mais um passo, e eu me afastei novamente. De repente, me dei conta de que estava encurralada entre ele e uma árvore. — A gente tava conversando, mas era isto aqui que eu queria fazer.

Dei uma olhada na fogueira. Parecia longe demais agora.

— O quê?

Ele pôs a mão enorme no meu ombro e segurou com força. Fui tomada por uma sensação pior do que nojo. Outra coisa. Algo mais poderoso, que me deixou com um gosto estranho no céu da boca, que nem quando o Arum falou comigo do lado de fora da biblioteca. Ele se inclinou para a frente, ao mesmo tempo que me puxava e baixava a cabeça.

Congelei por um segundo e foi o bastante. Sua boca estava na minha, com aquele bafo de cerveja e pastilha de menta. Ele soltou um grunhido e me empurrou. Antes que pudesse resistir, minhas costas bateram na árvore. Ele continuou forçando, beijando meus lábios cerrados. Não conseguia respirar. Botei as mãos no peito dele e empurrei com força, até conseguir libertar a minha boca.

— Peraí, Simon, isso tá demais! — falei, arfando para recuperar o fôlego. Tentei me soltar, mas ele não se mexia.

— Ah, fala sério, não é nada de mais! — A mão dele se meteu entre mim e a árvore, até se encaixar nas minhas costas, me segurando no lugar.

Empurrei de novo o peito dele, com raiva.

— Não vim aqui pra isso!

Simon riu.

— Todo mundo vem aqui pra isso. Olha, a gente tá bebendo, se divertindo. Não tem nada de errado nisso. Eu não vou contar pra ninguém, se você não quiser. Todo mundo sabe que você ficou com o Daemon no verão.

— *O quê?* — gritei. — Simon, me deixa...

Os lábios molhados e nojentos dele interromperam minhas palavras. Sua língua invadiu minha boca, e tive vontade de vomitar. O ritmo das batidas do meu coração triplicou e em um instante comecei a pensar que deveria ter escutado o Daemon e aceitado a oferta dele para me levar em casa, porque eu realmente *era* ingênua demais para lidar com ele.

Dei um jeito de mexer minha cabeça.

— Simon, *para*!

E então o Simon *parou*. Eu me desequilibrei e caí encostada na árvore, atordoada e sem fôlego. Ouvi o som de alguém batendo no chão e, em seguida, um grito de dor.

Havia alguém curvado sobre um Simon estatelado, prestes a levantá-lo pelo cangote.

— Você tem algum problema de audição?

Reconheci aquela voz de barítono. Era a mesma voz que Daemon usara no dia em que passei cuidando do jardim. Mortalmente tranquila, perigosamente baixa. Ele encarava o garoto acovardado, a respiração pesada.

— Cara, me desculpa — disse Simon com a voz enrolada, segurando no pulso do Daemon. — Eu achei que ela...

— Achou o quê? — Daemon o pôs de pé. — Que "não" queria dizer "sim"?

— Não! É! Eu pensei...

Daemon levantou a mão e Simon simplesmente... *parou*. Com os braços no ar, as mãos espalmadas diante da cara. O sangue que escorria do nariz parou em cima da boca aberta. Os olhos esbugalhados, sem piscar. O rosto congelado numa expressão de medo e confusão alcoólica.

Daemon havia congelado o Simon. Literalmente.

Dei um passo à frente.

— Daemon, o que... o que você fez?

Ele não olhou para mim, manteve-se focado no Simon.

— Era isso ou eu o mataria.

Eu não tinha dúvidas de que ele era capaz de matá-lo. Cutuquei o braço do Simon. Parecia normal, mas duro. Como um cadáver. Engoli em seco.

— Ele está vivo?

— Deveria? — perguntou.

Trocamos um olhar pesado, de compreensão e arrependimento. A mandíbula de Daemon estava tensa.

— Ele está bem. No momento, é como se estivesse dormindo.

Simon parecia uma estátua, uma estátua bêbada e tarada.

LUX 1 OBSIDIANA

— Meu Deus, que confusão. — Recuei, enroscando os braços em volta de mim. — Quanto tempo ele vai ficar desse jeito?

— Pelo tempo que eu quiser — respondeu ele. — Poderia deixá-lo aí, pros cervos mijarem nele e os corvos deixarem a cabeça dele coberta de merda.

— Mas não pode... você sabe, né?

Daemon deu de ombros.

— Você tem que desfazer isso, mas, antes, eu quero fazer uma coisa.

Daemon levantou uma sobrancelha, curioso.

Respirei fundo, ainda sentindo o gosto de cerveja barata, bala de menta e da língua do Simon, e dei um chute nele, bem no meio das pernas. Ele não reagiu, mas sentiria mais tarde.

— Uau. — Daemon soltou uma meia risada. — Talvez fosse melhor se eu tivesse matado o cara. — Ele franziu o cenho quando viu minha cara. Virou para o Simon e brandiu a mão.

O garoto se dobrou ao meio, com as mãos em concha no meio das pernas.

— Merda.

Daemon empurrou-o de novo.

— Sai da porra da minha frente, e eu juro que, se você olhar pra ela de novo, vai ser a última coisa que vai fazer.

Simon estava três tons mais branco. Passou a mão sobre o nariz ensanguentado. Seus olhos se alternavam entre o Daemon e mim.

— Katy, me desculpa...

— Sai. Daqui. Agora — cuspiu Daemon, dando um passo ameaçador para a frente.

Simon virou e se mandou, tropeçando e mancando pelo mato. Um silêncio mortal caiu sobre nós. Até a música parecia ter parado. Daemon se virou vagarosamente e foi andando. Eu fiquei parada, tremendo de frio.

Ele ia me deixar ali.

Não o culpava por isso. Daemon me avisara várias vezes, e eu não dera ouvidos. Lágrimas de raiva e frustração queimavam os meus olhos.

Mas ele retornou instantes depois, segurando meu xale e xingando baixinho. Com as mãos trêmulas, peguei o xale e vi que seus olhos estavam com aquele brilho especial. Há quanto tempo estariam assim? Podia senti-los sobre mim, pesados e intensos.

— Eu sei — murmurei, segurando o xale diante do vestido rasgado.
— Por favor, não fala.
— Falar o quê? Que eu te avisei? — Ele soou enojado. — Não sou tão babaca assim. Tudo bem?
Fiz que sim e respirei fundo.
— Obrigada.
Daemon falou mais um palavrão e se aproximou, pondo nos meus ombros algo quente, com o cheiro dele.
— Aqui — falou asperamente. — Bota isso. Vai cobrir tudo.
Olhei para baixo. O xale de renda não escondia o corpete rasgado do vestido. Corada, enfiei os braços no paletó do smoking. Lágrimas bloqueavam minha garganta agora. Eu estava zangada com o Simon, comigo, e envergonhada. Depois de vestir o paletó, abracei o xale com força. Daemon nunca me deixaria esquecer essa. Ele podia até não estar jogando isso na minha cara agora, mas sempre haveria o dia seguinte.
Seus dedos roçaram meu rosto quando ele botou atrás da minha orelha uma mecha de cabelos que havia se soltado.
—Vamos lá — sussurrou.
Levantei a cabeça. Havia uma inesperada suavidade em seus olhos. Engoli o nó na minha garganta. Ele ia ser legal agora?
—Vou te levar para casa.
Desta vez, não foi uma ordem arrogante, nem uma pressuposição. Foram apenas palavras. Concordei. Depois do desastre que acontecera e do fato de ter percebido que tinha mais um rastro em mim, não ia discutir. Então me ocorreu.
— Espera.
Ele parecia disposto a levar a cabo sua ameaça anterior e me jogar sobre os ombros.
— Kat.
— Simon não vai ficar com um rastro, que nem eu?
Se o pensamento lhe passara pela cabeça, não parecia incomodá-lo.
—Vai.
— Mas...
Daemon chegou junto ao meu rosto num piscar de olhos.
— Isso não é problema meu.

LUX ❋ 1 Obsidiana

Então me pegou pelo braço. Não com força, mas firme. Não conversamos enquanto ele me conduzia pela escuridão gelada até sua caminhonete estacionada perto da estrada principal. Vários dos carros pelos quais passamos estavam embaçados. Alguns até se mexiam. Toda vez que olhava para meu vizinho, seus olhos estavam apertados e seu maxilar, cerrado.

A culpa remoía minhas entranhas como ácido. E se algum Arum ainda estivesse por ali e visse o rastro no Simon? Sim, ele estava no limiar de ser um estuprador, mas o que o Arum faria com ele? A gente não podia deixá-lo ali, andando com um rastro daqueles.

Daemon soltou o meu braço e abriu a porta do lado do carona. Entrei, tirei a alça da bolsa do meu pulso e botei-a ao meu lado. Observei-o dar a volta no carro, digitando no celular. Ele se sentou no banco do motorista e me olhou, cuidadoso.

— Falei pra Dee que ia te levar pra casa. Quando eu cheguei, ela me disse que tinha te visto, mas que não tinha mais conseguido te achar.

Assenti e comecei a puxar o cinto de segurança, mas ele não se mexeu. Toda a minha frustração veio à tona, e eu dei um puxão com força.

— Droga!

Daemon se inclinou sobre mim e tirou meus dedos do cinto. Em um espaço tão reduzido, não havia muito como se mexer e, antes que eu pudesse protestar, ele já estava puxando o cinto. Seu rosto roçou no meu e, em seguida, seus lábios também. Foram toques rápidos, acidentais, mas de qualquer jeito tive dificuldade em respirar.

Ele destravou o cinto e, quando foi cruzá-lo sobre o meu corpo, as costas da sua mão esbarraram levemente na frente do meu vestido. Dei um salto no banco.

Daemon levantou a cabeça, assustado. Estava tão surpreso quanto eu. Nossas bocas estavam quase se encostando. Seu hálito era quente e doce. Intoxicante. Seu olhar pousou nos meus lábios, e meu coração começou a fazer mil maluquices dentro do peito.

Nenhum de nós se mexeu por um tempo que pareceu durar uma eternidade.

Mas, então, ele fechou o cinto e voltou para o próprio banco, a respiração entrecortada. Segurou o volante por vários minutos, enquanto eu tentava me lembrar de como era importante respirar normalmente, e não só em grandes tragadas de ar.

Calado, Daemon começou a dirigir. Houve um silêncio pesado e longo no carro. A volta para casa foi uma tortura. Queria agradecer mais uma vez e perguntar o que ele pretendia fazer com o Simon, mas tive a sensação de que não seria uma boa ideia.

Acabei deitando a cabeça no banco e fingindo que estava dormindo.

— Kat? — chamou ele, lá pelo meio do caminho.

Fingi que não tinha ouvido. Infantil, eu sei, mas não sabia o que dizer. Ele era um completo mistério para mim. Cada ato seu contradizia uma atitude anterior. Podia sentir os olhos dele em mim e isso era difícil de ignorar. Quase tão difícil quanto ignorar o que quer que houvesse entre a gente.

— Merda! — explodiu Daemon, metendo o pé no freio.

Meus olhos se abriram de repente e fiquei chocada ao ver um homem no meio da estrada. A caminhonete derrapou com a freada e me jogou para a frente. Com isso, o cinto de segurança puxou meu ombro com força, dolorosamente, e me levou para trás. O carro tinha simplesmente se desligado, motor, luzes, tudo.

Daemon falou qualquer coisa numa língua suave e musical. Já a escutara antes, quando o Arum me atacara na biblioteca.

Reconheci o homem em frente ao carro. Ele vestia a mesma calça jeans escura, óculos de sol e jaqueta de couro que eu tinha visto no outro dia, do lado de fora da loja de vestidos. E aí mais um homem apareceu, quase idêntico a ele. Não consegui nem ver de onde tinha vindo. Era como uma sombra que saía das árvores. Em seguida, um terceiro surgiu, juntando-se aos outros, de pé atrás do primeiro. Eles não se mexeram.

— Daemon — sussurrei, com o coração batendo na garganta. — Quem são eles?

Uma luz forte e branca se acendeu em seus olhos, cegando-me.

— Arum.

[24]

O medo cresceu tão depressa que me deixou tonta, quase entorpecida. Como eu poderia ficar tão anestesiada quando, com certeza, deveria sentir uma dezena de emoções?

Daemon se abaixou e levantou a perna da calça. Houve um som de velcro sendo aberto, e ele me mostrou algo longo, escuro e brilhante. Somente quando o enfiou em minhas mãos trêmulas foi que percebi que era uma espécie de vidro preto em forma de punhal, afiado em uma ponta e coberto de couro na outra.

— Isto é obsidiana, um tipo de vidro vulcânico. A ponta é muito afiada e corta *qualquer coisa* — explicou rapidamente. — É a única coisa neste planeta, além de nós, que pode matar um Arum. É a kryptonita deles.

Olhei para ele, enquanto meus dedos apertavam a bainha de couro.

— Vamos lá, bonitão! — gritou o Arum da frente, com uma voz gutural, mas afiada como uma lâmina. Seu sotaque soava estrangeiro. — Vem aqui brincar com a gente!

Daemon ignorou-os e segurou o meu rosto, com as mãos fortes e firmes.

— Presta atenção, Kat. Quando eu disser pra correr, você corre e não olha pra trás, não importa o que acontecer. Se algum deles, *qualquer um*, for atrás de você, tudo o que precisa fazer é enfiar a obsidiana nele, em qualquer lugar.

— Daemon...

— Não. Você vai correr quando eu mandar, Kat. Diz pra mim que entendeu.

Havia três deles e só um Daemon. As chances não eram boas.

— Por favor, não faz isso! Vem comigo...

— Não posso. A Dee tá naquela festa. — Os olhos dele se encontraram com os meus. — Corre quando eu mandar.

Em seguida, se virou, soltou um suspiro resignado e abriu a porta do carro. Com os ombros empertigados e seu andar tipicamente confiante, abriu um sorriso debochado, o mesmo que por tantas vezes havia me feito querer esmurrar a cara dele.

— Uau — falou. — Vocês ficam mais feios como humanos do que na forma verdadeira. Não achei que fosse possível. Parece que estavam vivendo embaixo de uma pedra. Não veem muito o sol, né?

O da frente, presumidamente o líder, grunhiu.

— Você é arrogante, como todos os Luxen. Mas pra onde vai sua arrogância quando eu absorver seus poderes?

— Pro mesmo lugar que o meu pé — retrucou Daemon, com as mãos fechadas.

O líder pareceu confuso.

— Você sabe, na *sua bunda*. — Ele sorriu e os outros dois Arum sibilaram. — Espera. Vocês estão me parecendo familiares. Já sei. Eu matei um dos seus irmãos. Sinto muito. Como era o nome dele? Vocês todos parecem iguais pra mim.

Suas formas começaram a piscar, se transformando de humano para sombra e vice-versa. Alcancei o trinco da porta, apertando o punhal na mão. O sangue circulava tão rapidamente pelo meu corpo que tudo o mais pareceu ficar em câmera lenta.

— Vou arrancar sua essência do corpo — gritou o Arum. — E você vai implorar por piedade.

— Que nem seu irmão fez? — provocou Daemon, a voz baixa e fria. — Porque ele implorou e chorou que nem uma garotinha antes de eu acabar com ele.

LUX 1 OBSIDIANA

E pronto. Os Arum urraram em uníssono; um som de ventos uivantes e morte. Minha respiração ficou presa na garganta. Daemon levantou as mãos e um grande rugido ressoou debaixo do carro, balançando a estrada e destruindo as árvores em volta. Ouviu-se um estalo alto, como uma explosão de trovão, logo seguida por outras, sucessivamente. A terra parecia tremer e trepidar.

Eu me virei para a janela e engasguei.

Árvores eram arrancadas do chão, com suas raízes grossas e torcidas levantando pedaços do solo. Um cheiro de terra preencheu o ar.

Meu Deus, Daemon estava *arrancando* as árvores do chão.

Uma delas caiu bem nas costas de um Arum, jogando-o a vários metros de distância. Outras árvores tombaram. Algumas caíram no meio da estrada, impedindo qualquer motorista inocente que aparecesse ali de continuar. Galhos se quebraram, voando pelo céu como adagas. Os outros dois Arum evitaram-nas, aparecendo e desaparecendo conforme avançavam na direção do Daemon. Os galhos atravessavam suas sombras sem resistência.

O chão debaixo da caminhonete tremeu. Ao longo da estrada, pedaços de acostamento se separaram da via principal. Grandes trechos de asfalto voavam pelo ar, aquecidos até assumirem uma coloração laranja, e zuniam diretamente sobre os Arum.

Meu Deus, eu ia pensar duas vezes antes de irritar o Daemon de agora em diante.

Os Arum desviavam do asfalto e das árvores, jogando de volta o que pareciam ser bolhas de óleo. Onde a gosma caía, a estrada soltava fumaça. Um cheiro de piche queimado impregnou o ar.

A essa altura, Daemon já não passava de uma luz branca ofuscante, um ser que não era humano e sim de outro mundo, bonito e assustador ao mesmo tempo. O brilho se intensificou em volta dos membros estendidos, formando bolas de energia que faiscavam. A luz pingava na estrada. Linhas de transmissão de energia sobre nossas cabeças estalaram e depois explodiram. Os Arum se apagaram, mas suas sombras não conseguiam se esconder da luz do Daemon. Dava para vê-los se movimentando na direção dele. Um dos homens disparou para o lado, atraindo-o.

Daemon juntou as mãos e a explosão que se seguiu fez o carro balançar. Um feixe de luz surgiu de dentro dele, zunindo diretamente até o que estava mais perto, fazendo o Arum girar no ar e, por um instante, assumir de novo sua forma humana. Os óculos escuros quebraram. Pedaços flutuaram no ar, em suspenso. Outro estalo se seguiu e o Arum explodiu numa miríade de luzes ofuscantes que pareciam mil estrelas brilhantes.

Daemon esticou o braço e o outro Arum voou vários metros para trás, rodando e tropeçando pelo ar, mas aterrissou sobre as próprias pernas, pronto para atacar novamente.

Corre. A voz surgiu na minha cabeça. *Corre agora, Kat. Não olha pra trás. Corre!*

Abri a porta do carro e saí tropeçando. Caí de joelhos e fui tateando o meio-fio, estremecendo ao som dos uivos do Arum. Cheguei até a primeira árvore que ainda estava de pé e parei. O instinto me dizia para continuar a correr, a fazer como o Daemon tinha mandado, mas não poderia deixá-lo para trás. Não poderia *fugir*.

Com o coração aos pulos na garganta, me virei. Os dois Arum restantes estavam em volta dele, alternando suas formas humanas imponentes e as sombras.

Grossas bolhas de óleo passaram pelo Daemon, errando por pouco o halo de luz que havia à sua volta. Uma delas bateu numa árvore do outro lado da rua e partiu-a em duas.

Daemon retaliou, jogando bolas de luz neles, incrivelmente rápidas e mortais. Elas zumbiam através do ar, formando paredes de chamas que chiavam e se apagavam quando não encontravam um Arum. Eles não eram tão rápidos quanto Daemon, mas conseguiram escapar de todos os tiros. Depois de jogar cerca de trinta delas, eu podia notar que a luz do Daemon estava enfraquecendo e que o tempo de intervalo entre as bombas aumentava. Lembrei-me do que ele tinha dito ao parar o caminhão. Usar os poderes o cansava. Ele não aguentaria por muito mais tempo.

O terror tomou conta de mim quando os vi aproximarem-se do Daemon, sua escuridão quase envolvendo a luz dele. Uma bola de chamas vermelhas brilhantes se formou e disparou na direção dos Arum, mas errou. O fogo derrapou pela estrada e se extinguiu sem causar danos.

Um dos Arum se apagou completamente, enquanto o outro continuava a jogar bombas de óleo no Daemon, sem parar, sem diminuir o ritmo. Ele desaparecia e ressurgia a poucos metros de cada projétil. Movia-se tão depressa que eu parecia estar vendo a cena toda se desenrolar sob luzes estroboscópicas.

Meu vizinho estava focado no Arum que jogava as bombas, e não viu o outro reaparecer atrás dele. Os braços sombrios se enroscaram no que parecia ser a cabeça do Daemon, deixando-o de joelhos na beira da estrada. Gritei, mas o som se perdeu na risada do Arum.

— Pronto pra implorar? — zombou o que estava diante dele, voltando à forma humana. — Por favor, faça isso. Significaria muito pra mim ouvir as palavras "por favor" saindo da sua boca enquanto eu tiro tudo o que você tem.

Daemon não respondeu, mas sua luz era crepitante e intensa.

— Silêncio até o fim, é? Então que seja. — O Arum deu um passo à frente, com a cabeça levantada. — Baruck, chegou a hora.

Baruck forçou Daemon a se levantar.

— Agora, Sarafeth!

Uma parte do meu cérebro se desligou. Comecei a me mover sem pensar, correndo na direção exata de tudo o que Daemon tinha dito para me afastar. A obsidiana esquentou na minha mão enquanto eu corria pelas crateras que queimavam como carvão. Um salto da minha sandália quebrou, preso num dos galhos derrubados, mas segui em frente.

Não era coragem, era desespero.

Sarafeth se transformou em uma sombra e esticou o braço, enfiando-o no meio do peito do Daemon. O grito que ele soltou me rasgou por dentro, aumentando o medo e transformando-o em raiva e angústia. A luz do Daemon flamejou, ofuscante e concentrada. O chão chacoalhou com um tremor gigantesco.

Poucos metros atrás de Sarafeth, joguei meu braço para trás, com a obsidiana na mão e pulei para a frente, enfiando-a com toda a força que eu tinha. Esperava encontrar resistência, carne e osso, mas a obsidiana cortou através da sombra, como se Sarafeth fosse feito de nada mais do que fumaça e ar, e eu passei direto.

O Arum recuou, se desvencilhando da luz do Daemon. Ele se virou, tentando me alcançar com seus braços sombrios. Tropecei e caí. A obsidiana brilhava na minha mão, zumbindo com a energia.

Mas, então, Sarafeth parou. Pedaços dele começaram a se soltar, grumos de escuridão que voaram pelo céu, encobrindo as estrelas, até que todo ele estivesse flutuando.

Baruck soltou Daemon e deu um passo atrás. Por um momento, recobrou sua forma humana, de jeans escuro e jaqueta, com uma expressão horrorizada no rosto e olhar fixo na obsidiana na minha mão. Seus olhos se encontraram com os meus por apenas um segundo. A vingança foi prometida naquela troca de olhares. Em seguida, virou sombra, atraindo toda a escuridão para si e fugindo para o outro lado da estrada como uma cobra ferida, desaparecendo noite adentro.

Passei por cima de galhos e asfalto partido, numa corrida louca para chegar ao lado do Daemon. Ele ainda era só luz, e eu não fazia ideia de onde tocá-lo e do quanto estava ferido.

— Daemon — sussurrei, caindo sobre meus joelhos ensanguentados. Meus lábios, mãos... tudo... tremia. — Daemon, por favor, fala alguma coisa.

Sua luz se acendeu, liberando uma onda de calor, mas ele não fez nenhum som ou movimento, nenhuma palavra sussurrada mentalmente. E se alguém aparecesse? Como eu poderia explicar *isto*? E se ele estivesse ferido, morrendo? Um soluço explodiu na minha garganta.

Meu celular! Eu poderia ligar para a Dee. Ela saberia o que fazer. Tinha que saber. Comecei a me levantar, quando senti sua mão no meu braço.

Virei-me e lá estava o Daemon, de volta à forma humana, ajoelhado no chão, com a cabeça baixa, mas a pegada forte.

— Daemon, meu Deus, você está bem? — Ajoelhei e pus a mão na bochecha quente dele. — Por favor, me diz que você está bem. Por favor!

Ele levantou a cabeça devagar e pôs a outra mão na minha.

— Me lembra — fez uma pausa, gaguejando um pouco. — De nunca te irritar de novo. Cristo, você é ninja ou coisa assim?

Ri e chorei ao mesmo tempo. Passei meus braços em volta dele, quase derrubando-o novamente no chão. Enterrei o rosto em seu pescoço e inalei seu perfume. Ele não tinha opção senão me abraçar de volta. Seus braços se enroscaram em mim, uma das mãos entremeando-se nos cachos que tinham se soltado.

LUX 1 OBSIDIANA

—Você não me obedeceu — murmurou contra meu ombro.

— Eu nunca te obedeço. — Apertei-o com força. Engolindo o choro, me afastei um pouco, observando seu rosto, estranho e belo. — Você tá ferido? Tem alguma coisa que eu possa fazer?

—Você já fez o suficiente, gatinha. — Ele ficou de pé, me levantando também. Respirou fundo e olhou ao redor. — Temos que sair daqui antes que chegue alguém.

Não tinha bem certeza de como isso ajudaria. Parecia que um tornado havia passado por ali, mas Daemon se afastou e brandiu a mão. Por toda a estrada, as árvores saíram do caminho e se amontoaram nas laterais. A ação pareceu nem abalá-lo.

—Vamos lá — disse Daemon.

Mas, no caminho de volta para o carro, lembrei que a obsidiana ainda estava na minha mão. O veículo ligou assim que Daemon virou a chave, para o nosso alívio.

—Você está bem? Se machucou? — perguntou.

— Estou bem. — Eu tremia. — É só... é muito, sabe?

Ele deu uma risada rápida e em seguida socou o volante com os punhos fechados.

— Eu devia saber que eles viriam. Os Arum sempre viajam em quatro. Droga!

Segurei a obsidiana dele perto de mim e olhei para a frente. A adrenalina estava diminuindo, e eu tentava processar tudo que tinha acontecido.

— Havia só três deles.

— É, porque eu matei o primeiro. — Tirou o celular do bolso. — E com certeza eles estavam putos com isso.

A gente tinha matado outros dois, então imagino que o que sobrou estaria verdadeiramente enfurecido. Alienígenas furiosos. Uma risadinha histérica tentou sair, mas eu tapei a boca com a mão.

Ele ligou para a irmã, instruindo Dee a reunir os Thompson e ficar com o professor Garrison até o amanhecer. Enquanto os Arum eram mais fortes à noite, usando a escuridão para se moverem sem serem notados e se alimentando das sombras, os Luxen eram o oposto, mais fortes durante o dia. Daemon deu os detalhes do que havia acontecido e eu escutei-o dizer a Dee que eu estava bem.

— Kat, você tá legal? De verdade? — perguntou depois de desligar, preocupado.

Fiz que sim. Eu estava viva. *Ele* estava vivo. Estávamos bem. Mas eu não conseguia parar de tremer, nem esquecer o som do grito do Daemon.

* * *

Daemon quis que eu passasse a noite na casa dele. Sua argumentação era válida. Havia mais um lá fora e, até que se soubesse onde o Arum estava, era mais seguro ficarmos juntos. Pela segunda vez naquela noite, não discuti. Não me enganei, achando que o convite era preocupação comigo. Era apenas necessidade, mesmo.

Depois de ligar para a mamãe e dizer que ia ficar na Dee, o que ela protestou, mas acabou cedendo, Daemon me levou para o quarto de hóspedes no qual eu havia acordado na manhã após descobrir tudo sobre eles. Parecia ter sido em outra vida.

Ele tinha ficado quieto desde que chegamos à sua casa, seus pensamentos a um milhão de anos-luz de distância. Deixou-me no quarto de hóspedes com um par de calças de pijama de flanela já gastas e uma camiseta que parecia ser da Dee. No banheiro, rapidamente tirei o vestido arruinado, enrolando-o e jogando-o na lixeira. Não queria vê-lo nunca mais.

A água quente não foi capaz de abrandar a dor. Nunca havia me sentido assim. Todos os músculos gritavam, e minha cabeça estava cansada à exaustão. Saí do chuveiro com as pernas trêmulas, e, mesmo no calor do banheiro cheio de vapor, eu senti frio.

Devagar, limpei o espelho e me choquei com o reflexo que me olhava de volta. Meus olhos estavam esbugalhados. Minhas bochechas pareciam fantasmagoricamente pálidas e esticadas sobre as maçãs do rosto. Eu parecia mais com um alien do que os meus amigos.

Ri e imediatamente estremeci. A risada soou engasgada e feia, um tanto assustadora na quietude do ambiente.

Baruck voltaria. Não era por isso que Daemon estava quieto? Ele sabia que o Arum tentaria vingar sua família, e não havia nada que pudesse fazer. Ou que eu pudesse torcer para acontecer.

— Tudo bem aí dentro? — perguntou ele, através da porta fechada.

— Tudo. — Rapidamente passei os dedos pelos cabelos molhados, afastando mechas grossas do rosto. — Tudo bem — murmurei de novo.

Vesti as roupas que ele havia me dado e elas estavam quentinhas, com um leve cheiro de sabão em pó e folhas de verão.

Daemon estava sentado na beira da cama quando eu voltei, parecendo cansado e jovem. Já tinha se trocado também, e vestia agora um moletom e uma camiseta.

— Você tá bem? — perguntei.

Ele assentiu.

— Sempre que usamos nossos poderes, é como... se perdêssemos uma parte de nós. Leva um tempo pra recarregar. Quando o sol nascer, eu vou estar bem. — Fez uma pausa, me olhando nos olhos. — Sinto muito que você tenha passado por isso.

Parei na frente dele. "Sinto muito" não era algo que aparecesse no vocabulário dele com frequência. Nem suas próximas palavras, suspeitei.

— Não te agradeci — falou, olhando pra mim. — Você deveria ter corrido, Kat. Eles teriam te matado sem pensar duas vezes. Mas você salvou a minha vida. Obrigado.

As palavras travaram na minha garganta. Olhei para ele.

— Fica comigo esta noite? — Esfreguei meus braços. — Não tô dando em cima de você. Você não precisa, mas...

— Eu sei. — Daemon se levantou, a testa franzida. — Vou checar mais uma vez a casa, já volto.

Subi na cama, puxei as cobertas até o queixo e olhei para o teto. Fechei os olhos e contei silenciosamente até ouvir os passos dele. Ao reabri-los, Daemon estava de pé junto à porta, me olhando.

Eu me encolhi numa das pontas da cama, deixando bastante espaço para ele. Um pensamento estranho percorreu meu cérebro quando o vi me observando. Será que ele já tinha estado em uma cama com uma humana? Parecia uma coisa tão estúpida de se pensar. Relacionamentos com os seres humanos não eram proibidos. Apenas faziam pouco sentido. E depois de tudo o que acontecera, por que eu estaria pensando nisso?

Daemon trancou a porta, conferiu as janelas grandes e, sem dar uma palavra, deitou-se na cama com os braços cruzados sobre o peito, tal como eu. Ficamos ali deitados, olhando para o teto. Meu coração batia acelerado. Talvez fosse por causa de tudo que havia ocorrido, ou talvez por ele estar ali, tão perto e tão vivo, mas o fato era que eu estava sensível a tudo à minha volta. A respiração lenta e compassada dele. O calor que irradiava do seu corpo. E a minha necessidade de me ver abraçada por aquele calor.

Um silêncio tenso pairou no ar enquanto eu corria meus dedos sobre a borda do cobertor. Então, contra a minha vontade, olhei para ele. Daemon olhou de volta, com um sorriso torto no rosto.

Uma risada borbulhou dentro de mim.

— Isso é… isso é muito constrangedor.

A pele ao redor dos seus olhos se enrugou conforme seu sorriso se ampliava.

— É mesmo, não é?

— É. — Respirei, tentando recuperar o fôlego e rindo. Parecia errado rir depois de tudo o que havia acontecido, mas não consegui evitar. Depois que começou, não dava para parar. Eu tinha enfrentado um possível estuprador e uma horda de alienígenas determinados a sugar a essência do Daemon. Loucura completa.

A risada dele se juntou à minha, até que pequenas lágrimas desceram pelas minhas bochechas. Daemon parou de rir e se virou para enxugar as gotas com os dedos. Parei e olhei para ele. Seus dedos deixaram meu rosto, mas seus olhos mantiveram-se nos meus.

— O que você fez lá na estrada foi incrível — murmurou ele.

Uma doce excitação me animou.

— E você também. Tem certeza de que não está ferido?

O sorriso torto do Daemon voltou.

— Não, tô bem, graças a você. — Ele se virou e apagou a lâmpada do lado da cama, antes de se deitar de novo.

Procurei na escuridão por algo para dizer.

— Eu estou brilhando?

— Que nem uma árvore de Natal.

LUX 1 OBSIDIANA

— Não apenas a estrela?

A cama se mexeu um pouco, e senti a mão dele no meu braço.

— Não. Você tá superbrilhante. É tipo olhar pro sol.

Que estranho. Levantei minha mão, quase sem conseguir distinguir o contorno dela no escuro.

— Vai ficar difícil pra você dormir, então.

— Na verdade, é meio confortável. Me faz lembrar do meu povo.

Virei a cabeça e deparei com ele deitado de lado, me observando. Senti uma agitação no peito.

— E a história da obsidiana? Você nunca tinha me contado.

— Não achei que fosse necessário. Ou ao menos esperava que não fosse.

— Ela também pode te machucar?

— Não. E antes que você pergunte, não temos o hábito de contar a humanos o que pode nos matar — respondeu calmamente. — Nem mesmo o DOD sabe o que é mortal para a gente. Mas a obsidiana anula as forças dos Arum. Que nem o quartzo beta das Seneca Rocks disfarça a energia que a gente emana. Mas com a obsidiana basta um furo e... bom, você sabe. É por causa do lance da luz, o modo como a obsidiana é capaz de fragmentá-la.

— Todos os cristais são prejudiciais para os Arum?

— Não, só esse tipo. Acho que tem a ver com o poder de esquentar e esfriar. Matthew me explicou uma vez. Honestamente, não prestei muita atenção. Eu sei que é capaz de matá-los. A gente sempre carrega uma escondida. Dee leva a dela na bolsa.

Estremeci.

— Não acredito que eu matei alguém.

— Você não matou *alguém*. Você matou um alien... um ser maligno que teria te matado sem pensar duas vezes. E que estava prestes a me matar — acrescentou, como um pensamento tardio, enquanto esfregava distraidamente o peito. — Você salvou a minha vida, gatinha.

Ainda assim, saber que o cara era mau não mudava a maneira como isso afetava meu estômago.

— Você fez que nem a Snowbird — comentou Daemon, finalmente.

Seus olhos estavam fechados e o rosto, tranquilo. Era possivelmente a primeira vez que eu o via tão... aberto.

— Como assim?

Um pequeno sorriso apareceu nos seus lábios.

— Você poderia ter me deixado lá e corrido, como eu tinha falado. Mas, não, você voltou e me ajudou. Não precisava fazer isso.

— Eu... não poderia te deixar lá. — Desviei meu olhar. — Não seria certo. Jamais me perdoaria.

— Eu sei. Dorme um pouco, gatinha.

Estava cansada, exausta, mas era como se o bicho-papão estivesse esperando do lado de fora da porta.

— Mas e se esse último voltar? — Fiz uma pausa, me dando conta de um novo medo. — Dee está com o professor Garrison. Ele sabe que eu estava com você quando eles te atacaram. E se ele quiser me entregar? E se o DOD...

— Shhh — cochichou Daemon, segurando a minha mão. Seus dedos acariciaram as costas dela. Um toque tão simples, mas que eu senti até os dedos dos pés. — Ele não vai voltar, não agora. E eu não vou deixar o Matthew te entregar.

— Mas...

— Kat, não vou deixar, tá? Eu prometo. Não vou deixar nada de ruim acontecer com você.

A vibração havia voltado, mas agora parecia que uma dúzia de borboletas estavam levantado voo ao mesmo tempo. Tentei abafar a sensação. Fora esse negócio de alienígena, o Daemon e eu... bom, a gente era como ímãs que se repeliam. Sentir qualquer coisa além de irritação em relação a ele não era possível, mas a maldita vibração estava lá de novo.

Não vou deixar nada de ruim acontecer com você.

Meu peito inflou. Seu toque me acalmava. Essas palavras me preencheram com um desejo arrebatador, inesperado. Era gostoso ficar ao lado dele. Meu corpo relaxou. Segundos, talvez minutos depois, caí no sono ao lado do único garoto que eu não suportava.

Imediatamente antes de adormecer, meu último pensamento foi: Será que eu acordaria pela manhã ao lado daquele Daemon ou do Daemon idiota?

[25]

Quando acordei na manhã seguinte, o sol já se encontrava acima das montanhas que circundavam o vale. Eu não estava mais no meu lado da cama. Diabos, nem na cama eu estava. Metade do meu corpo estava jogado em cima do peito do Daemon. Nossas pernas estavam embaralhadas debaixo das cobertas. Um de seus braços envolvia minha cintura como uma braçadeira de ferro. Minha mão na barriga dele. Podia sentir seu coração batendo debaixo da minha bochecha, forte e ritmado.

Fiquei deitada, com a respiração presa na garganta.

Havia algo de íntimo em estar enroscada em outra pessoa na cama. Como amantes.

Um calor doce e quente cobriu a minha pele e eu fechei os olhos. Cada centímetro de mim estava consciente da sua presença. Como meu corpo se encaixava no dele, como suas coxas pressionavam as minhas, a firmeza da barriga sob a minha mão.

Uma carga de hormônios foi liberada pelo meu corpo como uma bomba. Um raio de calor percorreu minhas veias. Por um momento, eu fingi. Não que não éramos de duas espécies diferentes, porque eu não o via desse jeito, mas que realmente gostávamos um do outro.

Então ele se virou e rolou. Ajeitei-me de novo, agora de costas. Daemon encaixou o rosto no espaço entre meu pescoço e meu ombro, ressonando. Meu Jesus Cristinho... Seu hálito quente dançava sobre a minha pele, espalhando arrepios pelo meu corpo. O braço pesava em minha barriga, a perna entre as minhas subindo até quase encostar na virilha. O ar desapareceu dos meus pulmões.

Daemon murmurou em uma língua que eu não compreendia. O que quer que fosse soava belo e suave. Mágico. De outro mundo.

Eu poderia tê-lo acordado, mas não o fiz. A emoção do toque dele em mim era muito mais forte do que qualquer outra coisa. A mão estava na bainha da minha camiseta emprestada, com os longos dedos na faixa de pele exposta entre a camiseta e o elástico da calça do pijama. Ela subiu alguns centímetros sob a camiseta, deslizando sobre a barriga. Achei que fosse ter um infarto. As pontas dos dedos dele esbarraram nas minhas costelas. Seu corpo se mexeu e seu joelho encostou no meu.

Prendi o ar.

Daemon parou. Ninguém se moveu. O relógio na parede tiquetaqueou. E eu me encolhi.

Ele levantou a cabeça. Seus olhos, como piscinas de grama líquida, me fitaram, confusos. Eles logo clarearam, ficando alertas e duros em uma questão de segundos.

— Bom dia? — gemi.

Usando os braços poderosos, ele se levantou, sem jamais tirar os olhos dos meus. Daemon pareceu inspirar fundo. Não tive certeza se ele soltou o ar. Alguma coisa passou entre nós, silenciosa e pesada. Seus olhos se apertaram. Tive a sensação de que ele estava avaliando a situação e que, de alguma maneira, eu era culpada pelos seus carinhos sonolentos e muito, muito deliciosos.

Como se qualquer coisa ali fosse minha culpa.

Sem falar nada, ele desapareceu de cima de mim. A porta abriu e bateu sem que eu sequer o visse sair.

Fiquei lá, olhando para o teto, com o coração acelerado. As bochechas coradas e o corpo para lá de quente. Não sei bem quanto tempo se passou, mas a porta se abriu de novo, numa velocidade humana normal.

Dee enfiou a cabeça dentro do quarto, os olhos arregalados.

LUX 1 OBSIDIANA

— Vocês dois...

Engraçado que, com tudo que havia acontecido nas últimas 24 horas, fosse *essa* a primeira pergunta dela.

— Não — respondi, sem quase reconhecer a minha voz. Limpei a garganta. — Quer dizer, a gente dormiu juntos, mas não *dormimos*, dormimos juntos.

Rolei na cama e enfiei a cara no travesseiro. Tinha o cheiro dele, fresco e quente. Como folhas de outono. Gemi.

❋ ❋ ❋

Tenho certeza de que se alguém tivesse me dito que eu me veria sentada numa sala com meia dúzia de aliens numa tarde de sábado, eu lhe diria para largar as drogas. Ainda assim, ali estava eu, sentada numa poltrona da casa dos Black, as pernas dobradas debaixo do corpo, mas pronta para sair correndo pela porta caso fosse necessário.

Daemon estava encarapitado no braço da poltrona, com os dele cruzados diante do peito. O mesmo peito sobre o qual eu havia acordado. Um bolo subiu pela minha garganta. A gente não havia se falado. Nem uma palavra, o que não era problema para mim.

Mas a posição dele tinha sido notada por todo mundo. Dee parecia estranhamente cheia de si. Uma careta profunda e implacável havia se instalado nos rostos da Ash e do Andrew, mas o fato de que eu estava ali ofuscava qualquer motivo pelo qual Daemon poderia estar bancando o cão de guarda.

O professor Garrison apareceu pouco depois.

— O que ela está fazendo aqui?

— Ela tá acesa que nem uma bola de discoteca — falou Ash, em tom de acusação. — Eu poderia vê-la de Virgínia.

De algum modo, ela fez parecer que eu estava coberta de furúnculos em vez de luz. Lancei-lhe um olhar furioso e escancarado.

— Ela estava comigo na noite passada, quando os Arum atacaram — respondeu Daemon, calmamente. — Você sabe disso. As coisas ficaram um tanto... explosivas. Não havia maneira de esconder o que aconteceu.

O professor Garrison passou uma das mãos nos cabelos castanhos.

— Daemon, você, mais do que ninguém, devia ser mais cuidadoso.

— E o que diabos eu deveria ter feito, exatamente? Nocauteá-la antes que os Arum atacassem?

Ash levantou uma sobrancelha. O olhar no rosto dela dizia que não teria sido má ideia.

— A Katy já sabe sobre o que nós somos desde que as aulas começaram — revelou Daemon. — E vocês podem acreditar em mim quando eu digo que fiz o possível para que ela não descobrisse.

Um dos garotos Thompson respirou fundo.

— Ela já sabe há esse tempo todo? Como você permitiu isso, Daemon? Todas as nossas vidas têm estado nas mãos de uma humana qualquer?

Dee revirou os olhos.

— Obviamente, ela não contou nada, Andrew. Relaxa.

— Relaxar? — A careta dele combinava perfeitamente com a da Ash. E finalmente eu sabia quem era Andrew, sabia diferenciá-los. Andrew tinha um brinco na orelha esquerda. Adam, que estava quieto, não. — Ela é uma idiota...

— Toma cuidado com o que você vai dizer. — A voz do Daemon soou baixa, porém carregada. — Vai acabar levando uma bola de fogo na cara se continuar sendo um babaca.

Meus olhos se arregalaram, assim como os de todo mundo na sala. Ash engoliu em seco, com dificuldade, e virou a cabeça, deixando que os cabelos louros e longos cobrissem seu rosto.

— Daemon — chamou o professor Garrison, dando um passo à frente. — Está ameaçando um da sua própria espécie por ela? Isso eu nunca esperei de você.

Ele enrijeceu os ombros.

— Não é bem assim.

Respirei fundo.

— Não vou contar a ninguém. Eu sei dos riscos que todos correriam, inclusive eu, se fizesse isso. Vocês não têm nada com o que se preocupar.

LUX 1 OBSIDIANA

— Mas como podemos confiar numa desconhecida? — perguntou Garrison, com os olhos grudados em mim. — Não me leva a mal. Tenho certeza de que é uma garota legal. Você é inteligente e parece ter a cabeça no lugar, mas isso é questão de vida ou morte pra nós. Nossa liberdade. Não podemos nos dar ao luxo de confiar em um humano.

— Ela salvou a minha vida ontem — contou Daemon.

Andrew riu.

— Ah, fala sério, Daemon. O Arum deve ter batido muito forte na sua cabeça. Não tem a menor chance de um humano salvar a nossa vida.

— Qual o problema de vocês? — estourei, sem conseguir me controlar. — Vocês agem como se a gente fosse incapaz de fazer qualquer coisa. Claro que vocês são seja lá o quê, mas não quer dizer que nós sejamos organismos unicelulares.

Adam tentou abafar o riso.

— Ela salvou mesmo a minha vida. — Daemon ficou de pé, atraindo a atenção de todos. — Fomos atacados por três Arum, os irmãos daquele que eu matei. Consegui destruir um deles, mas os outros dois me dominaram. Eles me derrubaram e já tinham começado a sugar meus poderes. Eu não ia sobreviver.

— Daemon — disse Dee, pálida. — Você não contou nada disso pra gente.

O professor Garrison ainda parecia duvidar.

— Não vejo como ela poderia ter ajudado. Ela é humana. Os Arum são poderosos, amorais e desleais. Como uma menininha poderia enfrentá-los?

— Eu dei a ela meu punhal de obsidiana e falei pra sair correndo.

— Você deu sua arma para ela? — Ash soou impressionada. — Por quê? — Os olhos da garota grudaram em mim. — Você nem gosta dela.

— Pode até ser, mas não ia deixá-la morrer só por causa disso.

Estremeci. Caramba. Uma dor se instalou no meu peito, como um carvão em brasa, ainda que eu não devesse me importar.

— Mas você poderia ter se machucado — protestou Ash. O medo deixava a voz dela mais grossa. — Poderia ter morrido por ter dado para ela a sua melhor defesa.

Daemon suspirou, se sentando novamente no braço da poltrona.

— Eu tenho outros meios de me defender. Ela, não. Mas a Katy não correu como eu mandei. Em vez disso, voltou e matou o Arum que estava prestes a acabar comigo.

Um orgulho relutante brilhou nos olhos do meu professor de biologia.

— Isso é... admirável.

Revirei os olhos, começando a sentir uma leve dor de cabeça.

— Foi bem mais do que admirável — interveio Dee, olhando para mim. — Ela não precisava fazer isso. Tem que ser considerado mais do que admirável.

— Foi corajoso — comentou Adam, olhando para o tapete. — É o que qualquer um de nós teria feito.

— Mas isso não muda o fato de que ela sabe da gente — retrucou Andrew, lançando um olhar de desprezo para o irmão gêmeo. — E nós somos proibidos de contar a qualquer humano.

— Nós não contamos pra ela — disse Dee, inquieta. — Aconteceu.

— Claro, como aconteceu da última vez. — Andrew revirou os olhos e se virou para o professor. — Isso é inacreditável.

Garrison balançou a cabeça.

— Depois do feriado do Dia do Trabalho, você me disse que tinha acontecido alguma coisa, mas que já tinha cuidado de tudo.

— O que houve? — perguntou Ash. Sem dúvida, aquela era a primeira vez que ela ouvia falar disso. — Você tá falando sobre a primeira vez em que ela ficou brilhante?

Aparentemente, eu era que nem um vaga-lume.

— O que houve? — perguntou Adam, soando curioso.

— Eu atravessei a estrada na frente de um caminhão. — Esperei pelo inevitável olhar de "dãããã" que veio mesmo em seguida.

Ash encarou Daemon, os olhos azuis imensos, do tamanho de dois pires.

—Você parou o caminhão?

Ele assentiu.

Uma expressão abatida tomou conta do rosto dela, e a garota desviou o olhar.

— Isso obviamente não podia ser explicado. Ela sabe desde então?

Imaginei que este não seria um bom momento para dizer que eu já tinha minhas suspeitas antes.

— Ela não pirou — disse Dee. — Nos escutou, compreendeu por que é importante, e pronto. Até a noite passada, o que somos não havia sido um problema.

— Mas vocês mentiram pra mim. Os dois. — O professor Garrison encostou na parede, no espaço entre a TV e uma estante lotada de livros. — Como vou confiar em vocês agora?

Uma dor aguda e cega flamejou por trás dos meus olhos.

— Olha, eu compreendo o risco. Mais do que qualquer um aqui nesta sala — disse Daemon, esfregando o peito no ponto onde o Arum tinha metido a mão sombria. — Mas não adianta chorar sobre o leite derramado. A gente tem que seguir em frente.

— Contatando o DOD? — perguntou Andrew. — Tenho certeza de que eles vão saber o que fazer com ela.

— Eu queria ver você tentar fazer isso, Andrew. Gostaria de verdade, porque, mesmo depois da noite passada, mesmo sem estar completamente recuperado, consigo te dar uma surra.

O professor Garrison pigarreou.

— Daemon, não é necessário fazer ameaças.

— Não? — rebateu ele.

Um silêncio pesado pairou sobre a sala. Acho que o Adam estava do nosso lado, mas era evidente que o Andrew e a Ash, não. Quando o professor Garrison finalmente falou, tive dificuldade em enfrentar o olhar dele.

— Não acredito que isto seja prudente — disse ele. — Não com o que já aconteceu antes, mas não vou te entregar. A não ser que você me dê motivos para isso. E talvez não dê. Não sei. Os humanos são criaturas tão volúveis. O que nós somos, o que podemos fazer, é algo que precisamos proteger a todo custo. Acho que você entende. — Fez uma pausa e pigarreou novamente. — Você está segura, mas a gente, não.

Andrew e Ash não pareciam nada satisfeitos com a decisão do professor Garrison, mas não reclamaram. A não ser por alguns olhares trocados, eles seguiram em frente para discutir como lidar com o último Arum.

— Ele não vai esperar. Eles não são conhecidos pela paciência — falou o professor, sentando-se no sofá. — Eu poderia contatar outros Luxen, mas não tenho certeza se seria uma atitude inteligente. Nós podemos até confiar nela, mas eles, não.

— E ainda tem o problema de que ela está acesa que nem uma lâmpada de mil watts agora — acrescentou Ash. — Não vamos nem precisar falar nada. Na hora em que ela for a qualquer lugar na cidade, eles vão saber que alguma coisa aconteceu de novo.

Fiz uma careta para a garota.

— Bom, não sei o que eu posso fazer pra resolver isso.

— Alguma sugestão? — perguntou Daemon. — Porque quanto antes a Katy se livrar do rastro, melhor pra todo mundo.

É, porque eu aposto que ele está louco para bancar a minha babá de novo.

— Quem se importa? — perguntou Andrew, revirando os olhos. — A gente já tem a questão do Arum pra resolver. Ele vai vê-la, não importa onde a gente a esconda. Todos estamos em perigo. Qualquer um de nós está em perigo perto dela. Não podemos esperar. Temos que achar o último Arum.

Dee fez que não.

— Se conseguirmos apagar o rastro dela, vamos ganhar tempo com o Arum. Apagar o rastro deveria ser nossa principal prioridade.

— Eu sugiro levá-la pro meio do nada e deixar ela lá — resmungou Andrew.

—Valeu — falei, esfregando as têmporas. —Você tá sendo tão prestativo.

Ele sorriu para mim.

— Ei, tô só dando minhas sugestões.

— Cala a boca, Andrew — disse Daemon.

O garoto revirou os olhos.

— Quando apagarmos o rastro, ela vai ficar segura — insistiu Dee, prendendo os cabelos para trás e revelando o rosto corado. — Os Arum não costumam se meter com humanos. A Sarah... ela estava no lugar errado na hora errada.

Eles enveredaram por outra discussão sobre o que era mais importante: me trancar em algum lugar, o que não fazia sentido porque minha luz podia ser vista através de qualquer coisa, ou tentar descobrir um jeito de apagar o rastro, sem ter que me matar. E eu seriamente acho que o Andrew acreditava que esta era uma sugestão válida. Imbecil.

— Eu tenho uma ideia — falou Adam. Todo mundo olhou para ele. — A luz em volta dela é um subproduto do nosso poder, certo? E nosso poder é energia concentrada. E nós ficamos mais fracos quando usamos nossos poderes, o que é a mesma coisa que usar mais energia.

O professor Garrison piscou, seus olhos brilhando com interesse.

— Acho que estou acompanhando você.

— Eu, não — resmunguei.

— Nossos poderes enfraquecem conforme usamos, quanto mais energia gastamos. — Adam se virou para Daemon. — Deve funcionar do mesmo jeito com nossos rastros, já que são só energia residual que deixamos em alguém. Se fizermos com que ela gaste energia, deve enfraquecer o que está ao seu redor. Talvez não completamente, mas deixar num nível em que não atraia todos os Arum da Terra até a gente.

Isso não fazia nenhum sentido para mim, mas o professor Garrison anuiu em concordância.

— Deve funcionar.

Daemon coçou o peito, com uma expressão desconfiada no rosto.

— E como vamos fazer com que ela gaste energia?

Andrew deu uma risadinha de deboche.

— A gente podia ir pro campo e correr atrás dela nos nossos carros. Ia ser divertido.

— Ah, vai se f...

A risada do Daemon me interrompeu.

— Não acho que seja uma boa ideia. Seria engraçado, mas não é uma solução. Humanos são frágeis.

— Que tal eu meter meu pé frágil na sua bunda? — perguntei, irritada. Minha cabeça estava latejando e eu não achava a menor graça neles. Empurrei o Daemon do braço da poltrona e me levantei. — Vou beber alguma coisa. Me digam quando vocês tiverem uma ideia que não vá me matar no meio do processo.

A conversa continuou enquanto fui saindo da sala. Não tinha sede. Só queria sair dali, ficar longe deles. Meus nervos estavam em frangalhos. Entrei na cozinha e corri as mãos pelo cabelo. O silêncio abençoado melhorou a dor de cabeça. Apertei bem os olhos até ver pequenas manchas dançando no interior das pálpebras.

— Imaginei que você viesse se esconder aqui.

Dei um pulo ao ouvir o som baixo da voz da Ash.

— Desculpa — falou, se encostando na bancada. — Não quis te assustar.

Não sei se eu acreditava.

—Tudo bem.

De perto, Ash tinha o tipo de beleza que me fazia querer emagrecer uns dez quilos e correr para a seção de maquiagem mais próxima. E ela sabia. Havia uma certa confiança na maneira como empinava o queixo.

— Isso deve estar sendo muita coisa pra absorver... Descobrir tudo e depois ainda enfrentar o que aconteceu ontem.

Olhei para ela com estranheza. Por mais que não estivesse tentando arrancar minha cabeça, eu não relaxaria.

— Tem sido estranho.

Um sorriso discreto repuxou-lhe os lábios cheios.

— O que aquele programa falava? "A verdade está lá fora."

— *Arquivo X* — respondi. — Tenho tido vontade de ver *Contatos imediatos do terceiro grau* desde que soube. Me parece o mais realista de todos os filmes de alienígenas.

A garota me lançou outro pequeno sorriso e em seguida levantou o olhar, me encarando.

— Não vou fingir que vamos ser melhores amigas ou que eu confio em você. Nada disso. Você jogou macarrão na minha cabeça. — Estremeci ao ouvir isso, mas ela continuou: — E, sim, talvez eu tenha sido babaca, mas você não entende. Eles são tudo o que eu tenho. Faço qualquer coisa pra protegê-los.

— Nunca faria nada para colocá-los em risco.

Ela se aproximou e eu lutei contra todos os instintos que me diziam para me afastar. Fiquei parada.

— Mas você já fez. Quantas vezes o Daemon já te ajudou, correndo o risco de expor o que somos e o que fazemos? Você estar aqui põe cada um de nós em risco.

A raiva subiu em mim como fogo.

LUX 1 OBSIDIANA

— Não tô fazendo nada. E na noite passada...

— Na noite passada você salvou a vida do Daemon. Ótimo. Parabéns. — Ela botou o cabelo liso escorrido para trás da orelha. — Mas é claro que a vida do Daemon não precisaria ser salva se você não tivesse levado o Arum direto até ele. E o que você acha que existe entre vocês não existe.

Ah, pelo amor dos filhotes do mundo.

— Não acho que eu tenha nada com o Daemon.

— Você gosta dele, não gosta?

Sorrindo, me virei para pegar uma garrafa de água na bancada.

— Não mesmo.

Ash inclinou a cabeça para o lado.

— Ele gosta de você.

Meu coração não deu uma cambalhota idiota dentro do peito.

— Ele não gosta de mim. Você mesma disse isso.

— Eu estava errada. — Ela cruzou os braços esguios, enquanto me observava atentamente. — Você o deixa intrigado. Você é diferente. Nova. Brilhante. Garotos, mesmo os nossos, sempre gostam de brinquedos novos e brilhantes.

Dei um longo gole na água.

— Bom, este brinquedo aqui não tem a menor intenção de brincar com ele. — Quando ele está acordado, ao menos. — E sério, os Arum...

— Os Arum vão acabar matando o Daemon. — O tom dela não se alterou nem um pouco. Permaneceu imutável. — Por sua causa, pequena humana. Ele vai ser morto tentando te proteger.

[26]

uerida, você tem certeza de que está bem? — Mamãe pairou sobre o sofá, franzindo o rosto. Estava assim o dia todo, desde que eu acordei. — Quer alguma coisa? Canja de galinha? Abraços? Beijos?

Eu ri.

— Mãe, eu tô bem.

— Tem certeza? — perguntou ela, puxando a manta sobre os meus ombros. — Aconteceu alguma coisa na festa?

— Não, não aconteceu nada. — Nada se você não contasse o bilhão de mensagens de texto que o Simon tinha me mandado, pedindo desculpas pela maneira como agira, e o ataque dos aliens assassinos depois. Nada. Nada mesmo. — Eu tô bem.

Estava cansada, após passar quase todo o sábado em uma casa cheia de aliens discutindo. Dois deles não confiavam em mim. Outra achava que eu seria a morte do Daemon. Adam não parecia me odiar, mas não era muito amigável. Fui embora antes que a pizza que eles pediram chegasse. Ash estava certa. Eles eram uma família. Todos eles, e eu não me encaixava.

Quando a mamãe saiu para trabalhar, me arrastei até a televisão e tentei ver um filme no SyFy, mas acabou que era sobre uma invasão alienígena.

LUX ❂ 1 OBSIDIANA

Os aliens deles não eram seres de luz, e sim insetos gigantes que devoravam humanos.

Mudei de canal.

Caía o mundo lá fora — chovia tão forte que mal dava para ouvir qualquer coisa. Eu sabia que o Daemon ficaria por perto, especialmente até descobrirem como me fazer gastar energia e apagar o rastro. Todas as sugestões até então envolviam espaços abertos e extremo esforço físico, o que não aconteceria hoje.

O som da chuva era hipnótico. Depois de um tempo, meus olhos estavam pesados demais para ficarem abertos. Estava prestes a cochilar quando uma batida à porta me despertou.

Joguei a manta de lado e fui até a entrada. Duvidando que o Arum fosse bater, abri. Deparei-me com Daemon, quase completamente seco, apesar do temporal que despencava atrás dele. Havia alguns poucos pontos mais escuros nos ombros da camiseta cinza de mangas compridas. Aposto que ele havia usado a velocidade alienígena. Quem precisava de guarda-chuva? E por que diabos ele estava com calça de corrida?

— E aí?

— Não vai me convidar pra entrar? — perguntou.

Cerrei os lábios e dei um passo para o lado. Ele passou por mim, esquadrinhando a sala.

— O que você tá procurando?

— Sua mãe não está em casa, né?

Fechei a porta.

— O carro dela não está aí.

Ele apertou os olhos.

— A gente tem que dar um jeito no rastro.

— Mas tá caindo o mundo lá fora. — Passei na frente dele para pegar o controle remoto da televisão e desligá-la. Daemon foi mais rápido. O aparelho desligou antes que eu apertasse o botão. — Exibido — resmunguei.

— Já fui chamado de coisa pior. — Ele franziu a testa e riu. — Que roupa é essa?

Baixei os olhos e senti as bochechas queimarem. Uma coisa que eu não estava vestindo era um sutiã. Meu Deus, como podia ter esquecido?

— Cala a boca.

Ele riu de novo.

— O que é isso? Anõezinhos?

— Não! São elfos do Papai Noel. Amo este pijama. Meu pai que me deu.

O sorrisinho presunçoso esmaeceu um pouco.

— Você o usa porque ele a faz lembrar do seu pai?

Assenti.

Daemon não disse nada. Em vez disso, meteu as mãos nos bolsos da frente da calça.

— Meu povo acredita que, quando morremos, nossa essência é o que mantém acesas as estrelas do universo. Parece estúpido acreditar em algo assim, mas, quando eu olho para o céu à noite, gosto de pensar que ao menos duas das estrelas lá em cima são os meus pais. E outra é o Dawson.

— Isso não é nada estúpido. — Fiz uma pausa, surpresa em ver o quão comovente era aquela crença. Não era a mesma coisa que acreditar que nossos entes amados estão no céu, tomando conta da gente? — Talvez uma delas seja o meu pai.

Ele me fitou por alguns instantes e, em seguida, desviou os olhos.

— Bom, de qualquer jeito, os elfos são sexy.

E lá se ia um momento sério e profundo, esmagado e transformado em pó.

— Vocês descobriram um jeito de apagar o rastro?

— Ainda não.

— Estão pensando em me botar pra malhar, não estão?

— É, esse é um dos jeitos de fazer isso.

Sentei no sofá, ficando cada vez mais irritada.

— Bom, não podemos fazer muita coisa hoje.

— Você tem algum problema de sair na chuva?

— Quando tá quase no fim de outubro e faz frio, tenho sim. — Peguei a manta e estiquei-a sobre o colo. — Não vou sair pra correr hoje.

Daemon suspirou.

— Não podemos esperar, Kat. O Baruck ainda tá por aí e, quanto mais demorar, mais perigoso fica.

LUX 1 Obsidiana

Eu sabia que ele tinha razão, mas, mesmo assim, correr na chuva gelada feito o diabo?

— E o Simon? Você contou aos outros sobre ele?

— Andrew tá de olho nele. Como teve jogo ontem, já desapareceu quase tudo. Tá bem leve agora. O que prova que a nossa ideia vai funcionar.

Dei uma olhada nele. Em vez de notar a expressão estoica, vi a mesma da manhã anterior. A mesma forma como me fitara antes de se dar conta de que estava na cama comigo. Meu corpo se aqueceu. Hormônios burros.

Daemon pôs a mão para trás e puxou a lâmina de obsidiana.

— Esta é outra razão que me traz aqui.

A obsidiana tinha um brilho escuro, preto, quando ele a deitou na mesa de centro. Não aquele brilho vermelho de quando estava perto do Arum.

— Quero que guarde isto com você, nunca se sabe. Leva na mochila, na bolsa, onde puder carregar.

Olhei para o objeto por um instante.

— Sério?

Daemon evitou meus olhos.

— Sim. Mesmo que a gente consiga fazer o rastro sumir, quero que fique com ela até pegarmos o Baruck.

— Mas você não precisa dela mais do que eu? Ou a Dee?

— Não se preocupa com a gente.

Mais fácil falar do que fazer. Olhei para a pedra e imaginei como eu faria para esconder aquele negócio na minha bolsa.

— Você acha que o Baruck ainda tá por aí?

— Com certeza — garantiu ele. — O quartzo beta disfarça a nossa presença, mas ele sabe que estamos aqui. Sabe que eu estou aqui.

— Você acha que ele vem atrás de você? — Por alguma razão, meu estômago se revirou com a ideia.

— Matei dois dos irmãos dele, e dei a você a arma para matar o terceiro. — Daemon ficava totalmente à vontade discutindo o fato de que havia um alien furioso tentando exterminá-lo. Ele era sinistro, cascudo. Gostava disso. — Os Arum são criaturas vingativas, gatinha. Ele não vai desistir até me pegar. E vai te usar para me achar, especialmente depois que você voltou para me ajudar. Eles já estão na Terra tempo suficiente pra saber o que isso significa. Que você é uma fraqueza minha.

— Não sou uma fraqueza. Eu sei tomar conta de mim mesma.

Daemon não respondeu, mas a intensidade no seu olhar perfurou minha alma. Minha autoconfiança desmoronou, pedacinho por pedacinho. Para ele, eu era uma fraqueza. Talvez até a Dee acreditasse nisso. O resto dos Luxen com certeza acreditava.

Mas eu tinha matado um Arum quando ele me dera as costas. Não aplicara nenhum golpe de ninja nele.

— Chega de papo. Temos trabalho pela frente — falou, dando uma olhada ao redor. — Não sei o que podemos fazer aqui que faça diferença. Uns polichinelos, de repente?

Polichinelos sem sutiã não rolava, de jeito nenhum. Ignorando-o, abri meu notebook na mesa de centro e conferi meu último post. Tinha filmado um "Minha caixa de correio" depois de voltar para casa na véspera. Precisava do apoio dos livros e do meu blog para me lembrar de como era ser normal de novo. Ficou curto, porque só tinha dois livros. E eu estava com uma cara péssima. O que tinha dado em mim para usar maria-chiquinha?

— O que você tá vendo? — perguntou.

— Nada. — Fui fechar a tampa, mas ela não se mexeu. — Para de usar seus poderes esquisitos no meu notebook. Você vai quebrar.

Ele levantou uma sobrancelha, achando graça, e se sentou ao meu lado. Eu continuava sem conseguir fechar a tampa. O mouse também não se mexia. Não podia nem mesmo fechar a droga do site. Daemon chegou para a frente e inclinou a cabeça para o lado.

— É você?

— O que parece? — respondi entre os dentes.

Um sorriso apareceu lentamente no rosto dele.

—Você se filma?

Respirei fundo e devagar.

—Você fala como se eu tivesse feito um show pervertido ou coisa assim.

Daemon emitiu um som vindo do fundo da garganta.

— Mas não é isso que você tá fazendo?

LUX — OBSIDIANA

— Que pergunta imbecil. Posso fechar o note agora?

— Quero assistir.

— Não! — A ideia de ele me ver falando nerdices sobre os livros que comprara na última semana me horrorizava. De jeito nenhum ele ia entender.

Daemon me lançou um olhar enviesado. Seus olhos se estreitaram e se voltaram para a tela. A setinha se mexeu sobre a página e clicou no botão de "play".

— Odeio você e seus poderes alienígenas — resmunguei.

Alguns segundos mais tarde, o vídeo começou, e lá estava eu, em toda a minha glória de nerd dos livros, mostrando capa após capa em frente à minha péssima webcam. Algumas marcações nos livros apareceram. E eu ainda tinha feito um merchandising superbacana de Diet Pepsi. Ainda bem que não tinha resolvido cantar neste.

Fiquei sentada de braços cruzados e esperei pela inevitável enxurrada de comentários engraçadinhos. Nunca na vida tinha odiado tanto o Daemon quanto naquele momento. Ninguém na vida real prestava atenção ao meu blog. Os livros eram uma paixão que eu dividia com amigos virtuais. Não com o meu vizinho. Era irritante saber que ele estava vendo aquilo.

O vídeo terminou. Com a voz baixa, ele disse:

—Você tá brilhando até no vídeo.

Com a boca calada, assenti. E esperei.

—Você tem mesmo um lance com os livros. — Quando não respondi, ele fechou a tampa do notebook sem tocar nela. — É bonitinho.

Minha cabeça virou para ele num impulso.

— Bonitinho?

— É. Bonitinho te ver toda animada — falou, dando de ombros. — Achei bonitinho.

Acho que meu queixo caiu no tapete.

— Mas, por mais bonitinha que você fique de maria-chiquinha, não vai ser isso que vai apagar o rastro. — Daemon levantou e se espreguiçou. É claro que a camiseta subiu, atraindo meus olhos. —Temos que apagá-lo.

Ainda chocada com o fato de que ele não tinha me zoado, fiquei sem fala, paralisada. Daemon tinha acabado de ganhar alguns pontos extras.

— Quanto mais rápido apagarmos isso, menos tempo a gente precisa passar juntos.

E lá se foram os pontos.

— Sabe, se você odeia a ideia de ficar comigo, por que não manda um dos outros vir fazer isso? Eu realmente preferiria qualquer um deles a você, até a Ash.

—Você não é problema deles. — Seus olhos se encontraram com os meus. — É um problema meu.

Minha risada foi agressiva.

— Não sou problema seu.

— É, sim — argumentou ele. — Se tivesse conseguido convencer a Dee a não se aproximar de você, nada disso teria acontecido.

Revirei os olhos.

— Bom, não sei o que dizer. Não tem muita coisa que a gente possa fazer aqui que vá fazer diferença, então é melhor contar o dia de hoje como perdido e poupar um ao outro da dor de respirar o mesmo ar.

Ele me lançou um olhar zombeteiro.

—Ah, é, tá certo. Você não tem que respirar oxigênio. Falha minha. — Fiquei de pé, desejando que ele fosse embora da minha casa. —Você não pode voltar quando parar de chover?

— Não. — Daemon se encostou na parede e cruzou os braços. — Quero terminar isso. Ficar me preocupando com você e com o Arum ao mesmo tempo não é divertido, gatinha. A gente tem que tomar uma atitude, agora. Há coisas que podemos fazer.

Minhas mãos se fecharam.

— Tipo o quê?

— Bom, polichinelos por... uma hora mais ou menos deve resolver. — Ele baixou o olhar. Alguma coisa brilhava em seus olhos. — Mas talvez seja melhor você se trocar primeiro.

A vontade de me cobrir era forte, mas resisti. Não ia deixá-lo me intimidar.

— Não vou fazer polichinelos por uma hora.

— Então você podia correr pela casa, subindo e descendo as escadas. — Fez uma pausa, mudando seu sorriso convencido para um mais safado. Seus olhos encontraram os meus. —A gente sempre pode fazer sexo. Ouvi dizer que gasta muita energia.

LUX 1 OBSIDIANA

Minha boca se abriu, chocada. Parte de mim queria rir na cara dele. A parte que ficara ofendida por ele sugerir algo tão ridículo; mas havia outra, ainda que menor, que gostara da ideia. Isso era tão, tão errado que não tinha nem graça.

Daemon esperou.

— Isso não vai acontecer nem em um milhão de anos, amigão. — Dei um passo adiante, mostrando meu dedo médio para ele. — Nem se você fosse o último... espera, eu não posso nem dizer "nem se você fosse o último homem na face da Terra".

— Gatinha — murmurou baixinho. Havia um aviso em seus olhos.

Ignorei-o.

— Nem mesmo se você fosse a última coisa que se parecesse com um homem na face da Terra. Sacou?

Ele inclinou a cabeça para o lado e vários cachos de cabelo caíram sobre sua testa. Daemon sorriu, cheio de perigo, mas eu já tinha pegado o embalo.

— Eu nem me sinto atraída por você. — *Mentira! Plim, plim! Mentira!* — Nem um pouco. Você é...

Daemon apareceu na minha frente num piscar de olhos, a menos de dois centímetros do meu rosto.

— Eu sou o quê?

— Ignorante — falei, dando um passo atrás.

— E? — Ele me seguiu.

— Arrogante. Controlador. — Dei mais um passo, mas ele continuou perto demais. — E você é um... um babaca.

— Ah, tenho certeza de que pode fazer melhor do que isso, gatinha. — Com a voz baixa, ele ia me encurralando. Mal conseguia escutá-lo por causa da chuva e das batidas do meu coração. — Porque eu duvido muito que você não se sinta atraída por mim.

Forcei uma risada.

— Claro que eu não sinto atração nenhuma por você.

Mais um passo à frente do Daemon e minhas costas se encostaram na parede.

—Você está mentindo.

— E você é convencido demais. — Respirei fundo, mas tudo o que senti foi o cheiro *dele*. — Sabe, esse lance da arrogância que eu falei. Não é atraente.

Daemon pôs as mãos de cada lado da minha cabeça e se inclinou. Havia um abajur ao meu lado, e a TV ficava do outro. Estava presa. E quando ele falou, seu hálito dançou sobre os meus lábios.

— Sempre que você mente, suas bochechas ficam vermelhas.

— Nã-não. — Não foi a coisa mais eloquente que já dissera na vida, mas foi o que deu.

Suas mãos escorregaram pela parede e pararam ao lado dos meus quadris.

— Aposto que você pensa em mim o tempo todo. Sem parar.

— Você tá louco. — Encostei na parede, sem fôlego.

— Deve até sonhar comigo. — Ele baixou o olhar para a minha boca. Senti meus lábios se afastarem. — Aposto que você até escreve meu nome no caderno, mil vezes, com coraçõezinhos em volta.

Eu ri.

— Nos seus sonhos, Daemon. Você é a última pessoa em quem...

Daemon me beijou.

Não houve sequer um momento de hesitação. Sua boca estava na minha e eu parei de respirar. Ele estremeceu e soltou um som do fundo da garganta, metade grunhido, metade gemido. Pequenos arrepios de prazer e pânico percorreram meu corpo conforme ele aprofundava o beijo, afastando meus lábios. Parei de pensar. Descolei da parede e preenchi o espaço mínimo que havia entre nós, pressionando meu corpo contra o dele e enfiando meus dedos em seus cabelos. Eram macios, sedosos. Nada mais nele parecia assim. Jamais me sentira tão viva, o coração inchado a ponto de quase explodir. O fluxo de sensações que invadiu meu corpo era enlouquecedor. Apavorante. Excitante.

Suas mãos pousaram nos meus quadris e ele me levantou, como se eu fosse feita de ar. Enrosquei as pernas em volta da cintura dele e nos movemos para a direita, derrubando o abajur. Ele caiu, mas eu não prestei atenção. Uma lâmpada explodiu em algum lugar da casa. A TV ligou sozinha, desligou e religou mais uma vez.

LUX ❖ OBSIDIANA

Nossos lábios permaneceram colados. Era como se não conseguíssemos nos cansar um do outro. Estávamos nos devorando, nos afogando um no outro.

A gente vinha acumulando isso por meses, e, meu Deus, tinha valido a pena esperar. E eu queria mais.

Baixei as mãos e puxei a camiseta dele, mas ela estava presa debaixo das minhas coxas. Soltei as pernas que o envolviam pela cintura e apoiei os pés no chão. Em seguida, segurei a camiseta e puxei-a para cima. Daemon se afastou de mim só o tempo suficiente para que eu a tirasse e a jogasse no chão.

Suas mãos se fecharam ao redor da minha cabeça, me puxando de volta para sua boca. Houve um estalo intenso na casa. Uma faísca de eletricidade atravessou a sala. Alguma coisa estourou, mas eu não me importei. Estávamos andando para trás. Daemon meteu as mãos por baixo da camisa do pijama, os dedos roçando minha pele, fazendo meu sangue circular mais rápido. Pus as minhas na barriga dele — era dura, definida em todos os lugares certos.

E em seguida minha camiseta se juntou à dele no chão. Pele contra pele. Ele zumbia, transbordando poder. Corri meus dedos pelo seu peito, até a borda da calça. A parte de trás das minhas pernas bateu no sofá e caímos, um emaranhado de pernas e mãos em movimento, explorando-se. Nossos quadris estavam encaixados um no outro e nos mexíamos no mesmo ritmo. Acho que sussurrei o nome dele, e, em seguida, seus braços me apertaram, me esmagando contra seu peito, e suas mãos escorregaram pelo meio das minhas pernas. Eu estava experimentando sensações inéditas.

— Tão linda — murmurou Daemon junto aos meus lábios inchados. E logo me beijava novamente. O tipo de beijo que não deixava espaço para nenhum pensamento. Havia só ânsia e desejo. Apenas isso. Enrosquei minhas pernas em volta dos quadris dele e puxei-o para perto, dizendo o que queria entre gemidos suaves.

Nossos beijos desaceleraram, tornando-se infinitamente mais profundos e doces. Era como se começássemos a nos conhecer intimamente. Estava sem fôlego e atordoada, despreparada para tudo aquilo; meu corpo doía e pedia mais do que beijos e toques, pedia mais dele. Sabia que Daemon queria também. Seu corpo poderoso tremia como o meu. Era fácil me perder nele, naquela conexão entre nós. O mundo, o universo, deixou de existir.

E aí ele parou, sua respiração indo e vindo em arfadas intensas, enquanto se afastava, levantando a cabeça. Meus olhos se abriram lentamente, inebriados. As pupilas dele estavam brancas, brilhando de dentro para fora.

Daemon respirou fundo e me fitou com os olhos bem abertos pelo que pareceu uma eternidade. Logo depois, se recompôs. A luz se apagou. Seu maxilar se retesou. Uma máscara cobriu seu rosto. O meio-sorriso arrogante que eu detestava voltou aos lábios inchados.

—Você quase não brilha mais agora.

[27]

Eu odiava Daemon Black — se é que era esse o nome dele — com uma necessidade de vingança que se igualava ao poder de mil sóis. *Você quase não brilha mais agora.* Ele foi embora logo depois disso, catando a camiseta do chão e se mandando da minha casa.

O filho da puta queimou meu laptop.

Era isso que havia estourado. Seu poder alienígena aparentemente tinha um efeito devastador nas luzes e nos eletrônicos. Agora, eu tinha que me contentar com os computadores da escola para atualizar o blog. Droga. E tinha passado horas, depois de me descolar do sofá, substituindo lâmpadas pela casa. Por sorte, a TV não tinha queimado.

Mas meu cérebro tinha. O que eu estava pensando? *Fazendo?* Só podia ser resultado de toda aquela briga entre a gente. Era a única explicação para uma explosão tão grandiosa e um amasso tão poderoso. E ele não era tão inabalável como fingia ser. Certas *coisas* não se podia disfarçar.

Meu brilho tinha se apagado e virado um rastro discreto, para espanto geral. Imagina tentar explicar o que havia acontecido. E eu tinha certeza de que ele mal podia esperar para espalhar a informação.

Eu o odiava.

Não só por ele ter provado ser um mentiroso, ou porque agora eu teria que esperar até meu aniversário por um laptop novo, ou pelo fato de que a Dee estava superdesconfiada a respeito do sumiço do brilho, mas por causa do que ele tinha me feito *sentir*, e por ter me feito *admitir* aquilo em voz alta, também.

E se ele me cutucasse nas costas com a caneta por mais uma droga de vez, eu ia jogá-lo na frente de um Arum.

Meu celular vibrou dentro da mochila enquanto eu caminhava até o carro, lutando contra o vento forte que descia das montanhas. Não precisei nem olhar para saber que era mais uma mensagem do Simon. Ele tinha passado a última semana inteirinha mandando SMS com desculpas, uma atrás da outra. Não ousara falar comigo na aula ou em público, não com a ameaça do Daemon pairando sobre sua cabeça. Eu não o perdoaria tão cedo. Bêbado ou não, não havia desculpa para ser um idiota folgado que não compreendia o sentido da palavra "não".

— Katy!

Dei um pulo ao ouvir a voz da Dee. Pendurei a bolsa no ombro, virei e aguardei.

Como sempre, minha amiga estava incrivelmente bonita. Ela vestia uma calça jeans skinny escura e um suéter fino de gola alta. Com os cabelos pretos lustrosos e os olhos brilhantes, estava de tirar o fôlego. Seu sorriso era largo e amistoso, mas logo desapareceu quando se aproximou de mim.

— Ei, achei que você não fosse parar — disse ela.

— Desculpa, eu tava viajando. — Comecei a andar de novo na direção do carro. — E aí?

Dee limpou a garganta.

— Você tá me evitando, Katy?

Eu estava evitando todos eles, mas era difícil. Eles moravam do meu lado. Estavam nas minhas aulas. Se sentavam comigo no almoço. E eu sentia falta da Dee.

— Não.

— Sério, porque você não anda muito falante desde sábado — apontou ela. — Na segunda, você nem veio almoçar com a gente, falou que tinha que estudar pra prova. Ontem, acho que não me disse nem duas palavras.

LUX 1 OBSIDIANA

A culpa retorceu minhas entranhas.

— Eu tenho estado... meio aérea.

— É muita coisa, né? O que a gente é? — A voz dela soou fraca, infantil. — Fiquei com medo de que isso fosse acontecer. Somos bizarros.

— Vocês não são bizarros — falei, com sinceridade. — Vocês são muito mais humanos do que pensam.

Dee pareceu aliviada em ouvir isso. Ela disparou na minha frente.

— Os garotos, eles ainda estão procurando o Baruck.

Desviei dela e abri a porta do carro. A obsidiana balançou no compartimento da porta. Carregá-la na mochila fazia com que me sentisse como se fosse esfaquear um aluno ou coisa assim. Então, eu a deixara no carro.

— Que bom.

Ela assentiu.

— Eles vão continuar procurando e, ao mesmo tempo, ficar de olho nas coisas, mas tanto você quanto o Simon quase não têm mais rastros. — Dee fez uma pausa. — Eu continuo querendo saber como isso aconteceu tão depressa.

Meu estômago deu uma cambalhota.

— É, bom, teve muita... atividade física.

As sobrancelhas dela se levantaram um centímetro.

— Katy...

— De qualquer jeito — falei, apressada —, isso é ótimo. Ainda bem que o rastro do Simon desapareceu, especialmente porque ele não faz ideia de nada. Fico aliviada, apesar do cara ser um idiota.

— Você tá enrolando — disse ela, sorrindo.

— É, mais ou menos.

— Então, o que vai fazer amanhã? — perguntou, esperançosa. — É sábado *e* Halloween. Pensei em alugar um monte de filmes de terror.

Fiz que não.

— Prometi à Lesa que ia distribuir bala com ela. Ela mora num condomínio, então... — A mágoa apareceu no rosto da Dee. O que eu estava fazendo? Despachando uma amiga por causa do irmão babaca? Isso não combinava comigo. — Posso ir pra sua casa depois e a gente pode ver os filmes, se você quiser.

— Se você quiser? — sussurrou ela.

Eu me aproximei e abracei seus ombros magros.

— Claro que eu quero. Só me promete que você vai providenciar toneladas de pipoca e doces. Essa é minha única condição.

Dee devolveu o abraço.

— Posso fazer isso.

Eu me afastei, sorrindo.

— Ok. A gente se vê amanhã à noite, então?

— Espera. — Ela segurou meu braço com dedos frios. — O que houve entre você e o Daemon?

Fiz cara de paisagem.

— Não aconteceu nada, Dee.

Ela estreitou os olhos.

— Não sou boba, Katy. Você teria que correr uma maratona pra queimar toda a luz em uma tarde.

— Dee...

— E o Daemon tem estado mais mal-humorado que o normal. Alguma coisa aconteceu entre vocês. — Minha amiga afastou os cabelos do rosto, mas os cachos voltaram imediatamente. — Eu sei que você disse que não tinham feito nada daquela vez, mas...

— Sério, não aconteceu nada, eu juro. — Entrei no carro e forcei um sorriso. — Te vejo amanhã à noite, então.

Ela não acreditou em mim. Eu também não acreditava, mas o que mais poderia fazer? Admitir o que aconteceu entre mim e o Daemon não era algo que eu quisesse compartilhar com a irmã dele.

Todo Halloween eu sentia saudade de ser criança, de me fantasiar e de comer toneladas de balas. A única coisa que eu fazia agora era... comer toneladas de balas. Nada mau.

Lesa riu quando peguei mais uma caixa de Nerds.

— Que foi? — Cutuquei-a. — Amo esta bala.

— E as minibarrinhas Hershey, os KitKats, os chicletes, os Skittles...

LUX 1 OBSIDIANA

— Olha quem tá falando! — Apontei para a pilha de embalagens no degrau ao lado dos pés *dela*. — Você é o próprio monstro da bala.

Paramos quando uma criança pequena subiu os degraus, vestida que nem um integrante do Kiss. Escolha esquisita para uma fantasia infantil.

— Doce ou travessura! — gritou o menino.

Lesa se desmanchou em carinhos com ele e lhe deu várias balas.

— Você não veio aqui por causa das crianças — disse a mim, enquanto observava o menino correr de volta para os pais.

Joguei um pedaço de caramelo na boca.

— O que te deu essa ideia?

— Você achou o menino bonitinho? — Ela tirou a cesta de doces do meu alcance.

Dei de ombros.

— Acho que sim. Quer dizer, ele meio que tinha um cheiro... não sei... de criança.

Lesa caiu na gargalhada.

— Você gosta de crianças?

— Tenho medo delas. — Uma múmia e um vampiro vieram até a gente. A Lesa mimou-os até eles fugirem. — Especialmente dos menores — continuei, fazendo uma careta ao notar que não havia sobrado nenhuma caixinha de Nerds. — Quando ainda estão aprendendo a falar, nunca tenho a menor ideia do que estão dizendo, mas o seu irmãozinho é superfofo.

— Meu irmão caga nas calças.

Eu ri.

— Bom, provavelmente porque ele tem, o que, 1 ano?

— De qualquer jeito, é nojento. — Ela entregou algumas balas para um caubói que tinha uma flecha enfiada na cabeça. Que graça. — Então, qual é a sua, hein?

— A minha? — Que nem um ninja, estiquei a mão e pesquei um pacotinho de Smarties. — Que minha?

— Ah, deixa de história. — Estava escuro e eu não conseguia ver os olhos dela. O condomínio não acreditava em postes de luz. — Você anda parecendo a típica adolescente angustiada, que nem as dos livros que eu leio. Tem estado assim a semana toda.

Revirei os olhos.

— Não tô nada.

Ela me cutucou com o joelho.

— Você não tem falado com ninguém, especialmente com a Dee. E isso é estranho, porque vocês eram tão próximas.

— Ainda somos — suspirei, apertando os olhos para enxergar através da escuridão. Sombras de pais e crianças caminhavam pelas ruas. — Não tô zangada com ela, nem nada. Até vou à casa dela depois que sair daqui.

Lesa balançou a cesta.

— Mas?

— Mas aconteceu uma coisa com o irmão dela — falei, cedendo à necessidade de conversar com alguém sobre o que acontecera.

— Eu sabia! — gritou Lesa. — Meu Deus, você tem que me contar *tudo*! Vocês se beijaram? Espera! Vocês transaram?

A mãe de uma fada lançou um olhar de repreensão para Lesa enquanto se afastava com a filha.

— Lesa, sério, calma.

— Calma nada. Você tem que me contar. Eu vou te odiar pra sempre se vocês transaram e você não me contar. Como é o cheiro dele?

— O cheiro dele? — Franzi a cara.

— Você sabe, ele tem cara de quem cheira bem.

— Ah! — Fechei os olhos. — É, ele tem um cheiro bom.

Lesa suspirou, sonhadora.

— Detalhes. Agora.

— Não aconteceu nada de mais. — Peguei uma folha caída no chão e torci-a. Meus lábios formigaram ao lembrar do beijo. — Ele foi lá em casa no domingo e a gente se beijou.

— Só isso? — Ela soou muito desapontada.

— Não dormi com ele. Caramba. Mas... foi bem intenso. — Deixei cair a folha e passei a mão nos cabelos, puxando-os para trás. — A gente estava discutindo e quando me dei conta, BAM. Já estava rolando.

— Caramba, isso é quente.

Suspirei.

— É, foi sim. Mas depois ele foi embora sem mais nem menos.

— Claro, porque vocês têm essa paixão furiosa e explosiva, e ele não aguentou a pressão.

LUX ❶ OBSIDIANA

Dei um olhar vazio para ela.

— A gente não tem nada.

Lesa me ignorou.

— Eu estava mesmo me perguntando quanto tempo vocês dois iam ficar brigando.

— Eu não brigo com ele — murmurei.

— Sobre o que vocês discutiram?

Como eu poderia explicar? Que a gente só acabou fazendo alguma coisa porque eu disse que não me sentia atraída por ele e ele precisava apagar meu brilho? É, impossível.

— Katy?

— Não acho que ele pretendesse me beijar — falei, finalmente.

— O quê? Ele escorregou e caiu com a boca colada na sua? Essas coisas acontecem.

Eu ri.

— Não, mas é que ele pareceu zangado com isso depois. *Ficou* zangado.

— Você mordeu a língua dele ou coisa assim? — Lesa arrumou os cabelos para trás, o rosto franzido. — Tem que haver uma razão para ele ter ficado zangado depois.

Como estava ficando tarde e as crianças apareciam cada vez menos, arranquei a cesta da mão dela e comecei a vasculhar as sobras.

— Não sei. Quer dizer, não conversamos sobre isso. Ele literalmente foi embora e, desde então, só o que fez foi me cutucar com a caneta.

— Provavelmente porque quer te cutucar com outra coisa — disse ela, secamente.

Arregalei os olhos.

— Não acredito que você disse isso.

— Esquece. — Fez um gesto com a mão no ar. — Ele não voltou com a Ash, certo? Quer dizer, esses dois vivem...

— Terminando e reatando, eu sei. Mas acho que não. Não importa. — Joguei outra bala na boca. Se continuasse assim, ia descer da varanda da Lesa rolando. — É só que...

—Você gosta dele. — Ela terminou a frase por mim.

Dei de ombros e peguei um Snickers. Eu gostava do Daemon? Talvez. Sentia atração por ele? Óbvio. Estivera a poucos segundos de ficar completamente nua na frente dele.

— É tudo muito confuso. Ninguém neste planeta me irrita mais do que ele, mas... Ah, não quero falar sobre isso. — Peguei outro saquinho de Skittles. — E como é que estão as coisas com o Chad?

—Você tá mudando de assunto. Não vai me enrolar.

Sem erguer os olhos, mexi nas balas da cesta.

— Vocês saíram ontem à noite, certo? Ele te beijou? Ele cheira bem?

— O Chad cheira bem, sim. Acho que ele usa uma versão mais moderna de Old Spice. Não a mesma que o meu pai usa, porque isso seria nojento.

Eu ri.

Conversamos mais um pouco, depois fui embora. Dee tinha decorado a casa toda com abóboras que não estavam lá quando eu saíra mais cedo. Assim que ela me puxou para dentro, senti um cheiro estranho no ar.

— Que cheiro é esse? — Franzi o nariz.

—Tô assando sementes de abóbora! — exclamou. — Já provou?

Balancei a cabeça.

— Não. Tem gosto de quê?

— De abóbora.

Claro que era ela quem estava realmente assando-as. As sementes pálidas estavam num tabuleiro, e eram as mãos dela que assavam, não o forno. Por cima da mesa coberta de jornal, havia um monte de sementes e entranhas de abóbora.

—Vou pegar suas mãos emprestadas no inverno, quando tiver que derreter o gelo do para-brisa.

Dee riu.

— Sem problemas.

Sorrindo, fui até a pilha de DVDs em cima da bancada. Dei uma olhadinha nas lombadas, rindo.

— Meu Deus, Dee, estes filmes são incríveis.

LUX 1 OBSIDIANA

— Achei que você fosse gostar da combinação de *Pânico* e *Todo mundo em pânico*. — Ela esticou as mãos sobre o tabuleiro. As sementes estouraram e pularam. Um cheiro de canela impregnou o ar. — Vamos deixar *Halloween* pra mais tarde.

Olhei para a porta.

— Hum, Daemon tá em casa?

— Não. — Dee segurou o tabuleiro e derramou as sementes num pote decorado com morcegos e caveiras. — Ele está com os outros, tentando fazer o Baruck aparecer.

Enquanto levava nossos petiscos e filmes para a sala, pensei no que ela havia dito.

— Eles estão tentando fazer com que ele apareça de propósito? Como se quisessem lutar com ele?

Um DVD voou da pilha diretamente para a mão dela. Minha amiga assentiu.

— Não se preocupa. Daemon e Adam estão dando uma olhada na cidade. Matthew e Andrew foram para a mata. Eles vão ficar bem.

O nervosismo revirou meu estômago.

— Tem certeza?

Dee sorriu.

— Esta não é a primeira vez que fazem algo assim. Eles sabem o que estão fazendo. Vai dar tudo certo.

Recostei-me no sofá e tentei não me preocupar. Era difícil, especialmente porque eu havia visto a expressão nos olhos do Baruck. Dee se sentou ao meu lado e eu experimentei as sementes de abóbora. Não era ruim. Já tínhamos acabado o primeiro *Pânico* quando o celular dela tocou.

Dee fez um gesto e o telefone voou da mesa até sua mão. Ela atendeu, revirando os olhos.

— É bom que seja importante, Daemon, porque... — Seus olhos se esbugalharam. Ela ficou de pé e fechou a mão livre. — Como assim?

Meu estômago embrulhou enquanto eu a observava andar em volta da mesa de centro.

— A Katy tá comigo, mas o rastro dela praticamente sumiu! — Outra pausa e em seguida seu rosto empalideceu. — Ok. Toma cuidado. Eu te amo.

Assim que ela jogou o telefone na poltrona, eu me levantei.
— O que houve?
Dee me encarou.
— Eles viram o Baruck. Ele tá vindo nesta direção.

[28]

Claro que isso não queria dizer que ele estava vindo exatamente para cá, mas havia uma chance — uma grande chance — de que estivesse. Suficiente para a Dee rondar a sala de estar como um tigre enjaulado. Ela não estava com medo, só pronta para a batalha.

— Se o Baruck aparecer, você consegue lutar com ele? — perguntei.

Dee me lançou um olhar duro como aço. Era uma pessoa completamente diferente agora, tinha se transformado numa princesa guerreira. Como eu nunca vira esse lado dela?

— Não sou tão rápida nem tão poderosa quanto o Daemon, mas consigo segurar as pontas até ele chegar.

Meu estômago foi parar no pé. Segurar as pontas não era o suficiente. E se o Daemon não chegasse a tempo? Dee parou em frente à janela, os ombros tensos. E foi aí que me ocorreu. Tudo que o Daemon temia estava acontecendo. Eu era uma fraqueza, um risco para a Dee. Não podia, não *deixaria* isso acontecer.

— Meu rastro tá forte o bastante pra ele ver lá de fora?

Ela fez uma pausa.

— Na verdade, não.

— E se eu estiver na estrada? Na floresta?

Fez-se uma pausa.

— Não sei, Katy, mas vou pará-lo antes que ele chegue até você.

— Não. Tive uma ideia. — Dei um passo à frente, quase derrubando a pilha de DVDs. — É meio louca, mas pode funcionar.

Os olhos dela se apertaram.

— O quê?

— Se você deixar o meu rastro mais forte, eu posso atraí-lo para outro lugar. Daí ele não vem aqui, e o Daemon...

— De jeito nenhum — disse ela, girando no próprio eixo. — Você tá maluca?

— Talvez — respondi, mordendo o lábio. — Olha, é melhor do que ficar aqui sentada comigo quando eu posso estar atraindo ele pra sua casa! O Arum vai saber onde vocês moram! E depois? Vocês nunca mais vão ficar seguros. Eu tenho que despistá-lo, afastá-lo daqui.

— Não! — Dee balançou a cabeça. — Você não pode fazer isso. Eu posso lutar...

— Não tem mais nada que eu possa fazer! Não consigo lutar com ele. E se ele escapar? E se contar pros outros onde vocês moram? — As palavras do Daemon voltaram de supetão. *Você será uma fraqueza para mim.* Exceto que eu não seria a fraqueza dele, e sim da Dee. Não conseguiria viver com isso. — Eu sou um risco pra você. O Baruck sabe disso. Você tem que ficar aqui. Se ele nos encontrar juntas, vai me usar pra te destruir. O melhor plano é atrair o Arum para longe e deixar que os caras me encontrem no campo, a fim de que possam pegá-lo juntos.

— Katy...

— Não vou aceitar um "não" como resposta. A gente não tem muito tempo. — Fui até a porta, com as chaves do carro e o celular na mão. — Acende aí. Faz o lance doido das bolas de fogo. Da última vez, funcionou. Depois eu vou... vou pro lugar onde foi a festa da fogueira, no campo de milho. Diz pro Daemon que é pra lá que eu estou indo. — Ao vê-la imóvel, apenas me fitando, gritei: — Anda, faz logo!

— Isso é loucura. — Dee balançou a cabeça, mas deu um passo atrás e começou a ficar borrada. Um segundo depois, estava com sua forma verdadeira, um belo contorno de luz.

LUX 1 OBSIDIANA

Isso é loucura, sussurrou a voz dela na minha mente.

Eu tinha parado de pensar.

— Anda.

Duas bolas de luz crepitante se formaram nas pontas dos braços esticados. Elas percorreram a sala, explodindo as lâmpadas e a TV, mas terminaram quicando nas paredes inofensivamente. Todos os pelos do meu corpo se arrepiaram, devido à estática no ar.

— Tô brilhando? — perguntei.

Que nem o sol.

Bom, então funcionou. Respirei fundo e fiz que sim.

— Liga pro Daemon e fala aonde eu tô indo.

Toma cuidado. Por favor. A luz dela começou a se apagar.

— Você, também. — Virei-me e corri até o carro, antes que pudesse pensar duas vezes no que estava fazendo.

Porque aquilo era absolutamente insano — a coisa mais louca que já tinha feito. Pior do que escrever uma resenha de um livro ruim, mais assustador do que pedir uma entrevista a um autor a quem eu daria meu primogênito para conhecer, mais idiota do que beijar o Daemon.

Mas era só o que eu podia fazer.

Minhas mãos tremiam quando meti a chave na ignição e dei ré para sair da garagem, tirando um fino do Volkswagen da Dee. Apertei o acelerador e entrei na estrada cantando pneu. Eu apertava o volante que nem uma vovozinha, mas dirigia como se estivesse num teste para NASCAR.

Fiquei de olho no espelho retrovisor conforme descia a estrada, esperando ver um Arum atrás de mim. Mas, todas as vezes em que chequei, a rua estava vazia.

Será que não tinha funcionado? Meu Deus, e se o Baruck tivesse ido até a casa e encontrado a Dee? Meu coração foi parar na garganta. Esta era uma ideia estúpida demais. Meu pé tremeu no pedal do acelerador. Ao menos ele não me usaria para chegar até ela.

Meu celular tocou no banco do carona. Chamada desconhecida? Agora? Eu quase ignorei, mas acabei atendendo.

— Alô?

— Você ficou completamente maluca? — gritou Daemon ao telefone. Estremeci. — Essa é a coisa mais estúpida...

— Cala a boca, Daemon! — gritei. Os pneus derraparam um pouco sobre a outra pista. — Já tá feito, ok? Tudo bem com a Dee?

— Tá, a Dee tá bem. Mas você, não! Não sabemos mais onde ele está, e como a Dee disse que você tá brilhando que nem a droga da lua cheia, eu aposto que ele vai atrás de você.

O medo acelerou meus batimentos cardíacos.

— Bom, esse era o plano.

— Eu juro por cada estrela no céu que vou te estrangular quando puser minhas mãos em você. — Daemon fez uma pausa, respirando pesadamente no celular. — Onde é que você está?

Dei uma espiada pela janela.

— Tô quase no campo da festa. Não tô vendo o cara.

— Claro que não. — Ele soou enojado. — Ele é feito de sombras... *da noite*, Kat. Você não consegue vê-lo a não ser que ele queira.

Ah. Bom. Que merda.

— Não acredito que você fez isso — falou.

Minha paciência explodiu sob o medo.

— Nem vem! Você disse que eu era uma fraqueza. E um risco para a Dee. E se ele fosse lá? Você mesmo falou que ele ia querer me usar contra ela. Isso foi o melhor que eu pude fazer! Então para de agir feito um babaca!

Houve um momento de silêncio tão longo que eu pensei que Daemon tivesse desligado, mas, quando ele falou, sua voz soou controlada.

— Eu não queria que você fizesse *isso*, Kat. Nem nada parecido com *isso*.

Seu tom me deu arrepios. Meus olhos se desviaram para as formas manchadas das árvores. Tentei respirar fundo, mas o ar ficou preso na garganta.

— Você não me obrigou a fazer nada.

— Até parece.

— Daemon...

— Sinto muito. Não quero que você se machuque, Kat. Não posso, *não posso* viver com isso. — Outro momento de silêncio, enquanto eu absorvia suas palavras, e depois: — Fica no telefone. Vou deixar o carro em algum

LUX 1 OBSIDIANA

lugar e vou te encontrar. Não vai demorar mais que alguns minutos. Não sai do carro e não faz nada.

Assenti, enquanto parava o carro dentro do campo. A lua se escondeu atrás de uma nuvem e deixou tudo negro. Eu não via nada. Uma sensação apavorante tomou conta do meu estômago. Abaixei e peguei a lâmina de obsidiana. Segurei-a com força.

— Ok. Talvez não tenha sido a melhor ideia.

Daemon soltou uma risada curta, áspera.

— Não brinca.

Meus lábios tremeram quando olhei pelo retrovisor.

— Então, o lance de não poder viver com...

Havia uma sombra ali que parecia mais sólida que o resto. Ela se movimentou pelo ar, densa como óleo, escorregando entre as árvores, se espalhando pelo chão. Tentáculos alcançaram a traseira do carro e começaram a subir pela mala. Minha garganta ficou seca. Abri a boca.

A lâmina na minha mão estava quente.

— Daemon?

— O quê?

Meu coração batia acelerado.

— Eu acho...

As trancas automáticas do carro abriram e minha porta se escancarou. Gritei. Num segundo, eu estava segurando o telefone na mão e, no outro, voando ao encontro do chão, meus dedos quase soltando o punhal. A dor se espalhou pelo meu braço e pela lateral do corpo ao mesmo tempo em que escondia a lâmina atrás de mim.

Levantei os olhos. Meu olhar foi das calças pretas até a ponta de uma jaqueta de couro. O rosto pálido. O queixo forte e um par de óculos escuros na cara, apesar de ser noite.

Baruck sorriu.

— Nos encontramos de novo.

— Merda — sussurrei.

— Diz pra mim — disse, curvando-se para levantar uma mecha dos meus cabelos. Sua cabeça virava para o lado quando ele falava, se mexendo para a frente e para trás como um pássaro. — Onde ele está?

Engoli em seco e tentei me afastar um pouco.

— Quem?

—Você vai bancar a boba comigo? — Ele deu um passo à frente e tirou os óculos, enfiando-os no bolso da jaqueta. Seus olhos eram órbitas negras. — Ou será que todos os humanos são burros?

Meu peito encheu e esvaziou rapidamente. A lâmina só funcionava com ele na forma original. E estava aquecendo o couro, que já começava a queimar minha mão.

— Quero aquele que matou meus irmãos.

Daemon. Todo o meu corpo tremia. Abri a boca, mas não saiu nada.

— E você... matou um deles, também, para protegê-*lo*. — Baruck se apagou. Era a minha chance, mas, antes que conseguisse me mexer, ele se solidificou de novo. — Me leva até ele ou eu vou te fazer implorar pra morrer.

Fiz que não, apertando o punhal em minha mão.

—Vai pastar.

Ele desapareceu, se transformando numa massa de sombras escuras retorcidas. Fiquei de pé, soltei um grito digno de batalha e investi, mirando no centro daquela meleca preta. A lâmina brilhava, da cor de carvão em brasa.

No entanto, meu golpe não o alcançou.

A mão feita de fumaça segurou meu braço. O toque era frio, de gelar os ossos. Sua voz era um sussurro insidioso dentro da minha cabeça. Como se houvesse uma cobra sibilando em minha mente. *Você achou que eu fosse cair nesssssssssa? Por favor...*

Ele se virou. Ouvi o "crac" antes de sentir a dor. Meus dedos vacilaram e a lâmina caiu no chão, partindo-se em uma dúzia de frágeis cacos de vidro. Gritei ao sentir a dor debilitante.

Esssssa foi pelo meu irmão.

A mão de sombra envolveu meu pescoço e levantou-me do chão. *E issto é porque você me esssssstresssssa.*

Baruck me jogou para trás. Bati no chão com força e escorreguei por vários metros sobre a palhada. Zonza, olhei para o céu escuro.

Me dizzzz onde ele esssstá.

Ofegante, fiquei de pé e fugi na direção das árvores. Corri. Segurando meu braço cuidadosamente junto ao peito, corri o mais rápido que pude, meus tênis batendo no chão duro e amassando a grama e as folhas caídas. Não olhei para trás. Olhar para trás seria *ruim*. Embrenhei-me pela mata, esbarrando em galhos baixos. Tive uma sensação de *déjà vu* enquanto tropeçava nas raízes expostas e no chão irregular.

Baruck apareceu do nada, se movimentando como um borrão de sombras. Ele se solidificou bem na minha frente, bloqueando o caminho. Derrapei e girei nos calcanhares. Ele surgiu mais uma vez na minha frente e me derrubou de novo.

— Já cansou? — Um sorriso cruel se formou nos seus lábios pálidos. — Ou você quer correr mais?

Arrastei-me pelo chão enquanto tentava inspirar todo o ar que conseguisse. O medo tornava difícil ter qualquer senso de controle. Eu já não tinha muito tempo.

Baruck atacou. Seu braço não me alcançou, mas eu voei e aterrissei com uma batida seca no chão. O ar sumiu dos meus pulmões. Pequenas pedras me espetaram dolorosamente através do jeans.

Ele estendeu a mão, afundando-a nos meus cabelos e enrolando-os em torno do punho. Mordi meus lábios para não gritar enquanto ele me arrastava. O tecido em torno dos meus joelhos rasgou. A dor irradiou-se através de mim, ameaçando me consumir. Tinha certeza de que ele ia puxar cada fio do meu cabelo e rasgar a pele dos meus joelhos.

Ele deu outro puxão doloroso, e eu gritei.

— Ops. — Parou. — Sempre esqueço como a sua espécie é frágil e sensível. Não quero arrancar sua cabeça sem querer. — Riu do próprio comentário. — Não por enquanto, pelo menos.

Agarrei os braços dele com a mão boa, tentando diminuir a força no puxão, mas não ajudou muito. Baruck me levou através de um caminho de galhos, raízes e pedregulhos. Meus músculos gritavam em protesto, e eu me encolhi, começando a me sentir tonta e prestes a sucumbir à dor.

— Como você está se sentindo aí embaixo? — perguntou como se quisesse começar uma conversa. Abruptamente, Baruck puxou minha cabeça para cima. Uma dor aguda percorreu meu pescoço e minhas costas. — Parece muito bem. — O Arum parou e eu caí a pequena altura até o chão. Estávamos novamente perto da beira da floresta. Ele pairou sobre mim. — Me diz onde ele está.

Apoiei minha mão ralada no chão, ofegante.

— Não.

Ele levantou o pé, de bota, e chutou minhas costelas. Soube que alguma coisa havia se quebrado. Alguma coisa bem séria, porque senti um líquido quente escorrer por baixo da camisa.

Fala.

Estremeci e me encolhi. A frieza de sua forma verdadeira me congelava até a alma.

Ele se aproximou.

Há coisasssss pioresss do que as físicasssss. Talvezzzz issssto te motive.

Baruck agarrou minha garganta de novo e me levantou até as pontas dos dedos se descolarem do chão. Seu rosto, a poucos centímetros, era tudo o que eu conseguia ver.

Possso roubar sssua esssssência, ssssugar você até ssseu coração parar. Não tem nenhuma vantagem para mim, massss imagina sssssó a dor vagarosa e sssssem fim. Me dizzzz onde ele esssstá.

Eu não era corajosa, mas não ia entregar o Daemon para ele. Se Baruck o derrotasse, ele iria atrás da Dee em seguida. Nunca poderia viver comigo mesma. Não era uma pessoa tão fraca. Eu não seria uma fraqueza ou um risco para meus amigos.

Permaneci calada.

Ele me puxou de novo e enfiou a mão no meu tronco. Eu senti sua *mão* de sombras dentro de mim, esfriando cada célula. O pequeno espaço de ar entre nós se contraiu. O oxigênio dos meus pulmões saiu num jorro doloroso.

E, simples assim, eu não conseguia mais respirar.

Meus pulmões pararam enquanto ele continuava a sugar o meu ar. A queimação na garganta e nos pulmões rapidamente se transformou num fogo feroz, e uma dor aguda irradiou para todos os membros. Cada célula no meu corpo gritava e implorava por alívio, e, em protesto, meu coração começou a bater fora de ritmo. Não era só o oxigênio precioso que ele roubava de mim, mas a energia que me mantinha viva. Comecei a perder as forças rapidamente, e o pânico que me consumia não ajudava. Minhas mãos estavam dormentes e meu braço bom pendia inerte ao meu lado. De repente, tudo pareceu ficar em câmera lenta e a dor diminuiu um pouco.

LUX 1 Obsidiana

Tive a impressão de sentir sua mão sair da minha garganta, mas não consegui me mexer. Seus poderes me prendiam a ele enquanto se alimentava.

Baruck disse alguma coisa, mas não entendi as palavras. Estava tão cansada, tão pesada, e só a dor arrebatadora no alto do meu estômago me impedia de me entregar. Meus olhos se fecharam por conta própria. Senti quando ele tomou mais fôlego e a dor recomeçou.

Algo se rompeu dentro de mim, como uma corda que estivesse esticada demais. Partiu-se e recolheu-se com velocidade impressionante. Um clarão de luz azul-clara explodiu por trás das minhas pálpebras fechadas e fiquei momentaneamente cega. Um som de trovão invadiu meus ouvidos. A morte tinha vindo me buscar.

A morte soava doída, raivosa e desesperada. Nada pacífica. Pensei em como era injusto. Depois de tudo que acontecera, a morte não poderia me receber com braços quentes e a visão do meu pai esperando por mim?

Sem aviso, uma figura se chocou contra nós e me lançou num voo em espiral até o chão. Com grande esforço, abri meus olhos e o vi encurvado diante de mim como um animal.

Daemon soltou um grunhido furioso e se levantou, ficando de pé à minha frente como um anjo vingador, envolto em luz.

[29]

A risada louca do Baruck ecoou e reverberou no meu crânio.

— Você veio morrer com ela? Perfeito. Isso torna as coisas mais fáceis, porque acho que já quebrei a garota.

Daemon encobriu os movimentos selvagens do Baruck, desaparecendo e assumindo sua forma original, a forma em que ele poderia ser morto.

— Ela é saborosa. Diferente — provocou ele. — Não igual a um Luxen, mas ainda assim vale a pena.

Daemon se lançou sobre o Arum, jogando-o a muitos metros de distância com uma única e poderosa explosão de luz produzida por um simples movimento do braço.

— Eu vou te matar.

Baruck rolou até ficar de costas, quase engasgando de rir.

—Você acha que pode comigo, Luxen? Eu devorei outros mais fortes que você.

O rugido de raiva do Daemon abafou qualquer outra coisa que seu inimigo pudesse ter dito; lançou outra explosão de luz sobre o Arum. Senti o chão tremer sob mim e tentei me apoiar nos cotovelos. Cada movimento, por menor que fosse, disparava pontadas agudas de dor por todo o meu corpo. Eu conseguia sentir meu coração batendo, o esforço que ele fazia. Fachos de luz dançavam dentro da escuridão do Arum. Eles trocavam golpes mesmo sem jamais se tocarem.

Bolas de fogo de cor alaranjada se formavam nas pontas das mãos do Daemon. Elas passavam direto por Baruck, se apagando antes de atingirem as árvores. O mundo ficou todo dourado e laranja. O calor chegava até mim. As brasas estalavam no ar, desaparecendo antes de chegarem ao chão.

Cada ataque fazia o chão tremer, derrubando-me de cara na grama úmida com um grunhido. Levantei-me um pouco e vi um raio de luz cruzando o campo numa velocidade impressionante, tal como uma estrela cadente, porém rente ao chão.

A luz cruzava entre Daemon e Baruck e se apagava quando chegava a mim. Mãos quentes seguraram meus ombros e me levantaram.

— Katy, fala comigo — implorou Dee. — Por favor, fala comigo!

Nada aconteceu quando eu tentei falar. As palavras não saíram.

— Meu Deus. — Dee estava chorando; lágrimas escorriam por seu belo rosto e pingavam no meu peito quase silencioso. Ela me puxou em seus braços finos e gritou para o irmão gêmeo.

Daemon desviou a atenção da batalha ao mesmo tempo em que Baruck. Com um simples olhar, um raio de escuridão caiu bem em cima da gente e derrubou a Dee. Ela gritou de dor e caiu de joelhos. Levantou a cabeça, os olhos irradiando um brilho branco intenso.

Minha amiga se curvou, e sua forma humana deu lugar a uma luz crepitante.

Daemon atacou com mais força, fazendo o chão vibrar. Baruck desviou do ataque e foi atrás da Dee. Gritando de ódio, ela correu ao encontro do Arum.

Ele a acertou novamente. Por um segundo, a escuridão a engoliu, e, logo em seguida, ela despencou no chão. Daemon atacou Baruck, derrubando-o com uma fúria tão potente que incendiou tudo ao redor. Dos galhos que balançaram, às folhas mortas que caíram como uma chuva macabra, ao chão sob mim. A energia estalava no ar.

Eu conseguia senti-la nos ossos. Gemendo, fiquei de pé e respirei fundo. Eu não me entregaria daquele jeito. Meus amigos não morreriam daquele jeito.

Dee estava de pé, piscando. Havia sangue escorrendo do seu nariz. Ela balançou a cabeça e avançou, trôpega.

Assisti o que se desenrolava através de lentes muito estreitas. Tudo parecia estar acontecendo em câmera lenta. Corri ao encontro deles ao ver Daemon olhar por cima do ombro para a irmã. Baruck o puxou pelo braço, preparando outra corrente de matéria. A imagem da árvore partindo-se em duas no meio da estrada passou na minha mente.

Numa desesperada investida, choquei-me contra a luz que era Dee no momento exato em que Baruck lançava outra explosão de energia. Fui cercada pela escuridão e ouvi um grito — um grito ensurdecedor, que não era o meu. Em seguida, voei — voei mesmo. O céu rodava, voltas e mais voltas de estrelas e escuridão. O mundo todo cintilava.

Bati com força no chão, consciente de que era tarde demais.

Um corpo despencou ao meu lado. Um braço fino e inerte caiu junto do meu. Dee. Eu não havia sido rápida o suficiente. O braço se aqueceu ao lado do meu, ficando menos... sólido. A luz brilhou sobre mim. A tristeza me cortou como mil facas de lâminas duplas. Ela não estava se mexendo, mas eu podia ver seu peito se movimentando, lentamente.

Distraído, Daemon se virou e cometeu um erro fatal. *Ele vai ser morto tentando te proteger*, dissera Ash. Baruck levantou o braço e criou uma explosão que pegou Daemon pelas costas. Ele subiu, desenhando uma espiral no ar, alternando entre a forma humana e a de luz. Aterrissou a poucos metros da gente.

O Arum riu e voltou à forma de sombra. *Promoção: trêsssss por um.*

Deitada de lado, com o rosto encostado na grama úmida, senti os olhos se encherem de lágrimas. Daemon tentou se sentar, mas caiu deitado de costas, seu rosto se contorcendo de dor.

Essssstá acabado. Todossss vão morrer. Baruck avançou.

Daemon virou a cabeça para mim. Nossos olhos se encontraram. Havia tanto arrependimento naquele olhar. Seu rosto se apagou e ficou irreconhecível. Ele não conseguia mais sustentar a forma humana. Em questão de segundos, voltou à forma original. A silhueta de um homem, embalada na luz mais intensa e bela.

Um braço se esticou na minha direção, formando dedos. Com o coração partido, me estiquei de volta e minha mão desapareceu na luz dele. O calor envolveu meus dedos, e senti uma suave pressão da mão do Daemon sobre a minha, como se quisesse me acalmar, e um soluço ficou preso na minha garganta.

A luz do Daemon piscou, mas continuou a subir pelo meu braço, envolvendo-me num calor intenso. Como no primeiro ataque do Arum, graças ao seu calor, meu corpo começou a se recompor.

Daemon estava usando o resto de suas forças para me salvar.

— Não! — tentei gritar, mas saiu mais como um sussurro rouco.

Tentei puxar a mão, mas ele se recusou a soltá-la. Não sabia o mesmo que eu... Estava ferida demais para ser salva. Ele tinha que usar o restante de suas forças para salvar a si mesmo. Ou a Dee.

Implorei com os olhos, mas ele apertou minha mão com mais força. Não era justo. Eles não mereciam isto. Eu não merecia isto. Fervi de dor e de ódio. Eu morreria, meus amigos morreriam, minha mãe ficaria arrasada, e o Daemon... Não conseguia nem mesmo entender a razão por trás de tudo aquilo. A fome de poder dos Arum valia todas essas vidas? A injustiça em tudo isto e um certo fluxo de energia que brotou em mim deram impulso ao meu corpo.

Não ia morrer deste jeito. Nem o Daemon, nem a Dee. Não num campo qualquer no meio da merda da West Virginia.

Aproveitei a injeção de força que ele havia me dado e consegui me sentar, então agarrei o braço quente da Dee e fiquei na frente do Daemon, tentando fazer com que se levantassem também, que lutassem.

Baruck se moveu na direção da luz do Daemon. Claro que o Arum terminaria primeiro com ele — o mais poderoso. Ele vinha brilhando por horas. Eu não era nem um "blip" no radar do Arum àquela altura.

A mão do Daemon se contraiu e sua luz brilhou quando a borda da sombra de Baruck passou por cima dele.

E foi então que algo muito inesperado aconteceu.

Uma brilhante descarga de luz atravessou seu corpo, tão forte que eu estremeci. Ela formou um arco no céu, crepitando e estalando. A luz havia encontrado sua metade, reconhecendo a forma do meu lado. O mesmo acontecia com a Dee, ainda que ela estivesse inconsciente. A luz dela aumentou e conectou-se com a do Daemon.

A sombra de Baruck parou.

O arco de luz pulsou no alto e *desceu*, atingindo-me no meio do peito. O impacto me deixou com a sensação de ter sido cravada no chão, mas... eu estava no ar, com os cabelos voando ao meu redor. A energia circulava entre nós três. Ela faiscava e, pelo canto do olho, vi os dois voltarem à forma humana. Dee desmoronou no chão, gemendo suavemente, e Daemon ficou de joelhos e se virou para mim.

Mas eu... eu estava flutuando. Ao menos, era como me sentia. Mas não me concentrei nisso, tampouco no que Daemon estava fazendo. Era como se só existíssemos nós dois, Baruck e eu.

Queria que ele se afastasse, desaparecesse. Queria que a presença dele fosse extirpada da Terra. Queria isso mais do que qualquer outra coisa na vida. Cada fibra do meu ser estava centrada nele. Reuni tudo que tinha dentro de mim: todos os medos, todas as lágrimas que havia derramado pelo meu pai, todos os momentos na minha vida em que fora uma *espectadora*.

Uma energia fluiu por dentro de mim, abraçando meu âmago. Com um grito selvagem de batalha, eu a liberei. Tal como uma mola retesada, ela saltou para fora de mim.

Um relâmpago branco explodiu no céu acima de nossas cabeças. Eu o senti saindo, e escutei as velhas árvores ao nosso redor rangerem e gemerem quando ele passou por cima delas. Os imponentes carvalhos, sem lugar para se esconder, curvaram-se àquele poder. O flash de luz seguiu fiel a sua meta, passando pelo Daemon e pela Dee, e batendo no peito do Baruck.

Sua forma de sombra tremulou. Houve um estalo alto, e a luz explodiu mais uma vez, envolvendo-o completamente.

Daemon afastou-se cambaleando e tentou se proteger da explosão. A luz acendeu e depois rapidamente apagou. Sem uma única palavra, Baruck se desfez no ar. Daemon baixou o braço, devagar, e encarou assustado o lugar vazio. Ele se virou para mim. Sua voz não era mais do que um sussurro.

— Kat?

LUX 1 OBSIDIANA

Antes que me desse conta, eu estava deitada de costas. O céu escuro acima de mim começou a ficar embaçado. Não sabia o que havia acontecido, mas conseguia sentir o poder se esvaindo de mim, e junto com ele, algo mais importante.

Eu não sentia *nada*. Deixei escapar um suspiro cansado. O som arranhado deveria ter me deixado preocupada, mas não conseguia me importar. Tudo voltou a ficar escuro, embora essa escuridão fosse diferente da produzida pelo Arum. Esta era mais suave, inebriante.

Daemon se ajoelhou ao meu lado, me puxando para os seus braços fortes e sólidos.

— Kat, me xinga. Qualquer coisa, só... fala.

Como que a quilômetros de distância, escutei Dee se levantando, sua voz marcada pelo pânico. Sem olhar para trás, Daemon passou os dedos gentilmente sobre o meu rosto e falou:

— Dee, volta pra casa agora. Chama o Adam... ele tá em algum lugar por aí.

Os braços da minha amiga estavam enroscados na cintura, e ela se curvava num ângulo que fazia parecer que tinha quebrado uma ou duas costelas.

— Não quero ir. Ela tá sangrando! A gente tem que ir até um hospital.

Eu estava sangrando? Ah. Não sabia. Sentia algo molhado no rosto: sob os lábios, no nariz, e havia uma estranha umidade em volta dos meus olhos, mas não doía. Eu estava chorando? Era sangue? Podia sentir Daemon em volta de mim, mas tudo parecia muito longe.

—Volta pra casa agora! — gritou ele, e a pressão sobre mim aumentou, mas sua voz ficou mais suave. — *Por favor*. Deixa a gente aqui. Vai lá. Ela tá bem. Só... precisa de um minuto.

Que desgraçado mentiroso. Eu não estava bem.

Daemon virou as costas para ela e afastou as mechas embaraçadas de cabelos do meu rosto. Assim que sua irmã foi embora, ele recomeçou a falar comigo, suavemente.

— Kat, você não vai morrer. Não se mexe nem faz nada. Só relaxa e confia em mim. Não luta contra o que vai acontecer.

Vi quando Daemon baixou a cabeça. Ele encostou a testa na minha. Sua forma se dissipou e ele voltou a exibir o corpo original. Meus olhos se fecharam com a intensidade da luz. O calor era quase forte demais. Eu estava muito perto.

Espera. Não desiste. A voz dele ecoou em mim. *Aguenta firme.*

Eu me senti como se mergulhasse mais fundo. Sua mão apoiava minha cabeça. Daemon soprou firme e lentamente contra os meus lábios. Seu calor se espalhou dentro de mim, vagarosamente movendo-se pela minha garganta, penetrando meus pulmões, me preenchendo com um calor tão glorioso que eu soube que não haveria melhor maneira de me entregar.

Como um balão que se infla lentamente, comecei a me levantar. Meus pulmões se encheram. O calor dele se espalhou pelas minhas veias e meus dedos começaram a formigar. A pressão na minha cabeça cedeu. Deixei-me embalar por aquela sensação intoxicante que me inundava. Meus sentidos voltaram a processar as coisas ao meu redor. Já não estava mais em um mundo anestesiado e escuro.

Ele continuou até eu começar a me mexer. Levantei-me, agarrando os braços dele, seguindo-o para fora do abismo negro. Acompanhei-o cegamente. Quando nossos lábios se roçaram, meu mundo explodiu em sensações. Uma foi dando lugar a outra até que comecei a compreender um pouco o que estava acontecendo. E nem todas eram minhas, não inteiramente.

O que eu estou fazendo? Se descobrirem o que eu fiz… Mas não posso perdê-la. Não posso.

Arfei, tentando respirar, consciente de que estava escutando os pensamentos do Daemon. Ele falava comigo — não como antes, quando estava em forma de luz. Isto era diferente, era como se os pensamentos e sentimentos dele estivessem dançando em volta dos meus. Tive medo, mas também senti algo suave, muito mais poderoso.

Por favor. Por favor. Não posso te perder. Por favor, abre os olhos. Por favor, não me deixa.

Estou aqui. Abri os olhos. *Estou aqui.*

Daemon se afastou e a luz foi enfraquecendo gradualmente, saindo de mim, cobrindo a minha pele e retornando para ele.

— Kat — sussurrou, me provocando uma série de arrepios.

Ele se sentou, comigo ainda aninhada junto ao peito. Sentia seu coração bater violentamente, no mesmo ritmo que o meu, em perfeita sincronia. Tudo ao nosso redor parecia… mais claro.

— Daemon, o que você fez?

—Você tem que descansar. — Fez uma pausa, e, em seguida, acrescentou numa voz gutural: — Você não tá cem por cento. Vai demorar alguns minutos. Eu acho. Nunca curei ninguém desse jeito antes.

— Curou, sim, na biblioteca — murmurei. — E no carro...

Ele baixou a cabeça e encostou-a na minha.

— Aquilo foi só pra melhorar uma torção e alguns arranhões. Nada parecido com agora.

O braço que havia se quebrado nem mesmo doeu quando o levantei. Virei minha cabeça na direção dele e nossas bochechas se roçaram. Olhei extasiada para as árvores curvadas ao nosso redor, formando um círculo perfeito. Meus olhos voltaram-se para o chão, para o local onde Baruck havia estado. Seu único resquício era a terra rachada que havia deixado para trás.

— Como eu fiz aquilo? — cochichei. — Não compreendo.

Ele enfiou a cabeça na curva do meu pescoço e respirou fundo.

— Devo ter feito alguma coisa com você quando te curei. Não sei o quê. Não faz sentido, mas alguma coisa aconteceu quando as nossas energias se misturaram. Não era pra ter te afetado... você é humana.

Eu estava começando a questionar isso.

— Como você tá se sentindo? — perguntou.

— Ok. Com sono. E você?

—Também.

Observei em silêncio sua expressão curiosa enquanto corria o polegar pelo meu queixo e, em seguida, pelo meu lábio inferior.

— Eu acho que, por enquanto, é melhor a gente manter isso entre a gente... o lance da cura que rolou. Tudo bem?

Assenti, mas parei quando as mãos dele passaram pelo meu rosto, removendo as manchas da batalha deixadas para trás.

Uma cascata de ondas negras cobriu a testa dele e um sorriso se espalhou pelo rosto, alcançando-lhe os olhos e colorindo-os de um verde profundo. Daemon tomou meu rosto entre as mãos e inclinou a cabeça. Não pude evitar lembrar o que ele dissera ao sentir seus lábios roçarem os meus. Havia algo infinitamente suave naquele beijo carinhoso. Ele me tocou profundamente, fazendo meu coração disparar. Foi um gesto inocente e íntimo.

Minha alma se aqueceu quando Daemon inclinou minha cabeça para trás e explorou meus lábios como se fosse nosso primeiro beijo. E talvez tenha sido o primeiro de verdade.

Quando finalmente se afastou, ele soltou uma gargalhada.

— Fiquei com medo que tivéssemos te quebrado.

— Nem perto. — Meu olhar passeou por cada centímetro do rosto dele. —Você se quebrou?

Ele riu.

— Quase.

Respirei fundo, um pouco tonta.

— E agora?

Um sorriso lento e cansado surgiu em seus lábios.

—Vamos pra casa.

[30]

Doeu muito deixar de publicar a tag "Waiting on Wednesday", mas ainda faltavam várias semanas para o meu aniversário. E, apesar da Dee ter me dito para usar o computador dela, não queria escrever isso nele. Contrariada, peguei uma lata de refrigerante da geladeira da Dee e voltei para a sala.

Aliens realmente comiam muito.

— Você quer mais pizza? — ofereceu minha amiga, olhando para a última fatia com tanta vontade que eu comecei a pensar que ela e o Adam precisavam reavaliar o relacionamento deles.

Fiz que não. Dee já tinha comido o suficiente para alimentar uma pequena cidade e, francamente, eu não estava com fome. Comer enquanto ela e o Adam me observavam estava ficando chato e desconfortável. Dee achava que eu não havia notado, e o Adam estava só fazendo uma pausa antes de me perguntar outra vez o que tinha acontecido naquela noite.

O que todo mundo sabia era que o Daemon havia matado o Baruck e que eu não tinha me ferido tão gravemente quanto a Dee achara. De alguma maneira, Daemon tinha conseguido convencê-la de que eu estava só em choque. Olhei para os dois.

Mas tinha sido eu — eu tinha matado alguém. De novo.

Surpreendentemente, esse pensamento não me provocava o mesmo horror e náusea de antes. Ao longo dos últimos dois dias, eu tinha meio que aceitado as minhas ações. Era um nível de aceitação ainda relutante, mas que tornava mais fácil engolir, por mais que não fosse jamais conseguir esquecer.

Era ele ou eu e meus amigos.

O alien bundão tinha que sumir.

Todo mundo estava me encarando. Ótimo.

Dee se sentou ao meu lado e tomou um gole de refrigerante. Convencida ou não, ela sabia que alguma coisa tinha acontecido quando eu voltei com o Daemon naquela manhã... E tinha mesmo.

Ela cutucou minha perna, me chamando a atenção.

— Você tá se sentindo bem?

Se eu ganhasse um dólar por cada vez que ela me perguntava isso, já teria comprado meu laptop. Não era como se eu não soubesse a sorte que tinha por estar viva. Deveria estar sofrendo de estresse pós-traumático, mas realmente me sentia bem. Nunca tinha me sentido tão bem fisicamente, para ser sincera. Era como se pudesse correr uma maratona ou escalar uma montanha. Não queria nem pensar na razão por trás disso. Já passara por situações apavorantes o suficiente.

Alguém limpou a garganta, arrancando-me dos meus devaneios. Ergui os olhos e vi a Dee e o Adam me encarando com expressões curiosas. Não me recordava o que eles queriam.

— O quê?

Dee sorriu um pouco animada demais.

— A gente estava se perguntando como é que você tá lidando com as coisas. Se tá preocupada com outros Arum.

— Ah, não, você acha que pode haver mais? — respondi imediatamente.

— Não — me assegurou Adam. Desde a batalha com Baruck, ele tinha começado a falar comigo. Era uma boa mudança. Ash e Andrew eram outra história. — A gente acha que não.

Sentindo-me desconfortável, mudei de posição. Minha pele coçou. Não tinha certeza de quanto tempo conseguiria ficar ali com eles me olhando como se eu fosse uma experiência malsucedida.

LUX 1 OBSIDIANA

— Achei que você tinha dito que o Daemon ia voltar logo.

Adam se sentou na poltrona. Os olhos da Dee se desviaram do garoto para mim.

— Ele já deve estar chegando.

Não havia visto o Daemon desde aquela manhã. Já tinha perguntado várias vezes para a Dee aonde ele tinha ido, mas minha amiga nunca me respondia. Finalmente, desisti.

Os dois começaram a conversar, fazendo planos para o feriado de Ação de Graças que viria em algumas semanas. Eu me desliguei, como vinha fazendo nos últimos três dias. Era estranho. Não conseguia me concentrar. Sentia-me aérea, como se faltasse uma parte de mim.

Um calor cobriu minha pele, como brisa quente. Vindo de lugar nenhum. Olhei ao redor, observando se alguém mais havia notado o mesmo. Eles continuavam conversando. Ajeitei-me no sofá, e a sensação aumentou.

A porta da frente da casa se abriu e minha respiração ficou presa na garganta.

Em segundos, Daemon entrou na sala. Seus cabelos estavam bagunçados e havia olheiras sob seus olhos. Sem dizer nada, ele se jogou no sofá. Suas pestanas pesadas cobriam os olhos, mas eu senti que me observava.

— Onde você estava? — perguntei, com uma voz que soou aguda aos meus próprios ouvidos.

O silêncio pairou, com outros dois pares de lindos olhos focados em mim. Minhas bochechas ficaram quentes e me recostei, me sentindo uma idiota. Cruzei os braços e mantive meus olhos firmes nos deles. Que bela maneira de atrair atenção para mim mesma.

— Bom, oi, querida. Eu estava enchendo a cara e pegando umas mulheres. Eu sei, minhas prioridades andam estranhas.

Meus lábios se cerraram com essa resposta sarcástica.

— Babaca — resmunguei.

Dee gemeu:

— Daemon, não seja idiota.

— Sim, mamãe. Eu estava com outro grupo, revirando a droga do estado inteiro pra ter certeza de que não sobrou nenhum Arum vagando por aí sem a gente saber — contou ele, e sua voz profunda acalmou uma estranha dor dentro de mim, ao mesmo tempo em que tive vontade de dar uma cacetada na cabeça dele.

Adam se inclinou para a frente.

— E não tem nenhum, né? Porque a gente falou pra Katy que ela não tinha nada com que se preocupar.

Os olhos dele se desviaram de mim rapidamente.

— Não encontramos nenhum.

Dee comemorou, feliz, e bateu palmas. Ela se virou para mim com um sorriso genuíno desta vez.

— Viu? Nada com que se preocupar. Acabou.

Sorri de volta para ela.

— Isso é um alívio.

Ouvi Adam conversar com Daemon sobre a viagem, mas era difícil prestar atenção. Fechei os olhos. Todas as células do meu corpo tinham consciência dele, como aquele dia na sala da minha casa, mas num nível diferente.

— Katy? Você tá aqui com a gente agora?

— Acho que sim. — Forcei um sorriso, pelo bem da Dee.

— Vocês andaram pentelhando a Katy? — perguntou Daemon, suspirando. — Bombardeando a menina com um milhão de perguntas?

— Nunca! — gritou Dee. Em seguida, riu. — Ok. Talvez.

— Imaginei — murmurou Daemon, esticando as pernas.

Incapaz de me controlar, me virei para ele. Nossos olhos se encontraram. O ar entre a gente pareceu estalar, de calor e eletricidade. Na última vez em que o vira, tínhamos nos beijado. No entanto, não fazia ideia se isso significara alguma coisa.

Dee chegou mais perto de mim, limpando a garganta.

— Continuo com fome, Adam.

Ele riu.

— Você é pior do que eu.

— Verdade. — Minha amiga ficou de pé. — Vamos até o Smoke Hole. Acho que hoje tem bolo de carne caseiro. — Ela passou por trás de mim, se abaixou e deu um beijo na bochecha do Daemon. — Tô feliz que você tenha voltado. A gente estava com saudade.

Daemon sorriu para a irmã.

— Eu também.

Quando a porta se fechou atrás da Dee e do Adam, soltei o ar que vinha prendendo.

— Tudo bem mesmo? — perguntei.

— Na maior parte. — Ele esticou uma das mãos e roçou os dedos na minha bochecha. Respirou fundo. — Droga.

— O que foi?

Ele se sentou e chegou mais perto, sua perna pressionando a minha.

— Trouxe uma coisa pra você.

Não era o que eu esperava.

—Vai explodir na minha cara?

Daemon se recostou no sofá e riu. Botou a mão no bolso da frente da calça jeans. Tirou de lá uma bolsinha de couro e me entregou.

Curiosa, puxei o cordãozinho e cuidadosamente esvaziei o saco na minha palma. Ergui os olhos, e, quando ele sorriu, senti meu coração dar uma cambalhota. Era um pedacinho de obsidiana, com cerca de seis centímetros, polida e cortada no formato de um pingente. O vidro era preto e brilhante. Parecia vibrar em contato com a minha pele, e era frio ao toque. A corrente prateada na qual se pendurava era delicada e se enroscava no topo do pingente. A outra ponta tinha sido afiada bem fina.

— Acredite ou não — disse Daemon —, até mesmo algo tão pequeno tem a capacidade de furar a pele de um Arum e matá-lo. Quando ela ficar bem quente, você pode ter certeza de que há um por perto, mesmo que não esteja vendo. — Cuidadosamente, pegou a corrente, segurando-a pelos fechos. — Levei um tempão pra achar uma peça como esta, já que a lâmina se partiu em mil pedaços. Não quero que você tire nunca, tá? Ao menos... bom, pela maior parte do tempo.

Chocada, levantei os cabelos sobre a nuca e me virei, deixando que ele pusesse o colar em volta do meu pescoço. Quando já estava fechado, me virei para ele.

— Obrigada. De verdade, por tudo.

— Não é nada de mais. Alguém te perguntou sobre o seu rastro?

Fiz que não.

— Acho que eles já esperavam ver um, por causa da briga toda.

Daemon assentiu.

— Bom, você tá brilhando que nem um cometa agora. Essa droga tem que desaparecer, ou a gente vai voltar à estaca zero.

Um calor foi lentamente crescendo dentro de mim. E não era do tipo bom.

— E o que é essa estaca zero, exatamente?

—Você sabe, a gente preso um ao outro até o maldito rastro sumir. — Seu olhar estava distante.

Preso um ao outro? Meus dedos apertaram meus joelhos cobertos pelo jeans.

— Depois de tudo que eu fiz, a gente ficar junto é estar *preso*?

Daemon deu de ombros.

— Sabe do que mais? Dane-se, amigão. Por minha causa, o Baruck não achou a sua irmã. Por causa do que eu fiz, quase morri. Você me curou. É por isso que eu tô com esse rastro. E nada disso é culpa minha.

— E é minha? Eu devia ter deixado você morrer? — Seus olhos queimavam agora, como piscinas de esmeraldas. — Era isso o que você queria?

— Que pergunta idiota! Não lamento que você tenha me curado, mas não vou mais aceitar essa merda de uma hora você me tratar bem e na outra mal.

— Eu acho que você não quer reconhecer que gosta de mim. — Um sorriso irônico surgiu nos lábios dele. — Parece que tem alguém tentando se convencer.

Respirei fundo e expirei devagar. Por mais que me incomodasse dizer isto, porque havia uma parte de mim que o desejava, falei.

— Eu acho que seria melhor você ficar bem longe de mim.

— Não vai rolar.

— Qualquer outro Luxen pode tomar conta de mim — protestei. — Não precisa ser você.

Seus olhos se encontraram com os meus.

—Você é minha responsabilidade.

— Eu não sou nada sua.

—Você é definitivamente alguma coisa.

A palma da minha mão coçou para dar um tapa na cara dele.

LUX 1 Obsidiana

— Eu te detesto tanto.
— Detesta nada.
— Ok. A gente tem que tirar esse rastro de mim. Agora.
Um sorriso maroto apareceu nos lábios dele.
— Podemos nos beijar de novo. E ver no que vai dar. Da outra vez, pareceu funcionar.
Meu corpo gostou da ideia. Eu, entretanto, não.
— É, só que isso não vai acontecer.
— Foi só uma sugestão.
— Que não vai acontecer. Nunca. Jamais. — Cuspi cada palavra, deliberadamente. — Não de novo.
— Não finge que você não se divertiu…
Bati com força no peito dele. Daemon apenas riu, e eu comecei a empurrá-lo, mas… *espera*. Botei minha mão sobre o peito dele e o encarei.
Daemon levantou uma sobrancelha.
—Você tá me apalpando, Kat? Tô gostando do rumo que isto está tomando.
Eu estava — peitoral gostoso e tal —, mas não era por isso. O coração dele batia na minha palma, num ritmo forte e levemente acelerado. *Tum. Tum, tum. Tum*. Botei minha outra mão sobre o meu próprio peito. *Tum. Tum, tum. Tum*.
Comecei a ficar tonta.
— Nossos batimentos… são iguais. — Ambos os nossos corações estavam acelerados agora, completamente sincronizados. — Meu Deus, como isso é possível?
Daemon ficou pálido.
— Ah, merda.
Meus cílios se levantaram. Nossos olhos se encontraram. O ar entre nós pareceu estalar, cheio de tensão. Ah, merda, mesmo. Ele pôs a mão sobre a minha e apertou.
— Mas isso não é ruim. Quer dizer, eu tenho quase certeza de que te transformei em alguma coisa, e esse lance do coração é a prova de que a gente está conectado. — Sorriu. — Podia ser pior.
— Exatamente como poderia ser pior? — perguntei, perplexa.
— A gente ficar junto. — Deu de ombros. — Podia ser pior.

Parte de mim não estava bem certa se havia entendido o que ele queria dizer.

— Espera um pouco. Você acha que temos que ficar juntos por causa de um negócio alien que está conectando a gente? Mas há dois minutos você estava reclamando porque ia ter que ficar *preso* a mim...

— É, bom, eu não estava reclamando. Só disse que a gente estava preso um ao outro. É diferente. Você sente atração por mim.

Apertei os olhos.

—Vou voltar à última frase em um segundo, mas você tá dizendo que quer ficar comigo agora porque se sente... forçado?

— Não diria exatamente forçado, mas... mas eu gosto de você.

Olhei para ele. Era fácil demais me lembrar do que eu tinha escutado quando havia me curado. Parte de mim achava que o que Daemon sentia era real, e parte acreditava que era só um produto do que fizera comigo. Fazia sentido agora, considerando o que estava dizendo.

Daemon franziu o rosto.

— Ah, não, eu conheço essa cara. O que você tá pensando?

— Essa é a declaração mais ridícula que eu já ouvi — falei, e me levantei. — Que péssimo, Daemon. Você quer ficar comigo por causa de alguma doideira que aconteceu?

Ele ficou de pé e revirou os olhos.

— A gente se gosta. É verdade. É estúpido continuar a negar.

— Ah, sim. Falou o cara que me largou seminua no sofá. — Balancei a cabeça. — A gente não se gosta.

— Ok. Eu acho que tenho que pedir desculpas por isso. Sinto muito. — Daemon deu um passo adiante. — A gente já se sentia atraído antes de eu te curar. Você não pode dizer que não é verdade, porque eu sempre... sempre senti essa atração por você.

Dei um passo atrás.

— Sentir atração por mim é um motivo tão idiota para ficar comigo quanto o fato de estarmos presos um ao outro agora.

— Ah, você sabe que é mais do que isso. — Fez uma pausa. — Eu soube que você me traria problemas logo no começo, no instante em que bateu na minha porta.

Eu ri, mas sem nenhum humor.

LUX 1 OBSIDIANA

— O sentimento é mútuo, definitivamente, mas não é uma desculpa pra essa dupla personalidade que você tem.

— Bom, eu estava meio que esperando que fosse, mas obviamente não é. — Daemon abriu um rápido sorriso. — Kat, eu sei que você sente atração por mim. Eu sei que você gosta...

— Sentir atração por você não basta — falei.

— A gente se dá bem.

Continuei impassível. Ele me ofereceu outro sorriso cheio de dentes.

— Quer dizer, às vezes a gente se dá bem.

— A gente não tem nada em comum — protestei.

— Temos mais do que você pensa.

— Que seja.

Daemon segurou uma mecha do meu cabelo e enrolou-a em volta do dedo.

— Eu sei que você quer.

A memória do beijo doce que havíamos trocado no campo retornou. Frustrada, tirei meu cabelo da mão dele e me concentrei.

— Você não sabe o que eu quero. Não faz ideia. Quero um cara que queira ficar comigo porque realmente *quer*. Não um que se sinta forçado a ficar comigo por um senso de responsabilidade bizarro.

— Kat.

— Não! — interrompi-o, fechando meus punhos. *Vamos lá, Kittycat, não seja uma espectadora.* Eu não seria mais uma espectadora, o que significava não ceder ao Daemon. Não quando as razões dele para me querer eram tão idiotas, nível top dez da idiotice. — Não, sinto muito. Você passou meses sendo o maior babaca comigo. Não pode de repente decidir que gosta de mim e esperar que eu esqueça tudo. Quero o que meu pai tinha com a minha mãe, alguém que goste de mim. E você não é essa pessoa.

— Como é que você sabe? — Seus olhos brilharam, transformando-se em joias preciosas.

Balancei a cabeça e me virei na direção da porta dos fundos. Daemon apareceu na frente dela, bloqueando minha passagem.

— Deus, odeio quando você faz isso!

Ele não riu, nem sorriu, como faria normalmente. Seus olhos estavam abertos e brilhantes, hipnóticos.

—Você não pode continuar fingindo que não quer ficar comigo.

Eu poderia, ou pelo menos podia tentar. Mesmo que, lá no fundo, quisesse. Mas eu queria que ele me desejasse, não porque tínhamos que estar juntos ou porque estávamos conectados de alguma forma. Sempre gostei dos lampejos do Daemon real. Com aquele Daemon eu poderia ficar — adoraria. Mas ele nunca durava muito, sempre afastado pelo infinito dever com a família e a espécie. Triste com isso, cerrei meus lábios.

— Não estou fingindo — falei.

Os olhos dele procuraram os meus.

—Você está mentindo.

— Daemon.

Ele pôs as mãos nos meus quadris e me puxou cuidadosamente para si. Sua respiração eriçou os cabelos junto das minhas têmporas.

— Se eu quisesse ficar com... — começou a falar, apertando as mãos. — Se eu quisesse ficar com *você*, você dificultaria as coisas, né?

Levantei a cabeça.

—Você não quer ficar comigo.

Os lábios dele se retorceram num sorriso.

— Eu acho que quero, sim.

Partes do meu corpo gostaram disso. Meu peito inchou. O estômago deu um nó.

— *Achar* não é o mesmo que *querer*.

— Não, não é, mas é alguma coisa. — Ele baixou as pestanas, escondendo os olhos. — Não é?

Pensei novamente no amor da minha mãe e do meu pai. Afastei-me, balançando a cabeça.

— Não é o suficiente.

Os olhos do Daemon se encontraram com os meus, e ele suspirou.

—Você vai tornar isto muito difícil, né?

Não falei nada. Meu coração estava aos pulos quando desviei dele e me dirigi à porta.

— Kat?

Tomando ar, encarei-o.

— O quê?

Um sorriso afastou seus lábios.

LUX 1 OBSIDIANA

—Você sabe que eu adoro um desafio, né?

Eu ri e me virei para a porta, mostrando o dedo do meio para ele.

— Eu também, Daemon. Eu também.

AGRADECIMENTOS

Obsidiana não seria nem mesmo uma fagulha nos meus olhos sem Liz Pelletier. Você é simplesmente a melhor. Sério. Engraçado como um e-mail pode transformar uma ideia maluca em questão de minutos, horas... e dias — espera, eu disse horas? E você é praticamente uma editora ninja. Obrigada.

Obrigada à maravilhosa e incrivelmente incrível equipe da Entangled Publishing. Heather Howland — amo os pãezinhos na sua cabeça no avatar do Twitter. Já tinha dito isso antes? Obrigada a Suzanne Johnson, por ter transformado meu manuscrito numa adorável árvore de Natal durante as revisões. Heidi Stryker — um agradecimento gigante por ter sido a primeira estagiária a ler *Obsidiana* e pensar: "Uau, isso não é uma droga."

Uma salva de palmas para a minha assessora Misa — obrigada por lidar com tudo. Um agradecimento gigantesco a Deborah Cooke. Você é maravilhosa.

Ao meu agente Kevan Lyon — você é um sonho. Um agradecimento especial às agentes Rebecca Mancini e Stephanie Johnson. Sempre que escuto o nome de vocês, fico toda animada.

À minha família e aos meus amigos, obrigada por não me deserdarem quando não atendo suas ligações ou não presto atenção enquanto falam. Eu sei que me perco dentro da minha cabeça de tempos em tempos, então fico grata pela paciência.

LUX 1 OBSIDIANA

Lesa Rodrigues e Cindy Thomas — vocês mantiveram a minha sanidade enquanto escrevia *Obsidiana*. A Carissa Thomas, obrigada por gostar de brincar com fotos de caras gatos e deixar meu blog mais gostoso.

Julie Fedderson — você é a melhor crítica e líder de torcida do mundo.

E um enorme, GIGANTESCO agradecimento a todos os blogueiros que me ajudaram a revelar a capa de *Obsidiana* e espalharam a notícia. Eu S2 cada um de vocês.

Papel: Pólen Soft 70g
Tipo: Bembo
www.editoravalentina.com.br